Lucy Castel
Die Magie von Schokolade

PIPER

Zu diesem Buch

»Ich habe eine Begabung. Ich weiß, wie man kleine Portionen Glück herstellen und anderen schenken kann. Auf welche Weise? Mit feinen Kuchen. Ganz gleich, wie alt jemand ist, der zu mir kommt, wo er herkommt oder welche Geschichte er hat, ob Mann oder Frau – immer weiß ich, welcher Teig, welcher Guss, welche Gewürzmischung ihm die größte Freude bereitet. Ich habe diese Begabung von meiner Großmutter väterlicherseits. Bis heute finde ich es einfacher, jemandem »Ich liebe dich« zu sagen, indem ich ihm einen Windbeutel mit Zitronensahne überreiche, als diese Worte auszusprechen.«

Lucie Castel lebt und arbeitet als Lehrerin in Lyon. Mit ihrem ersten Roman »Weihnachten wird wunderbar« eroberte sie nicht nur in Frankreich die Bestsellerliste. Auch ihr zweiter Roman »Die Magie von Schokolade« wurde zum Lieblingsbuch der französischen Buchhändlerinnen.

Lucie Castel

DIE MAGIE VON SCHOKOLADE

Roman

Aus dem Französischen
von Vera Blum

PIPER

Mehr über unsere Autorinnen, Autoren und Bücher:
www.piper.de
www.thiele-verlag.com

Inhalte fremder Webseiten, auf die in diesem Buch hingewiesen wird, macht sich der Verlag nicht zu eigen und übernimmt dafür keine Haftung.

Wenn Ihnen dieser Roman gefallen hat, schreiben Sie uns unter Nennung des Titels »Die Magie von Schokolade« an *empfehlungen@piper.de*, und wir empfehlen Ihnen gerne vergleichbare Bücher.

Von Lucie Castel liegen im Piper Verlag vor:
Weihnachten wird wunderbar
Die Magie von Schokolade

Ungekürzte Taschenbuchausgabe
ISBN 978-3-492-31574-6
Piper Verlag GmbH, München 2021
November 2021
© Lucie Castel 2019
Titel der französischen Originalausgabe:
»La guerre des papilles«
© Thiele Verlag in der Thiele & Brandstätter Verlag GmbH,
München und Wien 2019
Umschlaggestaltung: Guter Punkt, München
Umschlagabbildung: Masson/Shutterstock und
Rosanne de Vries/Shutterstock
Satz: Christine Paxmann • text • konzept • grafik, München
Gesetzt aus der Goudy
Druck und Bindung: CPI books GmbH, Leck
Printed in the EU

PROLOG

Wann genau ist alles so aus dem Ruder gelaufen? Wann war der Moment, in dem ich mich zwischen Pest und Cholera entscheiden musste?

Marc-Antoines Gesicht glänzt vom Schweiß, er schlenkert mit den Armen, hat Hängebacken wie eine Bulldogge und schaut mich an wie ein von Autoscheinwerfern geblendetes Kaninchen. Na ja – wenn man es genau nimmt, guckt er eigentlich immer so, offenbar besteht die Welt dieses Jungen, der gerade aus der Pubertät heraus ist, aus nichts anderem als Autoscheinwerfern. Aber in diesem Moment kann ich ihn verstehen. Was für ein Gesicht würde ich wohl machen, wenn man mich mitten in der Nacht dabei erwischte, wie ich einen ohnmächtigen Hund durch Mund-zu-Mund-Beatmung zu retten versuche in einem Haus, das nicht mir gehört?

»Was machst du denn hier?«, fragt er mich erschrocken.

»Du hast Nerven, mich das zu fragen, während du mit dem armen Tier merkwürdige Dinge anstellst. Was machst du überhaupt mit dem Hund?«

»Ich versuche, ihn zu reanimieren.«

Eine Zeitlang hatte ich ja wirklich geglaubt, mein Leben sei wieder ins Lot geraten. Aber das war vor dieser Nacht, bevor ich meinen Cousin in einer Situation angetroffen habe, die man beim besten Willen nicht als normal bezeichnen kann. Was soll ich davon halten? Am düsteren Himmel zucken Blitze, auf die Donnerschläge folgen. Alles Zeichen dafür, dass wir uns in einer Tragödie befinden.

»Hast du den Hund etwa auf dem Gewissen?«

Während ich es sage, wird mir das ganze Ausmaß der Katastrophe bewusst, mit der wir es zu tun haben.

»Nein«, wehrt mein Cousin ab, »na ja, vielleicht.«

»Was soll das heißen, vielleicht?«

»Der Hund lag auf dem Sofa. Als ich ins Wohnzimmer kam, sprang er erschrocken hoch und dann: Bumm. Ich glaube, Hunde mögen keine Überraschungen. Das ist genau wie mit dem Zucker.«

»Bumm?«

»Bumm! Und danach nichts mehr. Er wurde plötzlich ganz steif, und dann fiel er um. Ich habe aber mal eine Sendung gesehen, und da sagten sie, dass man das Herz wieder zum Schlagen bringen kann, wenn man jemandem in den Mund pustet und ihm die Brust massiert. So was wie eine Herzmassage.«

Das Sozialleben dieses Jungen ist gleich null. Er ist viel zu viel allein, hat viel zu viel Zeit zum Grübeln, seltsame Ideen treiben ihn um, und er glaubt, sie in die Tat umsetzen zu können. Viel zu viele verrückte Ideen.

»Meine Güte, Marc-Antoine!« An diesen Namen werde ich mich nie gewöhnen. »Dieser Hund ist mindestens hundertdreißig, und er ist mausetot, glaub mir. Also hör auf, Dr. Dolittle zu spielen, und lass das Tier in Frieden.«

Mein Cousin sieht in diesem Moment kaum jünger aus als der Hund, aber er gehorcht, wendet sich ab, das Gewicht der ganzen Welt auf seinen Schultern.

Ich überlege blitzschnell, jedenfalls versuche ich es. Vielleicht kann man etwas machen, mit ein bisschen Phantasie. Vielleicht kann ich so tun, als hätte es diesen Abend nie gegeben, als sei alles nur ein entsetzlicher Albtraum. Wenn wir uns vorsichtig aus dem Staub machen und den toten Hund, das Haus, diesen Ort und das Gewitter einfach hinter uns lassen, können wir davonkommen. Einfach so. Zuerst ein Schritt, dann den nächsten, und dann …

Plötzlich wird es im Flur hell, das Licht blendet uns. Die Hölle öffnet sich unter meinen Füßen, und ich spüre schon das Feuer unter mir. Es ist zu spät, um zu fliehen.

Wann genau ist alles so aus dem Ruder gelaufen? Wann war der Moment, in dem ich mich zwischen Pest und Cholera entscheiden musste?

Die letzten Monate ziehen an mir vorbei, und ich warte auf das Urteil dessen, der auf mich zukommt, ich ziehe die Bilanz des letzten Jahres und würde dem Schicksal am liebsten sagen, was ich von seinen großartigen Späßen halte.

KAPITEL 1

PATISSERIE PALAZZO

Ich habe eine Begabung. Ich weiß, wie man kleine Portionen Glück herstellen und anderen schenken kann.

Auf welche Weise? Mit feinen Kuchen. Ganz gleich, wie alt jemand ist, der zu mir kommt, wo er herkommt oder welche Geschichte er hat, ob Mann oder Frau – immer weiß ich, welcher Teig, welcher Guss, welche Gewürzmischung ihm die größte Freude bereitet. Um den Kuchen auszuwählen, der zu einer Person passt, muss man die Menschen genau studieren.

Ich habe diese Begabung von Elena Palazzo, meiner Großmutter väterlicherseits, geerbt. Sie hat sie zuerst an ihrer Familie ausprobiert. Elena versteht es, jedem Kummer, und sei er noch so schlimm, mit einem Mandelkuchen mit Orangen oder einem ihrer berühmten *fiadone* ein Ende zu bereiten.

Ich bin zwischen Eischnee und *mousse au chocolat* aufgewachsen und habe vermutlich mehr Rohzucker eingeatmet als Sauerstoff. Backen war meine erste Sprache, meine erste Art, mich auszudrücken, und das ist so geblieben. Bis heute finde ich es einfacher, jemandem »Ich liebe dich« zu sagen, indem ich ihm einen Windbeutel mit Zitronensahne überreiche, als diese Worte auszusprechen. Worte haben oft einen doppelten

Sinn, sie können trügerisch sein. Beim Kuchen ist das nicht so. Dosierung und Rezepte sind eine Wissenschaft, haben nur mit Chemie zu tun und gar nichts mit Metaphern, mit denen ein geschickter Redner andere manipulieren und belügen kann.

Ich bin das, was ich backe. Wer mich kennenlernen will, braucht nur zu probieren, was aus meinem Ofen kommt. Nie wollte ich etwas anderes tun als backen. Ich habe alle Stufen der Karriereleiter erklommen, angefangen mit dem Aufschlagen von Eiern, die ich dann in feine Cremes oder Baiser verwandelte, gefolgt von einem genauen Studium der Zutaten und Backvorgänge, bis ich schließlich vor zwei Jahren die höheren Weihen erhielt: Ich gewann den Wettbewerb als beste Patissière Frankreichs.

Als die Jury in Paris ihr Urteil verkündete, geriet mein Herz außer Rand und Band, ich empfand Glück, Erleichterung, Erregung, Stolz ... Kummer. Wie sehr hätte ich mir gewünscht, dass meine Großmutter hätte miterleben können, wie ich den Preis erhielt und mit dem Band der Tricolore geehrt wurde. Aber wie der größte Teil meiner Familie blieb sie auf ihrer Insel wohnen, als meine Mutter mit mir ins Exil ging, weit weg von der Mittelmeerküste an eine andere Küste, nahe bei Saint-Malo. Diese Entfernung hätte unseren verwandtschaftlichen Beziehungen nichts anhaben dürfen, aber ich war erst neun, als meine Mutter beschloss, Korsika zu verlassen, und in diesem Alter weiß man noch nicht, wie wichtig unsere Wurzeln für unser Leben sind.

Nach meinem Sieg gehörte ich zu dem ganz kleinen Zirkel von Frauen, die diesen Preis jemals erhalten hatten – es sind tatsächlich nur zwei –, und vor mir lag der Königsweg. Ausgezeichnet unter all den männlichen Kollegen, kehrte ich mit

Lorbeer bekränzt in die Bretagne zurück. Einer jungen Unternehmerin leiht keine Bank gerne Geld, aber Bekanntheit zahlt sich aus. Die verrückte Idee, die ich ein paar Jahre zuvor auf dem Schulhof in der Bretagne geäußert hatte, wurde Wirklichkeit. Ich habe meine eigene Patisserie aufgemacht.

Und dann ist alles schiefgegangen. Erfolgreiche Leute behaupten, man könne es nur schaffen, wenn man gute Mitarbeiter hat. Ich hätte den Sturm vorausahnen müssen; meine Teilhaber waren unzuverlässig, wir waren auch nie eine richtige Gemeinschaft, es gab sie auf der einen und mich auf der anderen Seite, aber Liebe macht blind und taub und leider auch ein bisschen dumm. Vor zwei Monaten hat sich mein Traum in Luft aufgelöst, ich wurde von einem bösen Drachen aus meiner eigenen Patisserie vertrieben und habe alles verloren.

Dann starb mein Großvater, er ist jetzt im Himmel bei meiner Mutter und meinem Vater, vielleicht, um sie zu überwachen, und gestern Abend, als ich meinen Koffer packte, um nach Korsika zur Beerdigung zu fahren, wurde mir klar, dass es für mich keinen Grund mehr gibt, in Saint-Malo zu bleiben. So wurden aus einer Reisetasche für ein paar Tage vier große Koffer, in denen sich alles befindet, was von meinem Leben übrig ist. Während ich ins Flugzeug steige, das mich nach Sartène, die Stadt meiner Kindheit, bringen soll, werfe ich einen letzten Blick zurück. Wie viele Koffer braucht man, um ein Leben einzupacken?

Am Tag der Beerdigung drängen sich viele Menschen vor der Kirche. Ich habe Tränen in den Augen und sehe, wie der Leichenzug in der Parallelstraße stehen bleibt. Er transportiert den Leichnam meines Großvaters Andria Palazzo, der vor vier Tagen gestorben ist – nach einem Leben voller Aufregungen und Abenteuer, dessen zweihundert letzte Episoden ich verpasst habe. Als meine Mutter und ich Korsika verließen, dachte ich, wir führen nur ins Nachbardorf, um Eis essen zu gehen, und kämen am Abend wieder nach Hause. Oder am nächsten Tag, und das hätte ich sicher gut verkraftet.

Aber vom Süden Korsikas an die Smaragdküste im Norden der Bretagne umzuziehen war, als käme man auf einen anderen Planeten. Ein anderes Universum, eine andere Welt, eine andere Geschichte. Wenn man das Leben noch vor sich hat, zählt das Gestern nicht, das Heute spürt man kaum, und alle Träume sind in die Zukunft gerichtet.

Immer wieder habe ich gedacht: Morgen kehre ich nach Sartène zurück. Oder übermorgen. Vielleicht in ein paar Monaten, wenn ich volljährig bin, wenn ich mein Praktikum hinter mir habe, wenn ich meine eigene Patisserie eröffnet habe.

Die Zukunft galoppiert voran, ohne sich umzudrehen; nie fängt man sie ein. Und unterdessen vergeht die Zeit und nimmt das Leben unserer Liebsten mit sich.

Und nun bin ich doch nach Sartène zurückgekehrt, in dieses kleine, malerisch auf einer Anhöhe gelegene Fleckchen Erde, das dem Himmel schmeichlerisch ins Ohr zu flüstern scheint, ihm seine strahlende Helligkeit für immer zu bewahren. Wieder stehe ich auf dem hübschen Marktplatz voller dichtbelaubter Bäume, und jetzt, zwanzig Jahre später, kommt mir dieser Platz recht klein vor. Wie viele Jahre habe ich verloren, indem ich der Zukunft hinterherlief! Jetzt geht ein Teil meiner Geschichte mit ihr verloren, und ich habe den Eindruck, dass ich sie nicht genug ausgekostet habe.

Dabei standen meine Großeltern und ich uns sehr nahe, und mein Großvater hat kurz vor seinem Tod beschlossen, mir ein wunderschönes Ladenlokal zu vererben – nur wenige Meter von der Stelle entfernt, an der jetzt gerade der Leichenzug hält –, und dazu eine ordentliche Summe, um meinen Traum zu verwirklichen, im Land seiner Vorfahren Konditorin zu sein. Es ist auch das Land meiner Vorfahren. Als meine Großmutter mich nach seinem Tod anrief, hat sie mir nicht nur die traurige Nachricht überbracht, sondern mir auch gleich von dem unverhofften Erbe erzählt. Mir wird klar, wie schwer es für die beiden gewesen sein muss, dass ihre geliebte Enkelin wegging, in ein Land hoch im Norden, wo es kalt und immer windig ist. Wie konnte Großvater wissen, dass ich seine Hilfe einmal so sehr brauchen würde? Dieser hübsche Laden und das Geld bieten mir eine zweite Chance, plötzlich leuchtet ein kleines Licht in der Dunkelheit, die mich seit Monaten umgibt.

Wenn du wüsstest …

Wir betreten die große Kirche am Platz, die uns von oben zu mustern scheint. Zuerst die Familie, meine Großmutter ganz vorne, dann meine Onkel und Tanten, Cousins, deren Gesichter ich nicht wiedererkenne, und schließlich die Freunde, die engsten ganz vorne. Soweit ich mich erinnern kann, war meine Großmutter immer sehr stolz darauf, dass die Palazzo eine alte korsische Familie sind und ihr Vermögen gemacht haben, weil sie einen ausgezeichneten Ruf genossen. Damals sprach sie von allen möglichen Feinden, die sie um ihre Vormachtstellung auf der Insel beneideten und deren Hinterhältigkeit man nicht unterschätzen dürfe. So wuchs ich in der Überzeugung auf, dass sich unter unseren Betten und in den Schränken Monster verbargen, die zu allem bereit waren, um uns unsere Autos zu stehlen und unsere Vorratskammern und Kühlschränke zu leeren. Mit sechs Jahren misst man den Reichtum an dem, was sich im Kühlschrank befindet, und an der Zahl der Autos. Immer wenn meine Mutter vergaß, einzukaufen, und der Kühlschrank leer war, machte ich die Monster und ihre Hinterhältigkeit dafür verantwortlich. Erst Jahre später verstand ich den Sinn dieser Reden. Rückblickend bin ich sogar der Meinung, dass meine Großeltern fest an eine Verschwörung gegen die Familie Palazzo glaubten. In der Kirche ist es so kalt wie im Grab. Ich setze mich auf den mir zugewiesenen Platz in der vierten Reihe. Der Priester, ein Mann von etwa fünfzig, hat einen, wie ich glaube, süditalienischen Akzent und beginnt seine Rede mit wirklichkeitsfremder Routine. Er zeichnet das Leben meines Großvaters nach, an das ich kaum eine Erinnerung habe, und meine Augen füllen sich mit Tränen.

Wären wir doch bloß nicht weggezogen …

Dann steht alles um mich herum auf, was mich aus meinen trüben Gedanken reißt. Der Gottesdienst ist zu Ende, was mir erst bewusst wird, als die Leute aus den Bänken treten, um dem Sarg zu folgen. Ich weiß nicht, wie lange ich mit meinen Gedanken woanders war. Das passiert mir in letzter Zeit öfter.

»Du bist immer noch auf der Welt, komm zu uns zurück«, sagte Alex fast jeden zweiten Tag zu mir. Ich hätte besser in meiner Welt bleiben sollen, als zu versuchen, Teil der seinen zu werden.

Ich stehe in der Schlange, um meiner Großmutter zu kondolieren. Neben mir zwei Cousins, jedenfalls vermute ich das. Als ich vor ihr stehe, umarme ich sie ungeschickt und sage leise:

»Es tut mir wirklich sehr leid …«

»Ich weiß«, antwortet meine Großmutter distanziert.

Soweit ich mich erinnern kann, war sie immer schon ein wenig kühl und spröde. Ich glaube, sie weiß gar nicht, was Zuneigung heißt. Dabei weiß ich, dass sie großzügig ist und sehr an der Familie hängt. Sie weiß nur nicht, wie sie es zeigen soll. Als ich klein war, redete sie von nichts als von den Tartes und Kuchen, die sie viele Stunden lang backte, offenbar genügte ihr das.

Als ich ihr am Telefon sagte, dass ich mich über den Laden, den mir mein Großvater vermacht habe, sehr freuen würde, entgegnete sie nur:

»Ich kenne einen guten Makler, der dir helfen kann, ihn zu verkaufen, der Mann ist mir einiges schuldig.«

In Korsika fängt immer alles damit an, dass man jemandem einen Gefallen tut. Je mehr Gefallen man anderen tut, desto mächtiger wird man. Gefallen sind so etwas wie die dortige Währung.

»Ich will ihn gar nicht verkaufen, Oma«, habe ich geantwortet.

»Aber er ist einiges wert, mein Kind, das könnte dir sehr nützlich sein.«

»Nein, nein. Ich fahre noch mal in die Bretagne, um alles zu regeln, dann komme ich wieder und übernehme den Laden.«

Sie hat schnell das Thema gewechselt, und ich habe keine Ahnung, was sie von meiner Entscheidung hält. Inzwischen bewegt sich der Trauerzug auf den Friedhof zu.

Das Mausoleum der Palazzo ist eines der größten in ganz Südkorsika. Nur das der Castelli kann wegen seiner besonderen Bauweise mithalten. Beide Familien haben einen ellenlangen Stammbaum und konkurrieren seit jeher miteinander.

»In Sartène sind die Leute entweder auf der einen oder der anderen Seite. Dazwischen gibt es nichts«, sagte meine Mutter immer, wenn sie von den beiden herrschaftlichen Familien sprach. Meine Mutter hatte immer einen klaren Kopf, bis zu dem Augenblick, an dem sie aufhören musste zu rauchen, um ihre Lunge zu retten.

Wir stehen stumm im Kreis um den Priester herum, dessen Akzent mir allmählich auf die Nerven geht, und blicken in die Grabkammer. Drinnen ist es so düster, als hätte sich ein Riesenmaul geöffnet. Mich durchfährt ein Schauer, es ist selbst für den Februar zu kalt. Der Priester macht ein Zeichen, dass wir still sein sollen, dabei ist er der Einzige, der die Stille mit seinem salbungsvollen Gerede stört. Ich sehe das glänzende, teure Holz des Sarges und frage mich, ob Andria Palazzo wirklich da drinnen ist oder ob er sich vielleicht verflüchtigt hat. Ich kenne nämlich sein stets zu Späßen aufgelegtes unbezähmbares Wesen. Diese Kiste hätte ihm bestimmt nicht gefallen. Sie glänzt zwar, aber am Ende ist es eben doch nur eine Kiste.

Plötzlich erhebt sich ein Murmeln unter den Anwesenden und stört unsere Andacht. Ich sehe, dass die Leute erstaunte Blicke wechseln. Man kann direkt spüren, wie ein Sturm aufzieht.

Ein paar Sekunden später verstehe ich, woher die Aufregung kommt. Der Sarg fiepst und kratzt – oder besser gesagt, etwas da drinnen fiepst und kratzt. Das Geräusch ist immer wieder zu hören. »Heilige Maria Mutter Gottes«, ruft jemand, und ich komme mir vor wie im Mittelalter, als die Menschen noch Sinn für grobe Scherze hatten.

Auch ohne die Dreifaltigkeit zu fragen, weiß ich, dass mein Großvater zu Lebzeiten nie gefiepst hat und es seinem Körper selbst in totem Zustand nie gestattet hätte. Aber es ist keine Einbildung. Großvaters Sarg fiepst tatsächlich, es kratzt von innen gegen das Holz, und die Geräusche werden nicht etwa leiser, sondern zunehmend lauter.

»Das ist das Werk des Teufels«, flüstert eine alte Frau hinter mir. »Der alte Palazzo ist ein guter Fang für ihn. Vielleicht hat er einen Pakt mit dem Teufel geschlossen ...«

»Komm, Nina! Man redet nicht schlecht über Verstorbene«, ermahnt ihre Nachbarin sie. »Wenn der Sarg Krach machen will, dann macht er das eben.«

»Ein Sarg macht doch nicht ohne Grund einen Krach, da muss doch irgendwas sein. Guck mal, er bewegt sich!«

»So ein Unsinn, er bewegt sich doch gar nicht.«

Wo bin ich bloß gelandet?

»Und ist es nicht seltsam, dass er zur selben Zeit gestorben ist wie die Castelli? Das ist bestimmt ein Zeichen.«

»Ein Zeichen wofür? Die Apokalypse?«

»Wenn uns die Heuschrecken überfallen, dann sag nicht, ich hätte dich nicht gewarnt.«

»Dann stellen wir einfach mehr Kerzen mit Zitronenduft auf.«

Der Priester kann die Blicke der Umstehenden nicht länger ignorieren. Er nimmt allen Mut zusammen und legt ein Ohr an den Sargdeckel. Die Leute halten den Atem an, und er hört auf zu beten. Dann klopft er an das Holz.

Das meint der doch wohl nicht im Ernst. Glaubt er wirklich, da antwortet gleich jemand?

Ich bin schockiert. Das Schlimmste ist, dass die Leute um mich herum gespannt den Gesten des Priesters folgen, so als vollziehe er eine heilige Handlung.

Er befragt einen Sarg!
»Weißt du, wenn Tote sterben, bevor sie alles gesagt haben, was sie zu sagen hatten, dann werden sie verhext«, sagt die Alte hinter mir.
»Hast du heute Morgen deine Tabletten genommen?«

Nach einiger Beobachtung und Untersuchung fällt das Verdikt des Priesters:
»Es ist eine Katze.«
Damit hatte ich nicht gerechnet.
Die Gesichter um mich herum drücken Erleichterung und Enttäuschung darüber aus, dass sie nicht an einem vom Satan inszenierten Schauspiel teilnehmen. In einem aber scheinen sich alle einig zu sein: Es ist nichts als eine Katze.
Eine Katze in einem Sarg! Wie kann man das unwichtig und banal finden?
»Es ist eine Plage mit diesen Viechern«, vertraut meine Nachbarin mir an, die wahrscheinlich auch eine meiner Tanten ist, wenn man meiner Großmutter glauben will. »In der Kirche und auf dem Friedhof wimmelt es nur so von Katzen. Überall schleichen sie herum, und es werden immer mehr.«
Und deshalb ist es normal, dass sich eine im Sarg meines Großvaters befindet?
Kaum habe ich mich von meinem Schrecken erholt, da wird mir klar, dass mir das Schlimmste noch bevorsteht. Sie beschließen, den Sarg zu öffnen. Natürlich will ich auch nicht, dass man das Tier, das so blöd ist zu glauben, im Sarg Mittagschlaf zu halten sei die neueste Mode, mit meinem Großvater begräbt, aber bei dem Gedanken, ihn tot sehen zu müssen,

wird mir ganz anders. Den anderen scheint es nicht das Geringste auszumachen. Finden die Leute hier es so normal, die Ruhe der Toten zu stören, dass sich keiner von ihnen aufregt?

Als sich der Deckel des Sarges öffnet, schaue ich weg. Ich habe den Toten nicht aufgebahrt gesehen und mich lieber ferngehalten. Zum letzten Mal bin ich meinem Großvater vor acht Jahren begegnet. Da war er ein grauhaariger alter Mann und bewegte sich langsamer als in meiner Erinnerung aus Kindertagen, aber er war noch Andria. Ich würde es nicht ertragen, ihn im Zustand der Zersetzung zu sehen, und deshalb wende ich mich ab.

Ich kann nicht umhin, ungeduldig zu seufzen. Wie lange brauchen die denn, um eine Katze herauszulassen? Und warum bin ich die Einzige, die wegschaut?

Man braucht doch wirklich nicht lange, um eine Katze aus einem Sarg zu befreien, die meisten Katzen merken sehr schnell, wenn ihr Leben in Gefahr ist. Sie haben zwar neun Leben, sagt man, aber sie gehen eher sparsam damit um.

»Bei allen Heiligen, das ist ja gar nicht Andria!«, ruft plötzlich jemand.

»Was?«, rufen alle, auch ich, und dieser kollektive Aufschrei schallt über den ganzen Friedhof. Wenigstens hier bin ich mit der Menge einer Meinung.

»Wieso denn das?«, fragt meine Großmutter im Ton eines Vorsitzenden des höchsten Gerichtshofs. »Lassen Sie mich durch!«

Sie bahnt sich energisch einen Weg durch die Trauergäste, bis sie vor dem Sarg steht.

»Chiara Castelli!«, ruft sie, als sie die Leiche sieht, und ihre Wut kommt mit jeder Silbe deutlicher zum Ausdruck. »Haben die sich im Sarg geirrt? Soll das ein Scherz sein?«

Das Wort Scherz bedeutet in ihrem Wortschatz eher schlimmes Verbrechen als nettes Amüsement. Die Leute sind erregt, vor Zorn oder aus Panik, vielleicht ist es beides.

»Wie ist das nur möglich?«, fragt sich nun auch der Priester, »die Leiche von Signora Castelli war doch gar nicht im selben Raum.«

Alle Blicke heften sich nun auf die drei Mitarbeiter des Bestattungsinstituts, denen es sicher lieber gewesen wäre, ignoriert zu werden wie bisher, so wie bei Beerdigungen üblich. Die Armen sind sichtlich bestürzt, scheinen dahinzuschmelzen wie Kerzen in der Sonne. Gleich werden sie ganz verschwunden sein.

»Ich weiß nicht ... vielleicht ... vielleicht ...«, stottert einer von ihnen.

»Sie haben *meinen* Andria im Grabmal der *Castelli* bestattet?!«, schreit Elena und fuchtelt drohend mit ihrer Handtasche herum.

Nun bricht auf dem Friedhof das Chaos aus. Allgemeines Stimmengewirr. Manche Leute versuchen, sich dem Sarg zu nähern, um es mit eigenen Augen zu sehen. Es gibt ein Geschubse und Gerangel. Ich sehe mir das Schauspiel an, kann mich nicht rühren vor Staunen. Das ist doch unbegreiflich! Ich muss an mich halten, um nicht laut loszulachen. Das kann doch nicht wahr sein! Heutzutage verwechselt man doch keine Toten mehr! Und noch weniger sargt man Katzen ein.

Meine Tante beugt sich zu mir herüber und sagt:

»Meiner Nachbarin ist dasselbe passiert. Sie war eigentlich nicht meine Nachbarin, es war die Schwägerin ihrer Mutter. Sie haben die Särge vertauscht. Das kommt gar nicht so selten vor, wenn in einer kleinen Stadt Leute zur selben Zeit sterben.

Ein einziges Unternehmen richtet hier alle Beerdigungen aus, kein Wunder, dass dabei manchmal was schiefgeht.«

Was schiefgeht? Meint sie das im Ernst? Wenn man ein Grand-Marnier-Soufflé aus dem Ofen holt und es in sich zusammenfällt, dann kann man vielleicht von schiefgehen reden. Aber die Verwechslung von zwei Särgen, das ist der Gipfel! Das gibt es doch einfach nicht.

»Und dann noch ausgerechnet eine Castelli«, fährt sie fort, und ich verstehe nicht ganz, was sie meint. »Wenn es jemand anderes gewesen wäre, könnte man das ja noch hinkriegen, aber das ...«

Aber das? Was meint sie bloß?

»Das wird noch richtig Ärger geben. Deine Großmutter wird dich brauchen, meine Liebe, alle werden jetzt die Messer wetzen.«

Ich mustere meine Tante neugierig, die Leute um uns herum sind immer noch in großer Erregung. Sie beschimpfen das Beerdigungsinstitut, manche Betschwestern erflehen die Gnade Gottes, der Priester versucht, den Moment für eine Stunde Katechismus zu nutzen. Meine Großmutter stößt wilde Drohungen gegen die ganze Stadt aus. Ich glaube, sie will den Bürgermeister auf dem Scheiterhaufen brennen sehen. Mir ist, als befände ich mich unter einer Glocke, unfähig zu reagieren, und ich frage mich, ob es richtig war, mit Sack und Pack aus Saint-Malo hierhergekommen zu sein.

Plötzlich berührt etwas Warmes und Weiches mein Bein.

Die Katze scheint sich gut aus der Affäre gezogen zu haben.

KAPITEL 2

PATISSERIE PALAZZO

Ich schaue in meinen Backofen und versuche mich zu erinnern, wann ich aufgehört habe zu atmen. Mir dreht sich der Kopf. Es kann nicht allzu lange her sein.

Vor zwei Wochen fand das »Ereignis« auf dem Friedhof statt. Drei Dinge sind ein Zeichen dafür, dass hier nicht alles so läuft wie anderswo. Erstens: Die verdammte Katze hat sich bei mir eingeschlichen, ich musste zustimmen, weil dieses schwarzhaarige Biest mir Angst einflößt. Zweitens: Der von mir vermutete historische Wettbewerb zwischen den Palazzo und den Castelli erinnert mehr an einen Stellungskrieg als an einen Streit in der Nachbarschaft. Drittens: Ich glaube, ich habe mich überschätzt, denn ich habe mir ein Kuchenrezept ausgedacht, das beim besten Willen nicht gelingen will.

Wenn dieser letzte Versuch auch nicht klappt, breche ich zusammen. Auf dem Papier sah es aus wie ein Wunderwerk. Ich schreibe mir neue Ideen immer auf und habe an die zwanzig Hefte voller Rezepte, die meiner Phantasie oder der meiner Großmutter entsprungen sind. Ein großer Konditor muss folgende Fähigkeiten haben: perfekte Technik und Ideenreichtum. Wir alle möchten gern, dass eins unserer Rezepte bei der

Kritik Anerkennung findet, zu einem Klassiker wird, den dann Hotels und Restaurants nachahmen.

Was war das nur für eine idiotische Idee ...

Ich hatte den Ehrgeiz, zwei Meisterwerke französischer Backtradition zusammenzubringen. Das ist in etwa so, als wollten sich Franzosen und Engländer über die Zukunft Europas einigen. Katastrophe garantiert. Aber ich war ja so vermessen zu glauben, ich könnte mich über alle Regeln der Patisserie-Kunst hinwegsetzen. Jetzt merke ich, dass meine prachtvolle Idee meine sämtlichen Vorräte verschlingen wird, ohne dass dabei etwas Essbares herauskommt.

Diabolo schnurrt zu meinen Füßen. Entweder die Katze freut sich über mein Pech, womit bewiesen wäre, dass sie tatsächlich direkt aus der Hölle kommt, wie ich vermute, oder sie glaubt an die Absurdität meiner Idee und ist genauso verrückt wie ich. Bei einem Tier, das von den fünfzehn Vornamen, die ich mir ausgesucht hatte, nur auf Diabolo reagiert hat, muss man mit allem rechnen.

Noch eine Minute, und der Küchenwecker klingelt. Dann muss ich letzte Hand an den Kuchen legen, ihn ein paar Minuten ruhen lassen, sämtliche Götter um ihren Beistand bitten und sehen, was passiert.

Wenn man eine Patisserie aufmacht und möchte, dass sie sich hält, genügt es nicht, gute Arbeit zu leisten, nein, man muss einen Kuchen erfinden, der zum Superstar wird, der die Kunden dazu bringt, einen Umweg zu machen und ihm später im Internet eine tolle Bewertung zu geben. In manchen Gegenden funktioniert das, in anderen nicht. Der Kuchen, den ich damals in der Bretagne kreiert habe, würde hier nicht gut ankommen.

Einer meiner Lehrmeister hat mal gesagt: »Ein Rezept muss immer in den örtlichen Kontext passen.« Damals war ich in der Ausbildung, also noch ganz jung, und hatte keine Ahnung, was er damit meinte, aber jetzt, Jahre später, ist mir alles klar.

Seit zehn Tagen versuche ich, meinen Kuchen in den »Kontext« zu bringen, und bald droht mir ein Herzinfarkt. Durch den Tourismus im Süden Korsikas ist die Konkurrenz zwischen den Geschäften gestiegen, und da wir hier auf einer Insel sind, glauben alle, etwas Besonderes zu sein. Die Leute sehen es nicht gern, wenn sich hier ein Fremder niederlässt, ein sogenannter *pinzutu*, oder schlimmer noch: ein Verräter seiner Heimat. Ich gehöre zur zweiten Kategorie, weil ich die Insel verlassen und jahrelang anderswo gelebt habe, und das ist ein großer Nachteil. Aber ich will mich nicht entmutigen lassen und aus der Situation das Beste machen ... Vorausgesetzt mein Starkuchen spielt mit und tut, was ich ihm sage.

Da klingelt der Küchenwecker.

Ich hole tief Luft und öffne die Ofentür, ziehe vorsichtig das Blech heraus und stelle es auf den Arbeitstisch. Diabolo gibt ein lautes Miauen von sich, das ich für ein positives Zeichen halte. Sollte ich ihn missverstanden haben, soll er gefälligst reden.

Nach einer Weile fange ich an, ganz vorsichtig den bretonischen Teig, der aus reichlich Butter und Zucker besteht, aufzuschichten, und zwischen die Schichten fülle ich eine Mousse aus *brocciu*, dem korsischen Quark aus Schaf- und Ziegenmilch, Sahne und Zucker. Vorher habe ich den Tortenboden etwas abkühlen lassen, damit die Füllung nicht schmilzt und ich alles gleichmäßig zwischen den Teigschichten verteilen kann. Auf der obersten Schicht trage ich sorgfältig einen dünnen Guss aus

Karamell auf. Als ich fertig bin, schließe ich die Augen und nehme den Geruch wahr, der mir entgegenströmt, warm, rund, verlockend. Er erinnert mich an meine Kindheit, wenn wir an einem Wintermorgen bei prasselndem Feuer am Kamin saßen. Noch dreißig Sekunden und ich kann meinen Kuchen probieren.

»Ich will dir nicht zu nahe treten, Diabolo, aber jetzt musst du mir mit deinen höllischen Kräften beistehen. Wenn der Kuchen nicht gelungen ist, gibt es kein Biofutter mehr und auch keine Brekkies am Nachmittag.«

Ich nehme einen Bissen und lege ihn mir auf die Zunge. Am Rand schmilzt es, ich beginne, etwas zu schmecken, dann beiße ich hinein und genieße die Mischung aus Butter, Bourbon-Vanille, Karamellzucker und der ganz leicht säuerlichen frischen *brocciu*-Mousse. Ich seufze. Was für ein herrlicher Geschmack, ein wahrer Genuss! Ich beginne zu träumen. Meine Schultern entspannen sich, mein Körper spürt die freigesetzten Endorphine. Ich weiß, dass mir mein Fünf-Sterne-Kuchen gelungen ist.

»Ich hab's geschafft, endlich hab ich's hingekriegt!«

»Was hast du geschafft?«

Ich erschrecke, als ich die Stimme meiner Großmutter höre.

»Oma?«

»Die Tür stand offen, und ich dachte, dann brauche ich nicht zu klingeln. Wie geht's dir?«

»Gut ... gut.«

Ich sehe, wie sie aufmerksam meine Küche beäugt. Zwar war der Laden, den ich von Großvater geerbt habe, in bester Ordnung, aber ich habe etwas Dekor hineingebracht, damit alles besser zu mir passt und persönlicher ist. Das geerbte Geld hat mir dabei geholfen, denn so konnte ich die Arbeiter bezahlen, die mir meine Wünsche erfüllt haben. Während der Bauarbeiten kam Elena vorbei und führte sich auf wie jemand von der Bauaufsicht, der sich nicht äußert und seine Meinung für sich behält. Vielleicht hat sie das von den Mühen abgelenkt, die sie bei den Behörden hatte, damit Großvater ins richtige Grab gebracht werden konnte. Ich war froh, dass ich rund um die Uhr mit dem Laden beschäftigt war, denn so musste ich mir nicht alle Verschwörungstheorien und Verdächtigungen im Zusammenhang mit der »Sarg-Affäre« anhören, die im ganzen Ort kursieren.

»Das freut mich zu hören«, sagt sie. »Wo ich schon mal hier bin, würde ich gern mit dir über etwas reden.«

»Und worum geht's?«

Vielleicht der Weltuntergang oder das Wetter von morgen?

»Du kannst so ein Geschäft nicht allein führen. Entweder du arbeitest in der Küche oder du verkaufst. Beides wirst du nicht schaffen.«

»Ich weiß, deshalb habe ich ja auch eine Annonce in die Zeitung gesetzt und …«

»Ich habe den idealen Bewerber für die Kasse und die Bedienung der Kunden gefunden.«

Wer das wohl sein mag?

»Wirklich?«

»Ja, und zwar Marc-Antoine!«

Das klingt gut, immerhin trägt er den Namen eines römischen Generals.

Da kommt ein junger Mann in den Laden. Er sieht aus, als stünde er kurz vor der Hinrichtung auf dem elektrischen Stuhl. Er hat blonde Locken, eine blasse Haut, schaut drein wie ein Kaninchen vor der Schlange, und er sieht auch nicht aus wie Anfang zwanzig. Mit seinem runden Gesicht und dem dicklichen Körper wirkt er wie ein Riesenbaby. In der Schule war er bestimmt eine Null.

»Dies ist dein Cousin Marc-Antoine«, erklärt meine Großmutter.

»Oh …«

Ich überlege, was ich noch sagen könnte.

»Er ist der Sohn deiner Tante Lidia. Sie ist Serges Frau.«

»Aha.«

Wenn er der Sohn der Heiligen Jungfrau wäre, würde ich ihn auch nicht einfacher mit mir in Verbindung bringen.

»Er hat gerade sein Fachabitur gemacht und sucht nun einen Job.«

»Gut, aber normalerweise suche ich mir meine Mitarbeiter selbst aus.«

Wie naiv ich doch bin!

»Ich dachte, du hättest kaum Zeit gehabt, deine Patisserie rechtzeitig zu eröffnen«, wendet sie ein.

Bravo, Elena, Stalin wäre stolz auf dich.

»Das stimmt, aber das ändert nichts daran, dass …«

»Glaubst du, ich wüsste nicht, was du brauchst?«

»Na ja, offensichtlich …«

»Bist du der Meinung, dein Erfolg ist ganz unwichtig?«

»Also …«

»Du glaubst doch wohl nicht, dass ich den letzten Willen deines Großvaters missachte und falsche Entscheidungen für den Laden zulasse, den er dir vererbt hat.«

»Ja also, ich …«

Ich würde mich am liebsten in einer Zimmerecke zusammenrollen und losheulen.

»Du kannst es doch mal mit Marc-Antoine versuchen, und wenn er es nicht schafft, dann suchst du dir jemand anderen. Es ist nicht einfach, hier in der Gegend Arbeit zu finden, vor allem, wenn man nicht der Norm entspricht. Und im Augenblick hast du doch niemanden. Warum gibst du ihm nicht eine Chance? Schließlich gehört er zur Familie. Danach kannst du dann nach bestem Wissen und Gewissen entscheiden.«

Ich glaube Geigenklänge zu hören.

»Okay, probieren wir es«, entgegne ich seufzend, »aber wenn ich mich entscheide, ihn nicht zu behalten, darfst du mich nicht unter Druck setzen.«

»Habe ich das je getan?«

Nicht das wilde Tier herausfordern, bloß ruhig bleiben.

»Willkommen an Bord, Marc-Antoine! Ich zeige dir den Laden und erkläre dir, was du zu tun hast.«

Er nickt. Er sieht aus, als warte er auf die Erlaubnis zu atmen. Er ist schüchtern, verschlossen, voller Komplexe ... Genau das, was man braucht, um Kunden zu bedienen. Elena hat wirklich geniale Ideen. Ich tröste mich damit, dass er es sicher nicht zwei Tage durchhalten wird und ich danach einstellen kann, wen ich will, ohne dass meine Großmutter mich steinigt. Ob ich will oder nicht, sie und ich sind eng verwandt, und wir müssen einen Weg finden, miteinander auszukommen.

»Was ist denn das?«, sagt sie und wirft einen neugierigen Blick auf meinen gerade frisch aus dem Ofen geholten Kuchen.

»Diesen Kuchen habe ich mir für die Eröffnung ausgedacht. Willst du mal ein Stück probieren?«

Sie zögert. Ich spüre, dass sie mit sich kämpft, weiß aber nicht so recht, warum. Schließlich streckt sie ihre Hand aus. Ich warte, bis sie den Bissen zu ihrem Mund führt, und beobachte, wie sie reagiert. Ihre natürliche Zurückhaltung scheint zu schwinden, das sehe ich an ihren leuchtenden Augen: Sie kann ihre Freude nicht verbergen. Da scheint mir etwas gelungen zu sein. Wenn ich Elena Palazzo mit diesem Kuchen aus ihrer strengen Kälte locken kann, wird er die Herzen von ganz Südkorsika erwärmen, und das ist gut fürs Geschäft.

»Das schmeckt ... sehr interessant«, sagt sie und scheint selbst überrascht über ihr Lob.

»Wirklich? Vielen Dank! Weißt du, dass ich so etwas kann, habe ich dir zu verdanken.«

Ich spüre, wie sie erstarrt. Es ist zu früh für Komplimente. Viel zu früh.

»Wie heißt das Ding?«

»Es hat noch keinen Namen, ich habe mir das Rezept ja gerade erst ausgedacht und war mir nicht sicher, ob es funktioniert. Es ist eine Mischung aus einem klassischen bretonischen Butterkuchen, dem *Kouign-aman*, und dem korsischen Quarkkuchen *Fiadone*, den du immer gemacht hast, als ich klein war.«

»Du hast ein korsisches Rezept mit einem bretonischen vermischt?«, fragt sie mit tonloser Stimme.

»Ich habe natürlich noch etwas Eigenes hinzugefügt. Und ich finde, darin spiegelt sich meine Lebensgeschichte ganz gut wider, oder?«

»Du hast wohl völlig den Verstand verloren, Mädchen!«

Ich hätte spüren müssen, wie der Wind sich dreht.

Diabolo miaut. Er hat es gespürt.

KAPITEL 3
PATISSERIE PALAZZO

Von allen Möglichkeiten, darauf zu reagieren, entscheide ich mich für einen tiefen Seufzer. Auf einer Skala von Eins bis Fünf kommt das minus 48 gleich.

»Oma, das ist doch nur ein Kuchen, man könnte denken, du redest von Waterloo.«

»Nein, das ist nicht *nur* ein Kuchen, es geht um lokale Traditionen, die man ernst nehmen muss. Du aber setzt dich einfach so darüber hinweg, weil du besser sein willst als das Original.«

»Darum geht es mir doch gar nicht. Ich möchte nur gern zwei Regionen, in denen ich aufgewachsen bin und die mich zu dem gemacht haben, was ich heute bin, zugleich die Ehre erweisen. Wir Konditoren sprechen durch unsere Kreationen und erzählen Geschichten. Meistens unsere eigene. Du solltest mir also nichts Böses unterstellen.«

Ich verschränke die Arme vor der Brust, um meine Erregung zu bremsen. Seit ich aus der Bretagne geflohen bin, habe ich manchmal schwache Nerven. Ich war schon immer impulsiv, aber in letzter Zeit gehen öfter die Pferde mit mir durch. Und wenn ich eine Sache nicht leiden kann, dann sind es böse Unterstellungen.

»Ich will ja nicht sagen, dass du absichtlich die korsische Kultur beleidigen wolltest«, sagt Elena nun so beschwichtigend, wie es ihr möglich ist, »ich will nur sagen, dass die Leute das genau so verstehen werden.«

»Tatsächlich? Sie können es doch auch einfach originell, beherzt und köstlich finden.«

»Du nimmst nicht an einem gastronomischen Wettbewerb teil, meine Liebe, du hast es mit Inselbewohnern zu tun, die nicht nur mit dem Magen, sondern auch mit dem Herzen essen. Sie sind keine Kritiker, die für Feinschmeckerjournale schreiben.«

Die Alte schlägt ja ganz schön zu!

»Und ich bin so, wie ich bin. Dieser Kuchen erzählt meine Geschichte. Ich habe mich dabei von zwei großartigen Rezepten inspirieren lassen und habe, was geschmacklich zusammenpasst, miteinander kombiniert, mit einem guten Ergebnis. Das ist kein Teufelswerk.«

»Ich will dich ja nur schützen.«

»Du meinst, du willst mich genauso unterdrücken wie damals meine Mutter, weshalb sie aus Sartène fortgegangen ist.«

Ich lege mir die Hand vor den Mund. Elena schweigt. Das war ein Schlag unter die Gürtellinie, und ich bereue ihn schon.

»Entschuldigung, das wollte ich nicht so sagen …«

Ich erinnere mich an all die nervtötenden Telefonate, die meine Mutter erhielt und die stets voller Vorwürfe waren, weil sie damals weggegangen ist. Und wenn sie nicht mehr wusste, was sie sagen sollte, habe ich die Gespräche übernommen. Nie hat sich jemand gefragt, warum Mama nach dem Tod meines Vaters ins Exil gegangen ist, mehr als tausendfünfhundert Kilometer von ihrer Heimat entfernt.

Es ist nicht immer nur eine Seite an den Dingen schuld.

»Du kannst dir wahrscheinlich nicht vorstellen, wie bekannt der Name Palazzo hier in der Gegend ist«, fährt meine Großmutter nun in freundlicherem Ton fort. »Du hast dich entschieden, deinen Laden zu Ehren deines Großvaters so zu nennen. Das rührt mich sehr und hätte auch ihn gefreut. Die Leute werden in dir eine Palazzo sehen und dabei auch die Geschichte unserer Familie im Auge haben, die hier im Städtchen immer eine große Rolle gespielt hat.«

»Findest du nicht, du übertreibst ein bisschen? Wir leben nicht mehr in der Zeit von Romeo und Julia, wo sich die Capulet und die Montague bis aufs Blut gestritten haben. Die jüngere Generation interessiert sich kaum noch für den Ruf bestimmter Familien.«

»So ist es vielleicht in Saint-Malo, hier aber nicht. Im Gegenteil, man erinnert sich an alles und gibt es an die nächste Generation weiter – alle Freuden und Leiden, Triumphe und Niederlagen einer Familie.«

Sie holt tief Luft.

»Du hast doch selbst erlebt, was hier los war, als die beiden Särge vertauscht wurden. Da konnte man deutlich sehen, wie groß die Rivalität mit den Castelli immer noch ist.«

»Mir ist eher aufgefallen, wie unfähig das Beerdigungsinstitut ist und wie hysterisch die Leute waren. Wo kommt diese Rivalität denn eigentlich her? Soweit ich mich erinnern kann, habt ihr, du und Großvater, euch nie sehr deutlich darüber geäußert, wer euch ›übel will‹. Waren damit immer die Castelli gemeint? Weiß überhaupt noch jemand, wie dieser Streit angefangen hat?«

»Natürlich!«, sagt sie so beleidigt, als hätte ich sie beschimpft. »Die ganze Sache reicht bis zur Generation deines Großvaters zurück. Es ging um eine Schuld zwischen beiden Familien, die nicht anerkannt wurde, und wir haben deshalb einen hohen Preis zahlen müssen. Die Castelli sind dadurch zu Reichtum gekommen. Ganz abgesehen davon, dass heute immer noch viele der Meinung sind, die Palazzo seien Gauner, dabei haben die Castelli uns bestohlen. Du kannst dir nicht vorstellen, wie viele Nachteile uns das eingebracht hat. Zum Beispiel bei Krediten oder der Unterstützung unserer beruflichen Pläne. Ohne diese Geschichte hätten wir viel größere Erfolge erzielt.«

Ich höre ihr zu und bin ganz perplex. Sie scheint überzeugt von dem, was sie erzählt. Wie soll man wissen, was an dieser Geschichte wirklich dran ist? Mir kommt das alles vor wie ein Roman.

Sie fährt fort und blickt dabei in die Ferne.

»Die Castelli verdanken ihren Erfolg zum Teil dieser Schuldanerkennung und haben in der Gegend viel investiert. Sie sind Großunternehmer mit vielen Angestellten. Überall haben sie ihre Niederlassungen. Wie willst du an Kunden herankommen? Touristen vielleicht? Mit denen kannst du keinen Jahresumsatz machen. Für ein regelmäßiges Einkommen brauchst du die Leute aus der Gegend. Wenn du sie nicht überzeugen kannst, wird dich kein Restaurant, kein Eiscafé, kein Lebensmittelhändler weiterempfehlen.«

»Willst du mir damit sagen, dass ich den Laden aufgeben soll?«

»Nein, aufzugeben, das haben die Palazzo nicht im Blut.«

»Umso besser. Ich musste schon einmal alles aufgeben, und das soll nie wieder geschehen. Ich bin jetzt hier und werde so lange weitermachen, bis ein Gericht mir Konkurs bescheinigt.«

Ein feines Lächeln huscht über ihr Gesicht und lässt es gleich sanfter wirken. Ich weiß nicht, ob das ein gutes oder schlechtes Zeichen ist. Ich möchte aber Klarheit haben.

»Was ist, Oma? Warum lächelst du so?«

»Du bist deinem Großvater unglaublich ähnlich.«

Ich fange an zu zittern und weiß nicht, wie ich auf diese Erklärung reagieren soll. Sie wird es wohl nie schaffen, von ihrem Sohn zu reden, meinem Vater, sein Name kommt ihr nicht über die Lippen. Ich bin mit diesem seltsamen Kult um meinen Vater aufgewachsen, über den nach seinem Tod nicht gesprochen werden durfte und der für mich ein ewiges Geheimnis bleibt. Niemand hat mir je ein Foto von ihm gezeigt. Von manchen Verlusten erholen sich Familien offenbar niemals.

»Na schön, ich will dich nicht länger bei der Arbeit stören und komme morgen mal wieder vorbei«, sagt Großmutter da und gibt den Kampf anscheinend auf, was ihr gar nicht ähnlich sieht.

Ihre schlanke Gestalt – sie hat im Alter noch immer ihre Figur von früher und hält sich sehr gerade –, verschwindet in Richtung Straße im hellen Licht des frühen Nachmittags. Ich werde plötzlich sehr müde, als hätte mir unsere Diskussion alle Kräfte geraubt. Wir haben uns nur angekläfft wie zwei Hunde und keine Lösung gefunden. Wirklich großartig.

»Das Bild ist heruntergefallen.«

Ich fahre hoch, mein Herz setzt für ein paar Schläge aus. Marc-Antoine!

»Ja, der Nagel muss neu eingeschlagen werden, aber ich habe den Hammer zu Hause vergessen. So kurz vor der Eröffnung schaffe ich eben auch nicht alles.«

»In einem der Läden nebenan haben sie bestimmt einen Hammer in der Schublade.«

Vielleicht ist dieses pausbäckige Kaninchen doch nicht ganz unbrauchbar.

»Ganz bestimmt, danke für diese tolle Idee.«

»Oh, ich habe öfter mal tolle Ideen«, erklärt er verlegen.

»Umso besser, denn in den nächsten Wochen werde ich sicher viele tolle Ideen brauchen, vor allem, wenn ich an Elenas Warnungen denke.«

Marc-Antoine zeigt keinerlei Regung. Mein Versuch, die Atmosphäre aufzulockern, ist ziemlich schiefgegangen.

»Sag bloß, dass du zwischen den Zeilen lesen kannst.«

»Wenn man so dick ist wie ich, ist das lebensnotwendig.«

Ich lächele ihm zu und bin beruhigt.

Mit meinem Aussehen bin ich von den Göttern verwöhnt worden. Ich habe es von derselben Frau geerbt wie meine Leidenschaft fürs Backen: von Elena nämlich. Meine Taille ist schlank, ohne dass ich etwas dafür tun müsste, meine Haut ist frisch und immer leicht gebräunt, mein Haar ist kräftig und hat die Farbe von glänzenden Kastanien, und mein Gesicht ist oval, so dass mir jede Frisur steht. Früher habe ich ab und zu gemodelt, wenn ich Geld brauchte, und vielleicht hätte ich in der Modewelt Karriere machen können, wenn mein Herz nicht von Anfang an für das Konditorhandwerk geschlagen hätte. Niemals hat sich jemand über mein Aussehen lustig gemacht, nie brauchte ich, was das angeht, um Anerkennung zu kämpfen. Dafür hat das Leben mir andere nicht weniger gemeine Hindernisse in den Weg gestellt. Deswegen habe ich auch Verständnis für den Kummer, der sich hinter den humorigen Anspielungen meines Cousins verbirgt.

»Gut, ich versuche einen Hammer aufzutreiben und kann mich bei dieser Gelegenheit dann auch gleich bei meinen Nachbarn vorstellen. Bisher bin ich wegen der Umbauarbeiten und Vorbereitungen hier ja fast nicht herausgekommen.«

Ich lasse Marc-Antoine in der Küche zurück und gehe zum Laden nebenan, einem Lebensmittelgeschäft, das regionale Produkte auf hübschen Holzregalen präsentiert. Es riecht überall nach Multivitaminsaft. Sie haben keinen Hammer, aber ein alter Herr, der ein wenig schwerhörig ist und nun denkt, ich hieße Catrina, hat sich über meinen Besuch gefreut.

Danach gehe ich in den Laden links von mir, wo sie Kosmetik auf Immortellenbasis verkaufen, die Pflanze wird hier angebaut und ist sehr beliebt. Die Inhaberin ist so perfekt gestylt und geschminkt wie die Stewardessen in den Zeiten, als das Fliegen noch etwas für privilegierte Leute war. Sie empfängt mich mit einer Anmut, wie sie nur außerordentlich schöne Frauen besitzen. Ein feines Lächeln, ein Schwung ihres blonden Haars, aber auch sie hat keinen Hammer.

Genau gegenüber von meiner Patisserie gibt es noch eine Schokoladenmanufaktur von beachtlicher Größe. Zwei Schaufenster, und sie müssen mindestens fünfzehn Angestellte haben, die Hälfte allein für den Verkauf. An der Fassade prangt der Schriftzug: *Chocolaterie Castelli & Frère*. Ich sehe mir die Schaufenster an.

»Ganache mit roter Myrte und Immortelle!«, entfährt es mir. Wieso bin ich nicht eher darauf gekommen?

Die Gebrüder Castelli sind die bekanntesten Hersteller feinster Schokoladen in Frankreich. Die größten Hotels in Europa und im Nahen Osten kaufen ihre Produkte zu Höchstpreisen. Letzten Monat erst hatten sie eine Doppelseite in einer Sondernummer des Magazins *Drei Sterne*, in dem es um die *haute cuisine* geht.

»Wenn ich meinen Laden nicht gleich nächste Woche wieder schließen will, muss ich mir wohl ein paar Rezepte ausdenken, die gut zu Schokolade passen«, murmele ich vor mich hin.

Wenn ich Angst habe, führe ich immer Selbstgespräche. Das mache ich oft. Jetzt wo ich eine Katze habe, fällt es vielleicht weniger auf.

»Los, geh schon rein ... Oh mein *Gott*!«

Wieso arbeitet mein Gehirn manchmal so effizient und manchmal so unglaublich langsam?

Chocolaterie Castelli.

Allmählich sickert die Bedeutung dieses Namens in mein Bewusstsein. Oder kann es ein, dass das nur ganz dummer Zufall ist und es nicht dieselben Castelli sind wie die Castelli von der Beerdigung, auf der die beiden Särge vertauscht wurden?

Unmöglich, so rücksichtsvoll ist diese Welt nicht.

Ich drehe mich langsam auf dem Absatz um, und mein Blick fällt auf das hübsch gemalte Holzschild, das über meinem Laden hängt.

Patisserie Palazzo.

Die Welt ist ein Irrenhaus.

KAPITEL 4
CHOCOLATERIE CASTELLI

»Kann mir mal jemand sagen, warum diese Tante die ganze Zeit schon vor unserem Schaufenster steht und reinglotzt wie ein mondsüchtiges Kalb?«

Ja wirklich, was macht die Enkelin des Säufers Andria Palazzo hier? Beobachtet sie uns oder will sie uns ausspionieren? Na ja, jedenfalls ziemlich beeindruckend, wie sie es geschafft hat, innerhalb von vier Wochen eine Patisserie aus dem Laden zu machen. Keine Ahnung, was sie mit den Arbeitern angestellt hat, dass die nicht getrödelt haben. Wirklich effizient! Ich wünschte, meine Verkäuferinnen wären so auf Zack. Vielleicht sollten sie drüben mal in die Lehre gehen.

»Vielleicht ist sie einfach nur neugierig«, antwortet mein Bruder in seiner freundlichen Art, mit der er mir seit Jahren auf den Wecker geht.

»Ja, genau wie Attila. Der war auch sehr neugierig auf die Länder, die er eroberte.«

»Findest du deine Reaktion nicht ein bisschen übertrieben? Ich glaube, du leidest unter Verfolgungswahn.«

»Und ich glaube, du bist der Einzige, der nicht kapiert, was für ein Manöver der alte Palazzo da in Gang gesetzt hat. Das war alles von langer Hand geplant. Er hat doch jahrelang auf Rache gesonnen. Bestimmt ist ihm einer abgegangen, als er es sich im falschen Sarg gemütlich gemacht hat. Warum verdrehst du die Augen?«

»Er hat den Laden doch nicht extra für seine Enkelin gekauft. Vielleicht hat Elena ihn ihr einfach geschenkt, was weiß ich?«

»Bist du auch beruflich so naiv, oder ist das nur für deinen persönlichen Gebrauch?«

»Du hast echt 'nen Knall. Was soll das denn bitte für ein Plan sein, den Palazzo sich ausgedacht hätte?«

»Ich kenne diesen alten Säufer nur zu gut, und das ist ein ganz mieser Trick. Erinnere dich, wie diese Familie ist, alles nur Jammerlappen und Betrüger. Mir auf meinem Gebiet in die Quere zu kommen, kommt einer Kriegserklärung gleich.«

»Krieg mit Kuchen?« Er grinst.

»Dom, hör mir zu, und denk doch mal nach. Kein normaler Mensch kann übersehen, was für eine Provokation es bedeutet, direkt vor meinem Schokoladengeschäft eine Konditorei aufzumachen, und das auch noch mit dem Schild *Patisserie Palazzo*. In der Tierwelt würde das bedeuten, dass man überall hinpinkelt, um sein Territorium zu markieren.«

Dominique schweigt. Da ich ihn eigentlich gernhabe, will ich nicht sofort an seinem gesunden Menschenverstand zweifeln.

»Also gut, nehmen wir an, du hast recht ... Was willst du jetzt machen?«

»Die blöde Tortenbäckerin eliminieren!«

Er mustert mich aufmerksam.

»Es kommt nicht in Frage, dass der alte Ziegenbock mir noch nach seinem Tod das Leben schwer macht – und das mit Hilfe seiner Enkeltochter«, erkläre ich erbost. »Ich habe genug seiner Anfälle von Paranoia miterlebt.«

»Ja, zu viel Paranoia tötet die Paranoia.«

»Du und sarkastisch?«

»Wie kommst du darauf?«

Ich erinnere mich noch genau an Andrias Hetzkampagnen, als ich Geld brauchte, um mir mein Geschäft aufzubauen. Der alte Palazzo lachte über unsere finanziellen Schwierigkeiten und erzählte davon in allen Cafés, in denen er sich herumtrieb. Als es trotz seiner Manöver anfing, gut zu laufen, hat er sicher nächtelang über seinem Maronenlikör gebrütet, wie er sich rächen könnte. Ich bin fast ein bisschen traurig, dass dieser verbitterte Säufer nicht mehr da ist, um mitzuerleben, was für eine Klatsche ich seiner Nachkommenschaft verpassen werde.

Und jetzt kommt sie hier auch noch rein!

Ja, komm nur in die Höhle des Löwen, meine Kleine, hier bist du in meinem Reich.

»Guten Tag«, sagt sie mit einer rauen Stimme, die nicht zu ihrer knabenhaften Topmodelfigur passt, »ich bin die Inhaberin des neuen Ladens hier gegenüber, Catalina Palazzo.«

Sie hält mir die Hand entgegen, aber das ignoriere ich. Dom fühlt sich zur Höflichkeit verpflichtet, ergreift rasch ihre Hand und stellt sich mit dieser beflissenen Freundlichkeit vor, die er noch nie in Zaum zu halten wusste.

Da ich kein Wort sage, muss sie selbst weiterreden:

»Ich hatte bisher noch keine Zeit, vorbeizukommen und mich vorzustellen. Seit meiner Ankunft hier bin ich aus dem Laden kaum herausgekommen.«

Sie lächelt. Ich lächele nicht.

»Oh ja. Wir wissen, was so eine Renovierung bedeutet«, entgegnet mein Bruder liebenswürdig. Ich würde ihm gerne die Eingeweide rausreißen. Warum kann er nicht begreifen, wann er die Klappe zu halten hat.

»Ja, so ein Einzug ist nicht so leicht zu bewältigen. Ehrlich gesagt, gibt es noch einen Grund, warum ich hier bin. Ich habe ein Problem mit einem Bild, das immer wieder runterfällt, sobald ich ihm den Rücken drehe. Ich wollte Sie fragen, ob Sie in irgendeiner Schublade einen Hammer haben, den Sie mir vielleicht leihen könnten ...«

»Nein, dies ist eine Chocolaterie und keine Eisenwarenhandlung«, erkläre ich.

Unter den dichten schwarzen Wimpern blitzen ihre dunklen Augen kurz auf. Ich sehe die Bosheiten, die sie mir gern an den Kopf knallen würde. Umso besser, wenn es im Kampf etwa gleich starke Gegner gibt. Die Kleine hat etwas von dem alten Palazzo an sich, etwas in ihrem Blick sieht mehr nach Krieg als nach Frieden aus. Tja, Unkraut bringt eben immer nur wieder Unkraut hervor.

»Danke für diese überaus präzise Antwort«, entgegnet sie spitz.

»Aber ich bitte Sie, Präzision ist Teil unseres Berufs«, sage ich.

Sie holt tief Luft.

»Soso ... Monsieur Castelli von den Gebrüdern Castelli, nehme ich an?«

»Gut erkannt.«

»Na schön, dann werde ich mal besser gehen, die Luft hier ist sehr dick, um nicht zu sagen verpestet, und ich bin es gewöhnt, inmitten feinerer Gerüche zu arbeiten.« Sie nickt mir hochmütig zu und verlässt den Laden.

Mach nur weiter so, Mademoiselle, dein kleiner Arsch befindet sich bereits auf dem Schleudersitz, und bald werde ich den Knopf betätigen.

Sobald dieser Eindringling meinen Tempel der Schokolade verlassen hat und in seine Grotte zurückgekehrt ist, wende ich mich wütend meinem Bruder zu.

»Na? Willst du ihr nicht nachlaufen und sie weiter anbaggern?«, sage ich bissig.

»Wie gut, dass du so gar nicht zu Übertreibungen neigst.«

»Hör auf, dich auf ihre Seite zu schlagen.«

»Das hatte ich gar nicht vor.«

»Ach komm, du würdest doch sogar einem Kieselstein helfen! Wenn ich nicht wäre, hätten wir schon längst schließen müssen, weil du unseren Kunden viel zu große Rabatte gibst und dich nicht um offene Rechnungen kümmerst.«

»Man kann aber doch höflich sein, oder?«

»Meine Güte, Dominique!«

Ich liebe meinen Bruder mehr, als ich je zugeben würde, aber dass ich ihn über alle die Jahre mit so viel Energie unterstützen musste, trübt mein Vertrauen in seine genetische Disposition. Er hat einfach ein zu weiches Herz. Wenn er wenigstens kapieren würde, was ich tun muss – und was habe ich nicht alles tun müssen?! –, damit die Familie bis zum Monatsende etwas zu essen hat und ihr die Besitztümer erhalten bleiben! Ich weiß, was er über mich denkt, er hat nie etwas vor mir verbergen können. Er denkt, ich sei hart, kalt und streitsüchtig. Er hat vielleicht nicht ganz unrecht, aber wenn ich nicht so wäre, wer hätte dann all diese unbequemen, aber notwendigen Entscheidungen getroffen? Manchmal würde ich es ihm gern erklären, in aller Offenheit, aber dann schaue ich in seine großen blauen Augen, die die Welt immer in Rosa sehen, und ich sage mir: wenigstens einer von uns, der glücklich ist.

Ich gehe in die Küche hinter dem Verkaufsraum, werfe einen Blick auf alles und rufe dann laut:

»Ursula!«

Schwing deine Fangarme in mein Büro ...

Ich muss mir jedes Mal ein Lachen verkneifen. Kann man seine Tochter wirklich *Ursula* nennen – wie dieses fette Unterwassermonster aus dem Disney-Film, an den wir alle uns noch gut erinnern?

»Ja, Chef«, antwortet Ursula und kommt gleich angelaufen, auf ihren Plateausohlen von mindestens vierzig Zentimetern.

»Ich glaube, die Patisserie, die gegenüber eingezogen ist, eröffnet morgen. Wenn es so weit ist, möchte ich, dass Sie mir dort verschiedene Kuchen kaufen.«

Sie nickt wie ein kleiner Hund, der hinten auf der Ablage im Auto steht. Sie ist sehr intelligent, zumindest hat sie sehr intelligente Beine.

»Am besten nehmen Sie von allem etwas, und dann kommen Sie über den Hintereingang herein, damit Sie vorne keiner sieht.«

»In Ordnung, Chef.« Sie runzelt die Stirn.

»Alles klar? Irgendwelche Fragen?«

»Ja, Chef. Gibt es jetzt gegenüber eine Patisserie?«, fragt sie und zieht erstaunt die Augenbrauen hoch.

Ja, sie ist wirklich ein schönes Kind.

KAPITEL 5

PATISSERIE PALAZZO

»Der ist ja wirklich unglaublich!«

Ich knalle die Tür wütend zu, um meine Worte zu untermauern. Eine super Idee, wenn man bedenkt, dass diese Tür eine Maßanfertigung ist und was sie mich gekostet hat. Marc-Antoine schaut von der Registrierkasse auf, die er gerade mit sorgenvoller Miene studiert.

»Der Mensch, der dir dieses Ding verkauft hat, wusste nicht, was er tat.«

»Was? Wovon redest du?«

»Die Registrierkasse funktioniert nicht.«

»Im Ernst?«

»Keine Sorge, ich krieg das wieder hin.«

»Du kannst eine Kasse reparieren?«

»Ja, ich repariere gern Sachen, das beruhigt mich, manchmal verbringe ich den ganzen Tag damit.«

»Okay … Hast du eigentlich Freunde, Marc-Antoine?«

»Eigentlich nicht.«

»Warum überrascht mich das jetzt nicht?«

Da läutet, bevor es überhaupt losgehen soll, die Klingel an der Ladentür. Ich schrecke hoch. Einer der Brüder Castelli kommt herein. Es ist der Nettere der beiden. Er ist muskulös, fast zwei Meter groß und wiegt sicher 150 Kilo. Ein Koloss mit bloßem Haupt. Genau das Gegenteil von seinem Bruder, der dichtes dunkles Haar hat und so düster dreinblickt wie ein schwarzer Rabe, der auf seinem Ast hockt. Trotz seiner kräftigen Statur strahlt Dominique Castelli etwas zutiefst Menschliches aus, vielleicht sogar eine gewisse Naivität. Das ist beruhigend, denn wenn man die Größe seiner Hände sieht, kann man sich leicht vorstellen, welchen Schaden sie anrichten könnten. Zwischen diesen Fingern müssen Knochen mit derselben Leichtigkeit zerbrechen wie Strohhalme.

»Störe ich gerade?«, fragt er mit freundlicher Stimme.

»Das kommt darauf an.«

Er fasst nach hinten, zieht aus der Hosentasche seiner Jeans einen kleinen Hammer hervor und schwenkt ihn vor meinem Gesicht.

Ich erstarre. Ist der Hammer für mein Bild gedacht oder will er mich damit umbringen?

»Können Sie den gebrauchen?«

»Ja, der ist prima.«

Ich stehe immer noch reglos da.

»Wo ich schon mal hier bin, kann ich, wenn es recht ist, das Bild auch gleich für Sie aufhängen.«

Mein Leben ist nicht in Gefahr. Jedenfalls nicht jetzt. Bin ich in eine andere Dimension vorgedrungen?

»Ja, danke, gern. Es hängt gleich hinter der Theke.«

Er drängt sich zwischen den Möbeln hindurch. Für ein solches Kaliber ist mein kleiner Laden ein bisschen zu eng. Ich bin erstaunt, mit welcher Sorgfalt und Geschicklichkeit dieser Hüne den Nagel einschlägt, das Bild anbringt und prüft, ob es auch gerade hängt.

»Das wär's«, meint er und blickt bewundernd auf sein Werk.

»Ich weiß gar nicht, was ich sagen soll. Das ist wirklich nett von Ihnen, aber ich bin, ehrlich gesagt, auch ein bisschen überrascht.«

»Es tut mir leid, wie mein Bruder sich aufgeführt hat.«

Meine Wirbelsäule versteift sich, und ich bekomme eine Gänsehaut.

»Sie sind nicht verantwortlich für das, was Ihr Bruder macht.«

»Ich weiß, dass das für Sie schwer zu glauben sein wird, aber er ist eigentlich ein ganz anderer Mensch, als man vermutet.«

Offenbar sind diese Brüder beide Meister in der Kunst der Verstellung.

»Dann hat er mich ganz schön getäuscht.«

»Wissen Sie, was das eigentliche Problem ist?«

»Nein.«

»Die Leute hier kennen sich zu gut und leben seit Generationen eng beieinander. Wer Sauerstoff braucht, muss ihn sich anderswo holen. Ich freue mich sehr, dass Sie da sind, auch wenn dadurch alles ein bisschen komplizierter wird.«

Er lächelt mir zu und wirkt gleich zehn Jahre jünger.

»Ich freue mich auch, dass ich hier bin. Im Gegensatz zu dem, was Ihr Bruder offenbar denkt, bin ich ohne jeden Hintergedanken hierhergekommen.«

»Die Zufälle des Lebens also?«

»Eher ein Unfall in meinem Leben.«

Er nickt, als wüsste er, was ich meine. Als gäbe es ein Echo in seinem Inneren.

»Es tut mir sehr leid wegen Ihres Großvaters.«

»Und mir wegen Ihrer Großmutter. Sie hieß Chiara, oder? Was für eine verrückte Geschichte, diese Verwechslung bei der Beerdigung.«

»Die beiden sind in einem Abstand von drei Stunden gestorben, wussten Sie das?«

»Nein, das wusste ich nicht.«

»Es ist wie ein Zeichen, oder? Als seien unsere Familien durch eine höhere Macht weiter aneinander gebunden. Ich finde es seltsam, dass das bisher noch keinem aufgefallen ist.«

»Manchmal will man eben lieber blind sein und es auch bleiben. Dann kann man nicht erkennen, was man vor Augen hat.«

»Ich verstehe, was Sie meinen. Und jetzt lasse ich Sie in Ruhe, Sie haben sicher noch viel zu erledigen. Wenn Sie in Zukunft die Hilfe eines Handwerkers brauchen, sagen Sie mir ruhig Bescheid.«

Bevor Dominique den Laden verlässt, frage ich ihn:

»Mögen Sie Kuchen?«

»Oh ja, sehr gern sogar.«

»Möchten Sie einen von meinen probieren? Ich habe noch nicht alles fertig, aber heute Morgen habe ich einiges probiert.«

»Es wäre mir eine Ehre.«

»Lassen Sie mich nachdenken.«

Ich sehe in meinen Kühlschränken nach.

»Ich glaube für Sie … nein, das nicht, das auch nicht … Eine Sekunde, ich habe noch nicht alles so eingeräumt wie gewohnt.«

Ich gebe mich den Gerüchen der Torten und Kuchen hin, lasse die Gegenwart des Castelli-Bruders auf mich wirken, sein

Gesicht, seine Stimme, und plötzlich habe ich ein Bild vor Augen. Ja, das ist es. Zu ihm passt am besten Erdbeerkuchen mit einer Mousse mit Minzgeschmack auf einer Creme aus Passionsfrüchten. Ich bin mir ganz sicher, gehe zu dem freundlichen Riesen und reiche ihm das Stück Torte. Er scheint überrascht von meiner Wahl, das sind zuerst immer alle, aber ich habe keine Zweifel. Die Welt der Patisserie ist das einzige Gebiet, auf dem ich genau weiß, was ich tue.

Er beißt einmal von der Torte ab, und seine Augen leuchten, dann ein zweites Mal, und ich kann fast hören, wie sein Herz schneller schlägt.

»Das ist ja wirklich … wie wussten Sie nur, dass ich Erdbeeren und Passionsfrucht so gern mag?«

»Ich vertraue Ihnen mein größtes Geheimnis an. Ich weiß immer ganz genau, welcher Kuchen zu wem passt. Dafür habe ich einen siebten Sinn. Und Sie sind einfach der Typ für eine Erdbeertorte mit Passionsfrüchten.«

»Das ist ja faszinierend. Ich bin gespannt, was Sie für meinen Bruder auswählen würden.«

»Tut mir leid, Stechäpfel haben wir nicht im Sortiment.«

Er lacht frei heraus, so laut, dass die Wände wackeln.

»Mein Bruder wird Sie hassen«, meint er belustigt.

»Daran zweifele ich keinen Augenblick.«

Ich jedenfalls hasse ihn bereits.

KAPITEL 6

PATISSERIE PALAZZO

Zum ersten Mal verliere ich den Mut.

Selbst als Alex seine Untreue damit entschuldigte, dass ich keine Kinder haben kann, selbst als ich wieder mal ein Kind verloren hatte, selbst als ich auf dem kalten Tisch lag und darauf wartete, dass gefühlskalte Chirurgen an mir herumschnitten, habe ich noch gekämpft. Ich habe geschrien, geweint, gefleht, gebetet, aber immer war meine Energie größer als der Wunsch aufzugeben.

Warum hat sich das geändert? Haben die Kriege, die ich gegen mich selbst geführt habe, meine ganze Energie verbraucht? Bin ich zu erschöpft, um mich zu wehren?

Jedenfalls habe ich den Mut verloren. Seit drei Wochen hat mein Laden jetzt geöffnet, und ich kann nicht behaupten, dass die Kunden in Scharen hereinströmen. Eigentlich kommt kaum jemand. Ich bereite alle meine wunderbaren Torten und Kuchen für Geister zu, und es ist, als stellte ich Luft her. Es ist Anfang Mai, die schönste Jahreszeit für Touristen *und* Ladenbesitzer beginnt – und offenbar haben sich alle abgesprochen, mich zu ignorieren. Meine Patisserie scheint von keinem bemerkt zu werden. Marc-Antoine und ich sehen durch die liebevoll dekorierten Schaufenster, wie die Leute vorbeigehen, ohne hinzuschauen. Keiner bleibt stehen.

Mittlerweile überkommt mich Elenas Verfolgungswahn. Ich hasse diese Art von Gefühl, es entspricht gar nicht meiner Art. Es gibt eine Wirtschaftskrise, die alle trifft, ich bin neu in der Stadt, der Name meiner kleinen Patisserie konnte noch nicht in den Reiseführern und Blogs aufgenommen werden, ich muss tapfer sein. Das ist alles ganz normal und zu erklären. Es ist schwer für uns alle.

Jedenfalls für die meisten.

Aber in der Chocolaterie der Castelli boomt es. Und jeden Morgen sehe ich die Warteschlange dort, was mir mein Scheitern deutlich vor Augen führt. Ich denke an meinen ersten Laden in der Bretagne, frage mich, ob er wohl gut läuft, und bin mir nicht mal sicher, ob ich mir das wünsche, weil ich nicht mehr dazugehöre. Dieser Laden an der bretonischen Küste war mein Baby, das einzige, das die Natur mir zugestanden hat, mein ganzes Herzblut steckte darin, mein ganzes Wesen, meine Phantasie. Ich musste ihn aufgeben und mit ihm all die Liebe, die ich hineingesteckt hatte, in die Auswahl der Regale, der alten Holztheke, der Glasvitrinen und der gesamten Einrichtung. Gemeinsam wollten wir die Welt aus den Angeln heben.

Was hast du nur geglaubt?

Meine Augen füllen sich mit Tränen, und ich muss schlucken.

Wenn man einen Krieg nicht gewinnen kann, muss man wenigstens aufrecht stehen bleiben.

Das war die Devise meiner Mutter. Sie hat sich bis zum Schluss ganz tapfer auf den Beinen gehalten. Sie würde sich nicht wünschen, dass ich umfalle, und mein Großvater Andria Palazzo noch weniger. Wenn er von seiner Wolke herunterschaute, was würde er sagen, wenn er sähe, was ich aus seinem Erbe gemacht habe?

Er würde sagen: »Die Palazzo geben niemals auf und ergreifen nicht die Flucht.«

Dann würde er ein bisschen schimpfen und etwas trinken. Vielleicht auch ein bisschen mehr …

»Möchtest du einen Kuchen?«, fragt Marc-Antoine und steckt sein pausbäckiges Cherubimgesicht durch die Küchentür.

Ich lache verlegen.

»Sonst frage ich das dich. Aber du magst keinen Kuchen, Marc-Antoine, stimmt's?«

»Komischerweise nicht. Woher weißt du das?«

»Das kann ich spüren. Ich erkenne instinktiv, wer eher Süßes oder eher Salziges mag.«

Je mehr ich diesen Jungen sehe, desto mehr weiß ich ihn zu schätzen. Seine wichtigsten Eigenschaften sind seine Herzensgüte und seine Ergebenheit. Er erwartet dafür nichts und verlangt noch weniger. Wenn ich ihn abends nach den neuen Zahlen frage und feststellen muss, wie katastrophal sie sind, sagt er: »Jeder Tag ist anders. Morgen wird es besser, du wirst schon sehen.«

»Jetzt versuche ich mal, zu erraten, was für dich das Beste ist«, verkündet er entschlossen.

Er verschwindet für ein paar Sekunden und kommt mit einem Eclair aus dunkler Schokolade mit Mangofüllung zurück.

»Gar nicht schlecht.«

»Danke«, sagt er und wölbt vor Stolz den Oberkörper. »Ich beobachte dich oft und lerne sehr viel dabei.«

»Ich glaube, es gibt nicht mehr viel zu lernen.«

»Catalina, was du machst, ist pure Magie. Du verkaufst nicht nur Kuchen, sondern auch Glück. Du machst die Menschen froh, und das ist eine ganz seltene Begabung. Bisher haben zwar nur wenige von deiner Kunst profitiert, aber das wird schon werden. Man braucht nur …«

»… die Reihen zu schließen und Abstand zu wahren?«, spotte ich.

»Ja, so ungefähr.« Er lächelt.

Die Ladenglocke bimmelt durch den Raum. Fünf Tage habe ich gebraucht, um sie auszusuchen, und doppelt so lange, um sie zu anzubringen.

Marc-Antoine und ich sehen uns erstaunt an. Der erste Kunde des Tages, und das um vier Uhr nachmittags. Wir stürzen beide zurück in den Laden. Doch unsere Begeisterung schwindet, als wir sehen, dass der Kunde niemand anderes ist als meine Großmutter.

»Guten Tag, wie geht's denn so?«, fragt sie und sieht sich mit kritischem Blick im Laden um.

Super, hier herrscht das reinste Elend.

»Gut, und dir?«

»Ich sehe, dass du viele Torten hast.«

»Ja, bei all den Früchten, die es im Moment gibt.«

»Das ist gut, sehr gut …«

Dann schweigen wir alle eine ganze Weile.

»Im Moment sind in der Stadt nicht viele Leute«, sagt sie, um die Sache herunterzuspielen.

»Tja, und diese wenigen stehen gegenüber Schlange und stopfen sich mit Schokolade voll«, entgegne ich bitter.

»Castelli ist schon seit Jahren dort, Catalina, das kannst du nicht vergleichen.«

Aber genau das tue ich.

Meine Großmutter dreht sich um und sieht nun selbst, wie viele Leute draußen auf dem Bürgersteig der anderen Straßenseite stehen. Dann winkt sie einer besonders eleganten alten Dame zu, die die Straße entlanggeht und gerade auch zur Chocolaterie hinübergehen will. Sie erschrickt, als sie Elena sieht, und reagiert eher verlegen. Aber nach kurzem Zögern betritt sie dann doch meinen Laden.

»Rachel, wie geht's dir, meine Liebe?«, fragt meine Großmutter in so bestimmtem Ton, dass die Frage kaum ehrlich gemeint sein kann. »Für die Messe ist es ja noch ein bisschen zu früh.«

Klar, die Dame wollte ja auch in die Chocolaterie, nicht zur Messe. Das Vergnügen ist nicht ganz dasselbe.

»Ach, mir geht's eigentlich ganz gut«, antwortet Rachel mit leiser Stimme. »Ich bin heute früher losgegangen, weil so schönes Wetter ist. Aber wie geht es denn dir, meine arme Elena?«

»Nun, das Leben geht weiter, man muss eben das Beste daraus machen.«

»Ja, ich weiß, wie das ist. Als mein Henri starb, dachte ich, die Welt bleibt stehen.« Sie schüttelt bekümmert den Kopf. »Weißt du, ich wollte dich eigentlich gleich nach der Beerdigung mal besuchen, aber dann habe ich mir gedacht, es wäre noch zu früh und du würdest vielleicht erst mal lieber für dich sein.«

Die alte Rachel erinnert mich an eine Rosine. Genauso verschrumpelt, und das sicher schon seit Jahren. Ob sie es noch lange macht, scheint fraglich.

»Nein, nein, komm ruhig mal vorbei, ich würde mich sehr freuen«, entgegnet meine Großmutter freundlich, und ich ahne, dass sie etwas im Schilde führt.

»Gut, gut«, entgegnet Rachel vorsichtig, »du kommst doch sicher auch zur Messe, oder?«

»Natürlich.«

»Schön, dann mach ich mich jetzt mal auf den Weg, und wir reden später«, sagt die alte Dame und steuert auf den Ausgang zu.

»Willst du denn gar nichts kaufen?«, fragt Elena mit stalinistischer Strenge.

Rachel zuckt schuldbewusst zusammen – wie ein Hund, der etwas ausgefressen hat und von seinem Herrchen ausgeschimpft wird.

»Was meinst du?«

»Du bist in der Patisserie meiner Enkelin und willst *nichts* kaufen?«

»Ja … doch, natürlich.«

»Du kannst dich doch nicht den ganzen Tag mit Schokolade vollstopfen, das ist ungesund. Meine Enkelin kann zaubern, du wirst sehen, sie ist die beste Konditorin der Insel, was sage ich – Frankreichs! Du musst einen ihrer köstlichen Kuchen kaufen.«

Ich muss mich zusammennehmen, damit man mir meine Rührung nicht anmerkt. Elena ist in mein Lager gewechselt, sie will mich unterstützen, und das macht mich froh, mehr, als ich gedacht hätte.

»Madame, ich gebe Ihnen gern etwas zu probieren. Sie brauchen es nur zu kaufen, wenn es Ihnen schmeckt.«

»Natürlich kauft sie etwas«, erklärt Elena bestimmt.

»Na gut, aber nur ein winziges Stück ... was haben Sie denn?«
»Darf ich etwas für Sie aussuchen?«
»Wenn Sie wollen«, sagt sie und zuckt mit den Schultern.
»Mal sehen, was könnte Ihnen gefallen?« Ich lege den Zeigefinger an den Mund und lasse meinen Blick über die Vitrine schweifen, in der all die exquisiten Kuchen warten. Dann weiß ich es.

»Ich glaube, das hier wäre genau das Richtige für Sie, Madame.« Ich halte ihr ein Stück Torte hin.

Sie sieht mich misstrauisch an. »Was ist denn das?«
»Oder haben Sie irgendwelche Allergien?«
»Nein.«
»Gut, dann schließen Sie einfach die Augen und probieren Sie.«

Rachel wirft Elena einen zögernden Blick zu, doch die bleibt unerbittlich.

»Na los, es ist ganz ungefährlich«, sagt sie. »Du hast deinen Mann überlebt, jetzt gönn dir mal was.«

Die alte Dame gehorcht und beißt in das Tortenstück, das ich ihr gereicht habe.

»Oh! Oooh ... das schmeckt aber gut. Was ist das?«
»Ein Traum, gefüllt mit Pralinen und Zitronensahne.«
»Das ist ja göttlich«, ruft sie begeistert. »Ich glaube, davon nehme ich gleich ein paar Stücke.«
»Sehr gerne.«
»Und was ist das?«, fragt sie und schaut nun voller Begierde auf die anderen Kuchen in der Vitrine.

Ich wechsele einen Blick mit Elena und Marc-Antoine, der sich schon freut, gleich die Kasse zu bedienen. Leute, die wild auf Zucker sind, erkenne ich sofort. Hier haben wir so eine Kandidatin, und das sind die besten Kunden.

»Das sind Windbeutel mit Schokolade und kandierten Orangen.«

»Geben Sie mir davon bitte zwei. Und das hier?«

»Eine *tarte au citron* mit Baiserhaube und einer süßen Überraschung in der Mitte.«

»Überraschungen mag ich, wunderbar. Geben Sie mir drei.«

Marc-Antoine tippt begeistert Zahlen in die Kasse.

»Ich hatte ja keine Ahnung, dass Sie so ...«

»... dass sie so talentiert ist«, ergänzt Elena. »Nun, sie hat die Medaille der besten Patissière Frankreichs erhalten. Nur wenige Frauen besitzen diese Auszeichnung. Und im Übrigen musst du nicht alles glauben, was die Leute sagen.«

Sie spielt auf etwas an, was nur sie beide verstehen.

»Wenn Sie erlauben, lege ich Ihnen noch einen Kuchen dazu. Er ist meine neueste Kreation, ich habe mir das Rezept für die Eröffnung meines Ladens ausgedacht. Ich bin gespannt, wie er Ihnen schmeckt.«

Ich lege das Ergebnis meiner Mischung aus korsischer und bretonischer Spezialität in die Schachtel, binde eine schöne Schleife darum und überreiche den Karton meiner neuen Kundin, die sogleich zahlt.

Sie hat es so eilig, den Laden zu verlassen, dass man den Eindruck haben könnte, ein Auftragskiller wäre ihr auf den Fersen.

»Ich würde dich bitten, dass du meine Enkelin unterstützt und ein bisschen Werbung im Komitee für sie machst«, sagt Elena noch. Es klingt eher wie ein Befehl denn wie eine Bitte.

»Natürlich«, murmelt Rachel hastig. »Dann bis gleich in der Kirche.«

Als die Tür sich hinter ihr schließt, sind Marc-Antoine und ich immer noch perplex.

»Wieso habe ich den Eindruck, diese arme Frau genötigt zu haben, meine Kuchen zu kaufen?«, sage ich schließlich.

»Du hast sie nicht genötigt, ich war das«, erklärt Elena entschieden. »Außerdem brauchst du kein Mitleid mit dieser *armen Frau* zu haben. Sie ist eine echte Hexe und hat ihren Mann auf dem Gewissen.«

»Was sagst du da?«

»Sie hat ihn ein Leben lang gequält, und für ihn war der Tod am Ende die beste Möglichkeit, ihr zu entkommen. Er ist einfach gestorben.«

Ich hole tief Luft.

»Na, wie auch immer. Ich werde deswegen aus meinem Herzen keine Mördergrube machen. Dazu bin ich selbst zu verzweifelt. Immerhin habe ich gerade etwas verkauft, und nur das zählt.«

»Weißt du denn gar nicht mehr, wer sie ist?«

»Diese Rachel? Ehrlich gesagt, nein.«

»Ihr Mann war lange Zeit Bürgermeister hier im Ort. Vor ungefähr zwanzig Jahren hat sie dann diesen Verein gegründet, der sich Komitee für Soziales und Kultur in Sartène nennt. Dank ihres Mannes und vor allem wegen ihrer guten Beziehungen hat dieses Komitee von Anfang an jede Menge Gelder erhalten, von den freiwilligen Spenden mal ganz abgesehen. Die meisten kulturellen Einrichtungen hier, die Bibliothek und sogar ein Museum wurden von dem Komitee bezahlt. Vor fünf Jahren haben sie mit der Renovierung der Kirche begonnen. Wenn man so eine Einrichtung in einer kleinen Kommune leitet, kann man Karrieren fördern oder zerstören. Sie war wirklich sehr einflussreich.«

»Und heute ist sie es nicht mehr?«

»Als ihr Mann vor ein paar Jahren starb, wurde es schwer für sie. Sie hatte nicht mehr die Kraft, das Komitee zu leiten. Jemand anders hat heute die Fäden in der Hand, was Kultur und Wirtschaft angeht, und die alte Rachel musste miterleben, wie ihre soziale Stellung nach und nach verloren ging. Das war bitter.«

Deshalb sieht sie also aus wie eine verschrumpelte Rosine.

»Ich verstehe«, sage ich und nicke. »Wenn man im örtlichen *Who is who* stehen und zum *Talk of the town* werden will, muss man sich mit der neuen Vorsitzenden des Komitees gut stellen.«

Ein Schatten verdüstert das Gesicht meiner Großmutter. Sie schweigt einen Moment, bevor sie antwortet.

»Ja, dadurch würde nicht nur alles schneller gehen, es wäre ein kometenhafter Aufstieg. Nur heißt die neue Präsidentin des Komitees leider Blanche Castelli. Warum, glaubst du, gibt es vor dem Schokoladengeschäft einen solchen Andrang und keine Menschenseele vor deiner neu eröffneten hübschen Patisserie mit den verlockenden Auslagen, obwohl beide Geschäfte nur wenige Meter voneinander entfernt liegen?«

»Willst du damit andeuten, dass diese Blanche Castelli meinen Laden überall madig macht – wegen eines alten Streits von vor fünfzig Jahren?« Ich starre meine Großmutter ungläubig an.

»Das will ich nicht nur andeuten, das ist so!«, entgegnet sie seelenruhig.

Aufgebracht schlage ich mit der Faust auf die Theke.

»Das glaube ich jetzt einfach nicht! Befinde ich mich hier in der Steinzeit, oder was?! Diese Blanche aus dem Komitee ruiniert also mein Geschäft und damit mein Leben wegen einer Sache, die zwischen Leuten stattgefunden hat, die ich nicht einmal kenne?! Ich war damals ja noch nicht mal geboren! Was hat Großvater denn so Schlimmes gemacht? Den Teufel um ewige Verdammnis für die Castelli gebeten? Ist es das? Ich kann mir so ein idiotisches Verhalten gar nicht anders erklären. Das ist doch einfach unmöglich! So etwas passiert im wahren Leben nicht!«

»Es hilft uns nicht weiter, wenn du dich in Rage redest und wir die Tatsachen leugnen«, entgegnet Elena kühl.

»Mag sein, aber ich kann ja wohl wenigstens meiner Empörung Ausdruck verleihen. Ich weiß gar nicht, wohin mit meiner Wut«, schnaube ich. »Es muss dir doch klar sein, wie absurd diese ganze Geschichte ist, Großmutter.«

»Du warst damals noch zu klein, um bestimmte Dinge zu begreifen, und ich nehme mal an, deine Mutter hat dir über diesen Teil deiner Kindheit nichts erzählt. Hier auf der Insel sind die Blutsbande, ist die Familie, heilig. Und das ist nicht nur so dahergesagt, oder eine Sache von früher, die heute keine Bedeutung mehr hat. Nein, das gehört hier bei uns unbedingt dazu. Die Familie ist wichtiger als der Einzelne, der Ruf eines Clans ist wichtiger als der seiner einzelnen Mitglieder, und die Solidarität miteinander kommt immer vor den Interessen des Einzelnen. Wenn jemand einen von uns angreift, dann geht das alle etwas an. Man macht gemeinsam Front, und das, wenn notwendig, über Generationen.«

»Was für ein vorsintflutlicher Unsinn, einfach lächerlich ...«

»So ist es hier aber auf der Insel, das ist der Zement, der die Menschen zusammenhält. Zur Historie unserer beiden Familien gehört eben mehr als nur ein kleiner Streit. Damals wurde fast alles, was wir unternommen haben, von den Castelli sabotiert. Wegen dieser Familie hat dein Großvater jede Hoffnung auf Erfolg verloren.«

»Und es ist kein Ende in Sicht? Willst du mir das sagen?«

»Nicht solange es noch Palazzo und Castelli gibt.«

»Das ist ja wirklich großartig. Offenbar bin ich hier in einen Kindergartenkrieg geraten, aber ich will damit nichts zu tun haben.« Ich verschränke die Arme vor der Brust.

»Oh doch, du hast damit zu tun, ob du willst oder nicht«, entgegnet Elena in scharfem Ton. »Du kannst nicht das Erbe deines Großvaters annehmen, seinen Namen auf deine Fassade schreiben und die Geschichte der Palazzo mit einer Handbewegung wegwischen, weil sie dir nicht in den Kram passt. Du bist eine Palazzo, Catalina, du bist hierher zurückgekommen und kannst deine Vergangenheit nicht leugnen. In der Bretagne war es vielleicht möglich, ein Mensch ohne Geschichte, ohne Erbe zu sein. Aber hier fließt in deinen Adern das Blut deiner Vorfahren, die um ihr Überleben gekämpft haben. Du bist hier, weil dein Großvater dir diesen Laden geschenkt hat. Er wollte, dass du deiner beruflichen Leidenschaft nachgehen kannst. Aber du darfst nicht vergessen, woher du kommst.«

»Das wusste ich alles nicht, als ich Großvaters Geschenk angenommen habe. Ich muss hier für Fehler bezahlen, die ich nicht begangen habe. Ich fühle mich wie in einer Falle, verstehst du?«

Dieser hübsche kleine Laden, der mir als zweite Chance erschienen war, erweist sich nun als Danaer-Geschenk. Wusste mein Großvater, in was für eine Lage er mich mit dieser Erbschaft bringen würde?

»Warum hat mir Großvater den Laden und das Geld vermacht? Er muss doch geahnt haben, was mich erwartet. Wollte er sich damit an meiner Mutter rächen? Dafür dass sie mit der kleinen Tochter seines Sohnes weggegangen ist?«

»Er hat deine Erfolge als Patissière immer sehr bewundert, und er hatte Vertrauen in dich«, erklärt Elena und sieht mit einem Mal ganz traurig aus.

Ein paar Sekunden lang verschlägt es mir den Atem. Ich stehe hinter meiner Theke, unfähig zu sprechen oder mich zu bewegen. Mein Körper hat eine Pause eingelegt.

»Eins steht jedenfalls fest«, sagt Elena mit einer so sanften Stimme, wie ich sie von ihr nicht kenne, »ganz gleich, was du tun wirst, ich werde dir helfen. Wenn du den Laden lieber verkaufen willst, kenne ich jemanden, der sich darum kümmern kann und einen guten Preis erzielt. Dann kannst du das Geld nehmen und gehen, wohin du möchtest. Wenn du hierbleiben willst, musst du kämpfen. Aber du bist nicht allein, denn ich werde meine Enkeltochter bei ihrem Kampf gegen die Castelli nicht im Stich lassen.«

Ich fühle mich leer. Auf der einen Seite Marc-Antoine, der mich mit seinem erschrockenen Kaninchenblick ansieht, auf der anderen Seite die oberste Richterin des Verfassungsrats, die auf meine Entscheidung wartet. Diabolo leckt sich unbeeindruckt die Pfoten. Ich könnte in keinem schlimmeren Dilemma stecken.

»Du musst selbst entscheiden, Catalina, kein anderer kann das für dich tun. Aber dein Großvater hat dir den Laden sicher in dem Bewusstsein vererbt, dass du ihn verdient hast und die Herausforderung annehmen wirst.«

»Ich weiß nicht, Oma, ich muss darüber nachdenken.«

»Lass dir Zeit. Ich gehe jetzt in den Zwinger.«

»In den Zwinger?«

»In die Kirche.«

»Ach so ...«

Als Elena fort ist, höre ich Marc-Antoine wieder atmen. Wie lange hat der arme Kerl die Luft angehalten? Und ich? Atme ich überhaupt noch?

Plötzlich sehne ich mich nach Saint-Malo ...

Selbst dieser verrückte Alex fehlt mir.

Ein bisschen jedenfalls.

KAPITEL 7

CHOCOLATERIE CASTELLI

»Ursula, nun tun Sie wenigstens so, als würden Sie für etwas andres bezahlt als Ihr Aussehen, und geben Sie mir die Liste dieser verfluchten Gala.«

Mondäne Veranstaltungen bringen am meisten Geld ein. Events mit Stars, Empfänge im Élysée-Palast, Geburtstage von Adeligen, Hochzeiten in den Vereinigten Emiraten, jede Art von Festivals machen dreißig Prozent meines Umsatzes aus. Und dazu kommt noch die Resonanz in den Medien. Der Versuch, die durch Kokain zerstörten Papillen der Gäste zu verzaubern, ist vom professionellen Standpunkt aus zwar undankbar, aber anschließend kann ich mir alle Zutaten kaufen, selbst die teuersten.

Die Auftraggeber wechseln ihre Ansichten so rasch, wie sich die Fahnen im Wind drehen, sie erkennen keinen Unterschied zwischen möglich und unmöglich, und wenn man ihnen irgendeine ihrer verrückten Ideen abschlägt, reagieren sie höchst empfindlich.

Die Zusammenarbeit mit diesen verwöhnten, überspannten, durchgeknallten Leuten ist eigentlich ein Albtraum, und wenn ich die Wahl hätte, würde ich die Insel nur verlassen, um als ganz gewöhnlicher Tourist durch die Welt zu reisen. Doch eine Wahl zu haben ist ein Luxus, der mir leider noch nie zuteilwurde.

»Diesen Ignoranten bin ich so was von egal ...«

»Was denn? Haben sie Castelli wieder nur mit einem ›l‹ geschrieben? Ich habe das denen extra gesagt«, verteidigt sich Ursula sofort.

»Nein, nein, sie haben Castelli mit zwei ›l‹ geschrieben, Ursula. Und Sie haben wirklich wunderschönes Haar. Unsere Kunden, diese Knallköpfe, haben gerade schwarze Schokolade mit roter Myrte und Milchschokolade mit Orangen und Maronenkrokant bestellt. Dafür brauchen wir aber zwei getrennte Kühlkammern. Rufen Sie in diesem blöden Hotel an. Was war es noch mal – *Le Crillon* vielleicht?«

»Ja.«

»Rufen Sie an und verlangen Sie den Chefkoch. Wir müssen uns wegen der Benutzung der Kühlschränke abstimmen, sonst können wir nicht liefern.«

»In Ordnung, Chef, und danke noch mal wegen der Haare.« Sie streicht sich über ihre Frisur und lächelt.

Dieses Mädchen ist ein Geschenk des Himmels. Ich kann jede Art von Bemerkung machen und so zynisch sein, wie ich will, immer nimmt sie es von der positiven Seite. Nie werde ich mich von dieser Mitarbeiterin trennen.

Ich nutze die Ruhe im Laden, um die Einnahmen zu kontrollieren. Meine Assistentin reicht mir die Liste, die sie zweimal am Tag ausdruckt.

»Haben wir gar keine schwarzen Pralinen mit Zedratzitronen und P&M-Whisky mehr?«

»Nein, Chef«, antwortet Joshua, der für den Verkauf verantwortlich ist. »Leider nicht.«

»Und gibt es nichts Entsprechendes? Die Betschwestern kommen gleich aus der Kirche und wollen sicher alle diese dunklen Pralinen haben.«

»Wir haben etwas aus Bitterschokolade mit Erdbeeraroma und Piment.«

»Da ist Alkohol drin, also nehmen sie es.«

Joshua nickt und bereitet alles vor. Während ich durch die Schaufensterscheibe schaue, sehe ich, dass es auf dem Bürgersteig gegenüber völlig leer ist, als stünde er unter Quarantäne. Die Sonne erhellt die historischen Farben der Patisserie mit einem ganz besonderen Licht, der Platz ist in der Frühlingsbrise schön wie nie, überall riecht es nach Leichtigkeit und Süße, und selbst in den hintersten Ecken von Sartène müsste das Leben Einzug halten.

»Ursula!«

»Ja, Chef«, antwortet sie und kommt auf ihren hohen Absätzen herbei, die nicht nur meine Phantasie, sondern auch die Gesetze der Statik herausfordern.

»Haben Sie vor der Patisserie Palazzo schon mal Leute gesehen?«

»Nein, ich glaube nicht.«

»Die Mädchen vielleicht?«

Ich nenne meine Verkäuferinnen immer »die Mädchen«, weil ich mir ihre Vornamen einfach nicht merken kann. Darüber hat sich bis jetzt noch keine beschwert. Ich glaube, es ist ihnen ganz recht, dass ich ihnen lieber als Gruppe Verantwortung übertrage als jeder Einzelnen.

»Nein, Chef, manchmal gehen ein oder zwei Leute rein, meistens Touristen. Wenn das so weitergeht, muss sie den Laden so schnell schließen, wie sie ihn eröffnet hat.«

In der Welt von Sartène herrscht eine ungute Atmosphäre. Das gefällt mir gar nicht, zumal ich weiß, woher das kommt.

»Entschuldigung«, sagt Joshua, »aber was stört Sie daran?«

»Diese Frau ist sehr begabt. Ursula hat mir verschiedene Kuchen gebracht, und ihre Medaille als beste Patissière Frankreichs hat sie sich verdient, das ist ihr nicht einfach so in den Schoß gefallen. Ihre Kreationen sind originell, haben etwas leicht Avantgardistisches. Wie lange gibt es den Laden schon? Sie müsste doch eigentlich mehr Kunden haben, viel mehr Kunden sogar.«

»Für uns ist das doch nur gut, oder?«

»Ich war noch nie ein Aasfresser, ich mag lieber warmes, frisches Blut.«

Mein Mitarbeiter sieht mich ungläubig an. Vielleicht war dieses Bild ein bisschen zu stark. Die Ladentür geht auf und eine ganz besondere Kundin kommt herein, der bald schon alle Betschwestern der Stadt wie kleine Entchen folgen werden. Die Messe ist vorüber, aber mein Tag fängt gerade erst an.

»Guten Tag, Maman.«

»Guten Tag, mein Sohn.«

Meine Mutter schreitet wie eine Kaiserin durch die Schokoladenmanufaktur. Der kleine Spitz in ihrer Begleitung schnüffelt lautstark, die Nase dicht am Boden. Er ist schon alt, vielleicht stirbt er demnächst. Blanche hat es schon immer verstanden, überall, wo sie hinkommt, als Herrscherin aufzutreten. Dass ihre Ehe mit meinem Vater funktioniert, ist das reinste Wunder. Ihr Anspruch auf Herrschaft hält sich die Waage, seit dreißig Jahren existieren sie nebeneinander, ohne je aneinanderzugeraten – wie sie das schaffen, ist eines der ungelösten Rätsel des Universums. Als Maman Direktorin des Komitees wurde, das aus lauter Mafia-Frauen mit Kostüm und perfekter Fönfrisur bestand, wusste ich genau wie alle anderen, dass sie einfach unerträglich sein würde. Meistens ist sie es auch. Aber wie der schlimmste Tyrann der Geschichte hat auch sie ihre guten Seiten, manchmal hat sie durch ihren Einfluss schon wahre Wunder vollbracht. Zugunsten derer, die vor ihren Augen Gnade finden natürlich.

»Hat Pater Luigi wieder mit einer vom Alkohol beflügelten Predigt geglänzt?«

»Sei doch nicht so böse«, entgegnet sie in gespielt vorwurfsvollem Ton. »Heute war er, glaube ich, ziemlich nüchtern. Wie sieht es denn mit den Vorbereitungen für die Gala in Paris aus?«

»Ich bin von Unfähigen und Psychopathen umgeben. Der übliche Wahnsinn.«

»Diese Arbeit wird dich noch umbringen.«

Und wer ist daran schuld? Von wem könntest du verlangen, dir deinen Lebensstil zu finanzieren, außer vom einzigen deiner Söhne, der dumm genug ist, es zu machen?

»Keine Sorge, ich habe eine gute Lebensversicherung.«

»Luca, rede nicht so einen Unsinn!«

»Du hast damit angefangen.«

Sie wischt meine Worte – oder vielleicht auch mich – mit einer Handbewegung beiseite. Sie macht das andauernd, als genügte eine Bewegung ihrer Finger, um alles, was ihr nicht passt, wegzuschieben, ihre Söhne, ihren Mann, ihre Freundinnen, ihre Feinde, die Wohnzimmer-Einrichtung, den Gärtner …

»Hattest du heute schon viele Kunden?«

»Warum? Möchtest du die Einnahmen überprüfen?«

»Sehr witzig!«

»Das finde ich auch. Und wegen der Zahl der Kunden hätte ich noch eine Frage.«

»Ich höre«, sagt sie und wirft begehrliche Blicke auf eine Schachtel schwarze Schokolade mit karamellisierten Mandeln, ihre Lieblingspralinen.

»Hast du vielleicht dafür gesorgt, dass die Patisserie von der kleinen Palazzo boykottiert wird?«

Ihr Schweigen räumt jeden Zweifel beiseite, dass mein Verdacht richtig war. Ich schnaufe vor Verdruss. Ihre kleinliche Missgunst geht mir auf die Nerven. Meinetwegen kann sie hart, unerbittlich, snobistisch oder herablassend sein, aber kleinliche Missgunst ist wirklich das Letzte.

»Warum?«, frage ich.

»Um ihren infamen Plan im Keim zu ersticken«, ruft sie, und das schnüffelnde Knäuel, das ihr als Hund dient, winselt erschrocken auf. »Wenn Elena glaubt, wir lassen uns so provozieren, dann hat sie sich geirrt. Eine Patisserie genau gegenüber von unserem Schokoladengeschäft!«

»Das ist *mein* Schokoladengeschäft.«

»Und wo doch bekannt ist, dass wir uns vergrößern und auch Konditorwaren anbieten wollen ...«

»*Ich* habe das vor.«

»Das ist eine Kriegserklärung, verstehst du das nicht?! Seit ihr Ehemann, dieser Säufer, tot ist, wachsen ihr Flügel der Rache. Als könnten wir etwas dafür, dass der arme Mann im Leben gescheitert ist. Sie scheut ja nicht mal davor zurück, sich für ihre Machenschaften der eigenen Enkeltochter zu bedienen. Und dabei denkt sie nicht eine Sekunde an die Zukunft des armen Mädchens, wenn es den Laden schließen muss. Welche Großeltern würden je so etwas tun?«

»Sich seiner Nachkommen zu bedienen, um diese die eigene Arbeit machen zu lassen? Das kann ich mir gar nicht vorstellen. Wirklich nicht.«

Ich schüttele den Kopf, aber sie überhört meinen Zynismus.

»Glaub mir – je schneller es vorbei ist, desto besser. Die Kleine geht dahin zurück, wo sie hergekommen ist, und die Palazzo hören endlich damit auf, uns zu ärgern.«

»Einverstanden. Und deshalb wirst du diesen Boykott sofort aufheben. Unglaublich, dass ich so etwas tatsächlich sagen muss, ich fühle mich wie vor der UNO. Ich meine es ernst, Maman.«

»Was? Warum verlangst du das von mir?«

»Weil deine Vorgehensweise abscheulich ist. Natürlich will Elena uns mit dieser Konditorei provozieren, und vielleicht ist es ihr tatsächlich gelungen, ihre Enkeltochter ins Boot zu holen, aber so kann man einen Kampf nicht gewinnen.«

»Pah! Wir brauchen nur zu warten, und schon siegen wir.«

»Ich habe mich noch nie vor Konkurrenz gefürchtet. Es wäre nicht das erste und nicht das letzte Mal, dass ich damit konfrontiert bin. Unter normalen Bedingungen bin ich in meinem Metier sehr gut, aber wenn Krieg herrscht, laufe ich zur Hochform auf. Wenn ich die Palazzo zermalmen will – und glaube mir, das werde ich –, dann auf legalem Weg und nicht, indem du die ganze Stadt gegen diese kleine Zuckerbäckerin aufhetzt.«

»Ich verstehe dich wirklich nicht«, stöhnt Maman und fuchtelt mit den Händen in der Luft herum, wobei sie fast ihr Hündchen erwürgt, das an der Leine baumelt.

»Hör zu, Elena ist nicht dumm und sie kennt dich genau. Kein Wunder, wo ihr euch seit ewigen Zeiten bekriegt. Sie hat längst kapiert, dass du im Komitee die Patisserie schlechtgemacht hast. Auf diese Weise machst du aus ihr eine Märtyrerin, und sie kann überall herumerzählen, dass die Castelli ihre Macht als furchtbare Landbesitzer missbrauchen und gegen die arme Kleine konspirieren. Wenn du wirklich gewinnen willst, musst du auf legalem Weg kämpfen. Nur dann kann sie uns nicht mehr beschuldigen, ihr Leben ruiniert zu haben.«

Blanche braucht einige Zeit, um meine Argumente zu verstehen. Ich weiß, dass sie nicht ganz dagegen ist, denn sie hat meine Einwände noch nicht mit einer Handbewegung weggefegt. Nach einer Weile bedeutsamen Schweigens verkündet die Kaiserin schließlich:

»Na gut, machen wir es so, wie du sagst. Aber wenn es schiefgeht, dann bist du schuld.«

»Danke für dein Vertrauen, ich bin tief gerührt.«

»Du scheinst dir deiner Sache sehr sicher zu sein, mein Sohn, aber ich wäre nicht so siegesgewiss. In der Kirche habe ich einen ihrer Kuchen probiert. Rachel hatte welche in der Handtasche. Es wird nicht leicht sein.«

»Deswegen werde ich mein Bestes geben.«

Wenn man wüsste, dass die Zuckerbäckerin ihr Metier nicht versteht, wäre es ja keine Herausforderung. Auf einen Krankenwagen zu zielen, bringt einem keinen Ruhm ein, höchstens ein bisschen Häme. Ein ungewisser Ausgang des Kampfes aber macht diesen erst interessant.

Was die kleine Palazzo angeht, ist das Spiel allerdings schon gewonnen. Ich war immer der Beste.

KAPITEL 8

PATISSERIE PALAZZO

Ich trete ein paar Schritte zurück, um einen besseren Blickwinkel zu haben, und lese dann laut den Text der Anzeige, die im Ladenfenster hängt:

»Wir suchen eine/n Verkäufer/in von Juni bis September. Bitte kommen Sie herein und bringen Sie Ihren CV mit.«

Es ist Ende Mai, ich genieße die Milde des Frühlings und das strahlende Licht. In der Bretagne ist der Himmel wesentlich launischer als hier, oft ist es am selben Tag grau, dann wieder hell, es scheint die Sonne, es regnet. In Sartène aber ist der Himmel jeden Morgen von der gleichen Helligkeit, ohne jede Wolke. Die Sonne gewinnt immer, sie ist stärker als alles andere und beherrscht die Atmosphäre.

Im Zentrum von Sartène, im Umkreis von einem Kilometer um den Marktplatz, stehen so viele Bäume, dass auch hohe Temperaturen recht erträglich sind. Auf den Steinbänken gegenüber der Kirche kann man ein wundervolles Panorama genießen, und auf der Terrasse des großen Cafés mit seinen vielen Besuchern glaubt man, in einer anderen Zeit zu sein.

Ich fülle meine Lungen mit der Luft, die so viel wärmer ist als die von Saint-Malo. Jetzt ist sie noch mild, doch Mitte

August wird es Feuer vom Himmel regnen. Mein Körper, der an das gemäßigte Klima des Nordens gewöhnt ist, ist davon nicht allzu begeistert. Doch allen Widrigkeiten zum Trotz und obwohl mir mein gesunder Menschenverstand etwas anderes sagt, habe ich beschlossen zu bleiben und bin froh darüber. Ich wüsste nicht, wo ich sonst hingehen sollte. Wenn ich wieder eine Niederlage erleben sollte, dann lieber in der Nähe der wenigen Verwandten, die mir geblieben sind.

Die verlängerten Wochenenden im Mai haben mir eine Kundschaft von Touristen beschert, und ich kann mir erlauben, mich über meinen Umsatz zu freuen und mit mehr Optimismus an den Sommer zu denken. Wenn meine Zahlen weiterhin so bleiben, selbst auf meinem bescheidenen Niveau, könnte ich sogar durch den Winter kommen und bis zur nächsten Feriensaison durchhalten. Ich kann nicht unbedingt sagen, dass dieser mittelmäßige Erfolg, den man eher Überleben als Überfluss nennen kann, zu meinen Karrierezielen gehörte, aber ich nehme jeden Tag die Herausforderung an und bin zufrieden.

Ich habe auch beschlossen, jemanden einzustellen, damit kein Tourist in der Besucherschlange ungeduldig wird. Marc-Antoine ist der geborene Buchhalter und hat jetzt auch seine Leidenschaft für das Internet mit all seinen Möglichkeiten entdeckt. Er ist bereit, jede Strategie zu entwickeln, um nicht hinausgehen und sich auf die Welt einlassen zu müssen. Während der langen Tage der Untätigkeit hat er mir geholfen, das virtuelle Schaufenster auf der Homepage ebenso attraktiv zu gestalten wie das an der Straße. Wenn die Leute aus dem Ort mich nicht empfehlen, so meint er, dann tun es vielleicht die Touristen, die Sartène besuchen, im Internet.

Elena und ich sind nie mehr auf unser Gespräch zurückgekommen, selbst als ich ihr sagte, dass ich bleiben werde. Sie hat nur gesagt »Das ist schön«, schien aber nicht sonderlich begeistert. Ich nehme an, in ihrem Alter ändert man sich nicht mehr.

Ich gehe in meinen Laden zurück, ohne mich darum zu kümmern, was in meinem Rücken geschieht. Ich habe ein für alle Mal beschlossen, dass die Welt auf der gegenüberliegenden Straßenseite für mich nicht mehr existiert. Seitdem fühle ich mich besser. Ich habe die Leugnung zu einer Art Kunstwerk gemacht.

»Sie macht immer noch so viel Krach«, sagt Marc-Antoine und sieht auf die Klimaanlage an der Wand.

»Ich weiß, wahrscheinlich gibt sie bald den Geist auf, dabei ist sie erst einen Monat alt. Das ist echt ärgerlich. Dominique hat gesagt, er kommt heute Nachmittag vorbei und nimmt sie ab. Vielleicht könnt ihr sie euch zusammen ansehen.«

»Ich mag Dom gerne.«

»Ich auch.«

Nach seinem ersten Besuch bei uns im Laden bin ich ihm mehrmals begegnet. Die Größe von Sartène begünstigt zufällige Begegnungen. Wir kaufen in denselben Geschäften ein und mögen beide die Karamellbonbons mit salziger Butter, die ein Lebensmittelladen hier verkauft. Er ist immer in derselben Stimmung, fröhlich und ein wenig naiv, und jedes Mal, wenn wir uns treffen, bietet er mir seine Hilfe an. Ich habe das bisher immer abgelehnt, denn ich hatte Angst, dass er seinem miesepetrigen Bruder davon erzählt, der rabengleich alles belauert, was ich mache, und ich später dann hundertfach für den Gefallen bezahlen muss. Auf der Insel muss man bei so etwas vorsichtig sein. Gefallen sind oft eher strategischer als freundlicher Natur.

Doch die Wirklichkeit setzt meine Prinzipien außer Kraft. Solange meine Klimaanlage funktionierte, hatte ich Skrupel, Hilfe von Dom anzunehmen. Jetzt sind meine Vorbehalte kleiner geworden, denn eine Reparatur würde mich ein Vermögen kosten, und zudem würde es Tage dauern, bis ich einen Handwerker bekomme. Zwar werde ich am Monatsende keine roten Zahlen schreiben, aber ich schwimme deshalb noch lange nicht im Geld. Hier kann man aber ohne Klimaanlage keine Konditorei betreiben, selbst mit Kühlschrank und Kühltheke. Und dann hat man auch keine Kunden. Das ist die traurige Wahrheit. Deshalb habe ich Doms Angebot angenommen und bete nun, dass ich nicht den größten Fehler meines Lebens gemacht habe und ein neuer Hundertjähriger Krieg zwischen den Palazzo und den Castelli ausbricht.

»Unglaublich, wie verschieden diese beiden Brüder sind, dabei stammen sie doch von denselben Eltern ab und haben die gleiche Erziehung genossen«, meint Marc-Antoine, als ob er meine Gedanken erraten hätte. »Selbst äußerlich sehen sie sich nicht ähnlich. Dom hat viel Charme und ist ein so sonniger Mensch. Aber ich gebe zu, mich fasziniert die düstere abweisende Schönheit mehr. Deshalb bin ich wahrscheinlich auch noch Single. Ich meine, abgesehen von der Tatsache, dass ich im Flugzeug zwei Sitze brauche.«

Habe ich seine Anspielungen auf seine erotischen Vorlieben richtig verstanden? Ich bin zwar extrem neugierig, traue mich aber nicht, weiter nachzufragen.

In einem allerdings sind wir uns einig. Wenn es um eiskalte Ablehnung und Düsternis geht, hat Luca Castelli alles, um einen Masochisten zufriedenzustellen. Plötzlich frage ich mich, ob dieser Mann in einer Beziehung lebt. Ich kann mir zwar vorstellen, dass sein finsteres, herrisches Gehabe jemandem gefallen könnte, von seinem Geld mal ganz abgesehen, frage mich aber zugleich, wie ein Mensch von Verstand, mit Herz und einem Minimum an Gefühlen sich an der Seite einer solchen Person entwickeln kann.

»Vielleicht sind sie eben nicht gleich erzogen worden«, überlege ich laut. »Manchmal gehen Eltern mit ihren Kindern verschieden um. Das haben mir Leute erzählt, die Geschwister haben, ich selbst kann das als Einzelkind nicht beurteilen.«

»Und – fehlt dir das?«

»Du meinst, keine Geschwister zu haben?«

»Ja.«

»Nun, es kommt drauf an. An Weihnachten war ich immer sehr froh, dass alle Geschenke nur für mich waren, aber als ich mich um die Krankheit meiner Mutter kümmern und sie beim Sterben begleiten musste, hätte ich diese Bürde gern mit jemandem geteilt, der genauso betroffen ist. Jetzt, wo Maman gestorben ist und ich die Bretagne verlassen habe, habe ich niemanden mehr, mit dem ich über sie reden kann.«

»Und deine Oma?«

»Sie hat meine Mutter zehn Jahre lang nicht gesehen, das ist etwas anderes. Ich kenne so viele Geschichten, von denen keiner hier etwas weiß.«

»Hast du denn noch Kontakt zu deinen Freunden aus Saint-Malo?«

Ich lache bitter.

»Die Gefahr besteht nicht.«

»Entschuldige, ich möchte nicht indiskret sein, aber ich habe den Eindruck, du hast dort Sachen erlebt, die nicht so richtig toll waren.«

»Das kommt vor im Leben.«

»Das kann man wohl sagen.«

Es läutet. Ich bin überrascht, als ich sehe, wer hereinkommt.

»Guten Tag, Rachel!«

»Guten Tag, Catalina. Wie warm es heute schon ist!«

»Das wird die nächsten Monate noch zunehmen.«

Wenn man nicht weiß, was man sagen soll, hilft Reden über das Wetter immer über den peinlichen Moment hinweg. Rachel wirkt wie eine verschreckte Maus. Sie späht aus dem Fenster, als ob sie Angst hätte, hier gesehen zu werden. Hat Blanche Castelli, die Vorsitzende des Komitees, wirklich so viel Macht?

»Was können wir für Sie tun?«, frage ich freundlich.

»Na ja, ich bin gekommen, weil ...«

Sie senkt den Kopf, flüstert beinahe.

»... dieser Kuchen, den Sie mir damals geschenkt haben – ich hätte gern noch etwas davon.«

»Ach, Sie meinen den ›kleinen Schelm‹.«

»Wie?«

»Der kleine Schelm, so hab ich den Kuchen getauft. Ich bringe Ihnen gleich ein paar Stücke.«

»Hält er sich denn?«

»Zwei bis drei Tage, länger nicht, und bevor Sie ihn essen, tun Sie ihn einen Moment in den Ofen.«

»Sehr gut.«

»Wie viel Stücke möchten Sie?«

»Alle, die Sie haben.«

Marc-Antoine und ich wechseln einen diskreten Blick.

»Ich bekomme nämlich Besuch«, sagt sie erklärend.

»Ihre Gäste werden ihn sicher mögen.«

»Ganz bestimmt. Dieser Kuchen ist, wie soll ich sagen … Ich habe noch nie etwas Vergleichbares gegessen.«

»Danke! Ich hatte viel Arbeit damit und dachte zuerst, ich würde es nicht hinbekommen.«

»Gut, dass Sie nicht aufgegeben haben, er ist ein Traum.«

Nachdem sie ihre Kuchen eingesteckt und bezahlt hat, schlüpft die alte Dame so diskret aus dem Laden wie ein kleines Nagetier, das in seinem Loch verschwindet.

»Von wegen Gäste! Ich bin mir sicher, dass die Alte alles allein in sich reinstopft. Sie wird noch Diabetes bekommen«, bemerkt Marc-Antoine hinter seiner Kasse.

»Nein, bei dem, was da drin ist, wird eher ihr Cholesterinspiegel steigen.« Ich grinse.

In diesem Moment klopft jemand an die Hintertür.

»Bestimmt Dominique.«

Der Castelli-Bruder, der etwas von Höflichkeit weiß, begrüßt mich mit seinem gewohnten breiten Lächeln. Er hat einen großen Werkzeugkasten bei sich.

»Guten Tag, Catalina!«

»Guten Tag, bitte komm doch rein. Ich zeige dir gleich den Patienten. Es ist wirklich nett, dass du dir die Zeit nimmst, mir zu helfen.«

»Aber gern.«

Dom begrüßt Marc-Antoine, dann holt er aus seinem Kasten einen Schraubenzieher und hebt die Klimaanlage herunter, als wöge sie gar nichts. Ich lege den Kopf schief und starre sorgenvoll auf den kaputten Apparat.

»Das kriegen wir schon«, meint Dominique beruhigend.

»Catalina, sieh mal«, sagt Marc-Antoine und deutet mit dem Kopf Richtung Schaufenster. »Da liest gerade eine Frau deine Stellenausschreibung. Vielleicht bekommen wir endlich Verstärkung.«

»Hoffentlich.«

Ich habe da meine Zweifel. Jedenfalls bei dieser Person. Das Geschöpf, das mit hängenden Schultern vor dem Schaufenster steht und so fasziniert von meinem Aushang zu sein scheint, als handele es sich um das elfte Gebot, kommt mir mehr tot als lebendig vor. Sie ist wohl kaum älter als dreißig, wirkt aber so kraftlos wie eine Hundertjährige. Keinerlei Ausstrahlung, kein Licht in ihren Augen. Sie steht so da, als ob die ganze Welt auf ihr lastete, die langen blonden Haare hängen stumpf und glanzlos herunter. Diese Frau ist jetzt schon am Ende, ein einziger Tag mit vielen Kunden wäre ihr Todesstoß. Für so etwas kommt meine Versicherung nicht auf.

»Sie sieht so unglücklich aus wie das Leiden Christi …«

»Ich hab sie schon öfter am Schaufenster vorbeigehen sehen«, meint Marc-Antoine, »aber sie kommt nie herein.«

»Ihr Mann würde sie umbringen, wenn sie das täte«, sagt Dom, während er meine Klimaanlage untersucht.

»Kennst du sie?«

»Klar. Sie heißt Charlotte Valentini. Wir waren zusammen auf dem Gymnasium. Sie hat einen dicken Grobian geheiratet, der ihr drei Kinder gemacht hat, da war sie noch nicht mal fünfundzwanzig. Er verbringt seine Tage in der Bar.«

Ich meine aus Dominiques Ton so etwas wie Wut oder Bitterkeit herauszuhören. Mit einem Mal tut diese Charlotte mir leid. In ihrem traurigen Blick erkenne ich mich selbst wieder. Das Leuchten in unseren Augen ist ein empfindlicher Kamerad, es kann uns schnell im Stich lassen. Ich kann mich noch genau an den Tag erinnern, an dem es mich verlassen hat. Als der berühmte Medizinprofessor sein Urteil sprach und mir erklärte, dass sich in meinem Uterus ein Grab befände und ich lernen müsste, damit zu leben. Das Leuchten verschwindet, und wenn es fort ist, fühlt man sich ganz leer.

Ich gehe zur Tür und mache sie weit auf.

»Guten Tag, ich sehe, dass Sie gerade meinen Aushang lesen … Sind Sie an der Stelle interessiert? Wir könnten dringend Hilfe gebrauchen.«

»Oh, ja, also, ich würde gern wieder arbeiten«, stottert sie leise, und ich muss mich anstrengen, um sie zu verstehen.

»Sehr gut, kommen Sie doch einen Moment herein.«

»Hallo, Charlotte«, ruft Dominique ihr aus der anderen Ecke des Ladens zu, um ihr Mut zu machen.

Da geschieht etwas Seltsames. Das Grau weicht aus ihrem Gesicht, es nimmt Farbe an, und ihre Wangen werden rot vor Aufregung. Es ist ein bisschen Leben in dieses blasse Gespenst zurückgekehrt, und ich werde immer neugieriger. Als hätte Dom einen Zauberspruch gesagt, folgt mir Charlotte in den Laden.

»Dom?«, fragt sie erstaunt. »Arbeitest du etwa nicht mehr bei deinem Bruder in der Chocolaterie? Das wusste ich gar nicht.«

»Schön wär's!«, entgegnet er amüsiert. »Aber nein – ich gehe meiner neuen Nachbarin gerade nur ein bisschen zur Hand.«

»Ein bisschen ist gut. Dom ist uns eine große Hilfe«, schiebe ich hinterher.

»Das wundert mich nicht«, sagt die junge Frau in leicht traurigem Ton, und ich weiß nicht, ob sie immer so spricht oder ob es an diesem Gespräch liegt.

»Würden Sie denn gern als Verkäuferin bei uns arbeiten?«

»Ja, ich könnte das Geld gut gebrauchen, mein Mann findet keine Arbeit, und es würde uns weiterhelfen.«

»Wie großartig, dass er angefangen hat zu suchen«, bemerkt Dominique.

Eine so ironische Bemerkung hätte ich ihm gar nicht zugetraut. Oder hat ihm sein zynischer Bruder das beigebracht? Charlotte reagiert nicht und schweigt lieber. Die Spannung im Raum ist überdeutlich zu spüren. Offenbar habe ich die Büchse der Pandora geöffnet.

»Haben Sie denn schon mal so etwas gemacht?«

»Ich habe früher in mehreren Läden als Verkäuferin gearbeitet. Einem Metzgerladen, einer Bäckerei – aber ich habe drei Kinder, und da habe ich aufgehört.«

»Das verstehe ich. Heutzutage drei Kinder aufzuziehen, dazu braucht man viel Mut und Kraft.«

Charlotte schaut auf die Uhr, als müsste sie zu einer wichtigen Verabredung.

»Schon so spät? Ich muss los«, erklärt sie nervös.

»Dann kommen Sie doch einfach wieder vorbei, wenn Sie mehr Zeit haben, und wir besprechen dann alles Weitere.«

»Ja. Danke.«

»Warten Sie, nehmen Sie das hier mit.«

»Was ist das?«

»Ein Aprikosentörtchen. Statt Erdbeeren nehme ich Aprikosen, darunter ist eine Ganache mit Nüssen.«

Sie ist verwirrt und verlegen. Offenbar bekommt sie nur selten etwas geschenkt. Ich lächele ihr aufmunternd zu, Dom und Marc-Antoine ebenso. Am Ende nimmt sie den Kuchen an, verschwindet mit wehendem Rock, ihrem Törtchen und ihrer Traurigkeit.

»Der Hausherr duldet keine Verspätung«, sagt Dom und wendet sich wieder der Klimaanlage zu.

»Hattet ihr mal was miteinander?«

»Charlotte und ich? Nein, nein«, entgegnet er ein bisschen zu schnell und zu laut.

Wer's glaubt ...

Nach drei Stunden Kampf zwischen Mensch und Maschine gelingt es meinen großartigen Handwerkern, die Klimaanlage wieder zum Leben zu erwecken. Dom hängt den Kasten mit derselben Leichtigkeit auf, mit der er ihn abgenommen hat, und das leise Surren der Maschine hebt sogleich an, nachdem er sie angestellt hat.

»Ihr seid wahre Helden!«

»Das war doch gar nichts.«

»Das kann ich nicht behaupten«, erklärt Marc-Antoine, den die gebückte Haltung ziemlich angestrengt hat.

»Ich muss dann jetzt los, ich wünsche euch noch einen schönen Nachmittag.«

»Willst du wirklich nichts haben? Nichts zu trinken, einen kleinen Kuchen ...«

»Wenn du meinst, dann nehme ich den berühmten Schelm, von dem so viel die Rede ist.«

»Was, darüber wird geredet?«

»Da gibt es eine alte Dame, die ihn sehr zu schätzen scheint.«

»Ah … Rachel! Ja, sie ist ganz versessen darauf.«

Ich reiche ihm das Gebäck, das er einen Moment kritisch beäugt, bevor er es sich in den Mund schiebt und genüsslich darauf herumkaut.

»Ja, die gute Rachel redet gerne und viel.«

»Ach ja? Bei mir jedenfalls nicht. Sie wirkt immer ganz verschreckt.«

»Das hat bestimmt was mit meiner Mutter zu tun«, erklärt Dom lächelnd. »Mhmm, das schmeckt ja wirklich großartig!«

»Danke. Ist deine Mutter denn so schrecklich?«

»Luca sagt immer: Blanche ist nicht schrecklich, denn das darf man von Gott ja nicht sagen.«

Die Bemerkung ist ihm rausgerutscht, und er zuckt leicht zusammen.

»Keine Sorge, ich sage es nicht weiter«, erkläre ich schnell.

»Gut. Ich muss los. Aber wir sehen uns sicher in zwei Wochen«, meint er dann.

»In zwei Wochen? Wieso gerade dann?«

»Nimmst du denn nicht an dem Fest teil?«

»Welches Fest?«

»Das Blumenfest.«

»Nicht dass ich wüsste. Ich verlasse meinen Laden nur, wenn ich schnell etwas besorgen muss oder oben in meiner Wohnung schlafen gehe. Ein Kaffeelöffel hat mehr Sozialleben als ich.«

»Das ist ein wichtiges Fest in Sartène, in den Straßen wimmelt es von Menschen.«

»Sehr gut, da werde ich viel Kundschaft haben!«

»Du weißt nicht, welche Rolle dieses Fest spielt. Wenn man bekannt werden will, muss man dort einen Stand haben. Es gibt jede Menge Ausstellungen, Wettbewerbe und Preise, bei einem geht es sogar um Desserts und Kuchen.«

Ich zucke mit den Schultern. Seit es im Fernsehen so viele Kochsendungen gibt und immerzu Preisverleihungen gezeigt werden, wollen sie alle ihre Küchenwettbewerbe abhalten.

»Ach, weißt du, wenn es um Wettbewerbe geht, da habe ich …«

»Nein, du verstehst es nicht. Zu diesem Fest kommt der Bürgermeister, und alle, die an einem Wettbewerb teilnehmen, werden auf der Website der Stadt erwähnt und in den Broschüren der Reisebüros. Es gibt Partnerschaften mit Reiseveranstaltern, Hotels und sogar manchen Restaurants.«

Ich habe das Gefühl, dass dies eine Chance für mich sein könnte. Vielleicht komme ich durch dieses Fest tatsächlich mehr ins Gespräch.

»Dein Bruder nimmt sicher daran teil.«

»Er hat das seit über fünf Jahren nicht mehr gemacht. Da er immer gewonnen hat, will er jetzt anderen eine Chance geben.«

»Das ist sehr rücksichtsvoll von ihm. Für mich wäre es das erste Mal. Du hast recht, ich sollte mitmachen.«

Das ist die Gelegenheit, unter Beweis zu stellen, was ich kann, wozu eine Palazzo in der Lage ist.

»Darf ich mir, bevor ich gehe, noch einen Schelm nehmen?«, fragt Dom und sieht plötzlich aus wie ein kleiner Junge.

Ich nicke amüsiert.

Kommt nur, kommt in mein Netz aus gesponnenem Zucker, ihr kleinen Schmetterlinge!

KAPITEL 9

CHOCOLATERIE CASTELLI

»Was, sie nimmt am Wettbewerb teil, obwohl sie gerade erst hergekommen ist? Die lässt ja wirklich nichts anbrennen.«

Das ist wirklich die Höhe! Diese Zuckerbäckerin hat gerade mal drei Joghurt-Törtchen verkauft und bildet sich schon wer weiß was ein. Na ja, es muss an den Genen liegen. Schlechte Gene vererben sich eben.

»Ich weiß auch nichts Genaues, vielleicht denkt sie ja, dass ihr das hilft, hier Fuß zu fassen«, antwortet Dom, der gerade genussvoll an einem Stück mit Minze gefüllter Bitterschokolade kaut.

»Wie hat sie von dem Wettbewerb überhaupt erfahren? Sie steht doch den ganzen Tag in ihrer Tortenklitsche. Sicher steckt Elena dahinter. Sie muss ihr gesagt haben, dass ich nicht mehr mitmache, und jetzt nutzen sie diese Gelegenheit aus.«

»Du musst schon zugeben, dass ihre Entscheidung richtig ist. Wenn sie ihren Kundenstamm ausbauen will, ist das Fest die geeignete Maßnahme. Du hast es doch damals genauso gemacht.«

»Ich habe den Eindruck, dass du den Anfang der Geschichte vergessen hast, Dom. Also hör genau zu: Wir lassen dieser

Tortenmamsell keine Chance, kapiert? Wir haben Krieg. Es wird höchste Zeit, sie daran zu erinnern, wer ihr gegenübersteht.«

»Es wird allmählich lächerlich, Bruderherz. Hast du noch ein paar von den Schoko-Würfeln?«

Ich ignoriere ihn.

»Ursula, nehmen Sie mal einen Moment den Kopf aus dem Herd!«

»Ja, Chef.«

»Gehen Sie ins Rathaus und holen Sie mir ein Bewerbungsformular für den Wettbewerb auf dem Blumenfest.«

»Luca, was soll denn das jetzt wieder«, seufzt Dom, aber das überhöre ich.

»Kein Problem, Chef, welchen Wettbewerb meinen Sie?«

Ich hole tief Luft und atme sie wieder langsam aus.

»Wettbewerb für den besten Flötenspieler auf dem Trapez. Ich übe schon seit Monaten, und jetzt ist der Moment gekommen.«

»Also wirklich! Sie sollten sich nicht immer so verrückte Sachen einfallen lassen, um die Leute zu beeindrucken«, antwortet die großartige Ursula.

»Dom?«

»Ich gehe schon, Ursula. Sie haben zu tun, und ich komme dort sowieso vorbei«, sagt mein Bruder und schaut mich vorwurfsvoll an. »Trotzdem weiß ich nicht, was das jetzt soll.«

»Deine Meinung ist mir völlig schnuppe.«

Ich sehe ihm nach, wie er die Straße entlanggeht. Seit ein paar Tagen frage ich mich, was mit Dom los ist. Was treibt ihn um? Ich habe den Eindruck, irgendwas stimmt mit der sonst immer so gut geölten und vorhersehbaren Mechanik seines Gehirns nicht. Das erkenne ich an seiner seltsamen Art, in die Luft zu starren, und an seiner abwesenden Miene. Er ist sonst immer so geistesgegenwärtig, aber im Moment kommt er mir ziemlich unkonzentriert vor.

Man muss kein Psychologe sein, um zu erkennen, dass das Gleichgewicht zwischen meinem Bruder und mir ziemlich wackelig ist. Aus gutem Grund! Es kann kein Gleichgewicht geben, wenn man mit acht Jahren seinen Bruder aus dem Ozean fischt, um ihn vor dem Ertrinken zu bewahren. In irgendeinem Sommer, ich weiß nicht mehr genau wann, dachten Dom und ich, wir seien unsterblich und unbesiegbar. Wir konnten kaum schwimmen, unsere Eltern hatten etwas Besseres zu tun, als auf uns aufzupassen, und die Wellen mit ihren hübschen Schaumkronen zogen uns an wie Sirenen. Der ideale Schauplatz für ein Familiendrama. Mein Selbsterhaltungstrieb war damals schon stark ausgeprägt, während Dom dazu neigte – er tut es bis heute –, der ersten verrückten Idee nachzugeben. Es heißt immer, in großer Angst entwickele man übermenschliche Kräfte. Ich weiß aber bis heute nicht, wie ich es damals geschafft habe, mich ins Wasser zu stürzen, seinen hilflos rudernden Arm zwischen zwei Wellen zu packen und ihn keuchend und Wasser tretend wieder an Land zu bringen. Eigentlich denke ich immer noch, dass er sein Überleben jemand anderem verdankt. Dieser Tag jedenfalls und der Anblick meines kleinen Bruders, wie er reglos auf dem Sand liegt, hat sich mir für immer eingeprägt. Selbst als er wieder atmete und seine Wangen allmählich Farbe bekamen, konnte ich nicht glauben, dass ich ihn gerettet hatte. Sie feierten mich damals wie einen

Helden, dabei hätten sie sich fragen müssen, wie es möglich war, dass zwei kleine Jungs ohne Beaufsichtigung am Strand des gefährlichen Ozeans spielten. Anstatt mich zu loben, hätten sie mir erklären müssen, dass mein Bruder, wenn sein Gehirn nur ein paar Minuten länger keinen Sauerstoff bekommen hätte, nie mehr so gewesen wäre wie vorher. Sie hätten mir sagen müssen, dass ich ab diesem Moment mein Leben lang das Bedürfnis verspüren würde, ihn zu beschützen, und wenn ich ihm dabei auch die Luft zum Atmen nähme.

Ein unangenehm pfeifendes Schnauben weckt mich aus meinen Gedanken. Der Scheuerlappen, der meiner Mutter als Hund dient, schnüffelt begierig an meinem Bein.

»Rasputin, komm her zu Maman!«, befiehlt sie ihm vom anderen Ende des Ladens her.

Meine Mutter interessiert sich sehr für mich – jedenfalls was die Belange des Ladens betrifft.

»Na, wie geht's dir heute, mein Sohn?«

Wenn ich ihr jeden Abend gleich die Verkaufszahlen nennen würde, könnten wir uns die Höflichkeitsfloskeln sparen.

»Gut.«

»Drüben sind Leute«, sagt sie missmutig und so ansatzlos, als hätten wir gerade über die Patisserie gesprochen.

»Ach ja? Weißt du, ich habe Besseres zu tun, als diese Tortenbäckerin auszuspionieren.«

Natürlich habe ich mitbekommen, dass die Kundschaft drüben sich inzwischen verdreifacht hat. Wenn man bei null angefangen hat, fällt das natürlich auf.

»Das solltest du aber! Zum Glück bin ich noch da, um ein Auge auf sie zu haben.«

»Sie nimmt übrigens am Dessert-Wettbewerb auf dem Blumenfest teil.«

»Ach wirklich?«

Ich weiß nicht, wie oft ich schon bei diesem »Ach wirklich« ausgerastet bin. Als ich zum ersten Mal groß genug war, um diese Worte zu verstehen, hat mein Vater mir ins Ohr geflüstert: »Schnell in dein Zimmer!« Warum, habe ich erst verstanden, als ich den Gärtner so schnell wegrennen sah, als wäre der Teufel hinter ihm her.

»Ganz schön mutig!«

»Ich habe Dom losgeschickt, um mich auch anzumelden.«

Da überzieht ein breites Lächeln ihr Gesicht. So hat wahrscheinlich die Mutter Alexanders des Großen ihn angelächelt, bevor sie ihn mit Brennnesseln schlug, um seinen Willen zu stärken. Die Wege mütterlicher Fürsorge sind unergründlich.

»Jetzt erkenne ich meinen Sohn wieder.«

Ein Glück für mein Erbe.

»Was wirst du für ein Dessert machen?«

»Ich weiß es noch nicht. Ich muss jetzt erst mal die Gala in Paris vorbereiten und habe anschließend wohl kaum Zeit, mir etwas Neues auszudenken.«

»Du musst lernen, Prioritäten zu setzen, Luca!«

»Wenn ich die Wahl habe zwischen einem kleinen Stadtwettbewerb oder einem Geschäft von 175 000 Euro? Willst du da im Ernst von Prioritäten reden?«

»Ehre ist unbezahlbar, mein Sohn, und die Familie erst recht.«

Nun – darauf würde ich meine Schürze nicht verwetten.

»Ich werde mit Jean sprechen«, fährt sie nachdenklich fort.

»Du bittest den Apostel Johannes um Beistand?«

»Sehr witzig. Ich meine natürlich Jean Viannet. Er ist dieses Jahr der Vorsitzende der Jury.«

Jetzt fahre ich aus der Haut.

»Du bist unmöglich, Maman!«

»Was?!«, sagt sie mit gespielter Empörung.

»Kannst du mir nicht einmal im Leben vertrauen?«

»Das hat doch damit nichts zu tun«, protestiert sie.

»Und ob es was damit zu tun hat! Du willst mit diesem Mann reden, um sicher zu sein, dass ich gewinne, oder zumindest, dass die kleine Palazzo nicht gewinnt. Ich kenne dich – wenn du den armen Mann erst mal deiner Gehirnwäsche unterzogen hast, weiß er nicht mal mehr seinen Namen. Wahrscheinlich hast du schon eine Idee, wie du ihn am besten unter Druck setzen kannst. Was glaubst du eigentlich, wie das für mich ist, wenn meine eigene Mutter, die nie Grund hatte, sich über mich zu beklagen, kein bisschen Vertrauen in meine Fähigkeiten hat? Meine Rezepte sind auch so gut genug.«

Sie wischt meinen Einwurf wie üblich mit einer Handbewegung weg.

»Jetzt übertreib mal nicht, du weißt doch gar nicht, was ich ihm sagen will.«

»Ich nehme mal an, du willst mit ihm übers Wetter reden.«

Sie verdreht die Augen. »Meine Güte, Luca. Mit dir kann man wirklich nie sprechen, ohne dass ein Drama daraus wird. Ich merke schon, ich störe hier nur. Dann will ich mal lieber gehen …«

»Warte, ich mache dir die Tür auf, dann geht es schneller«, entgegne ich, und sie rauscht hinaus. Was habe ich da bloß gesagt?

Vierunddreißig Jahre bin ich nun alt und lechze immer noch nach ihrer Anerkennung – von ihrer Zuneigung gar nicht zu reden. Dom ist viel gelassener und distanzierter ihr gegenüber, aber das gelingt mir einfach nicht. Allerdings bürdet die Familie ihm auch viel weniger auf als mir. Ich trage die ganze Last. Ich nehme an, dass jeder da eines Tages einknicken würde.

Sogar ich.

KAPITEL 10

PATISSERIE & CHOCOLATERIE

Ich wende mich von der Kühltheke mit den gesunden Joghurts ab und schlendere nachdenklich zum Regal mit der Schokolade hinüber, von der man angeblich abnimmt.

Dieser Typ hat sich ebenfalls für den Wettbewerb angemeldet, das ist ja nicht zu fassen!

Wie alt ist er eigentlich? Unsere Eltern und Großeltern leisten sich einen Grabenkrieg. Na gut, sie sind vermutlich alle altersstarrsinnig und halb senil, aber unsere Generation?

In der Bretagne war ich Catalina. Ich hatte keine Vergangenheit, nur eine Zukunft und habe immer nach vorn geschaut.

Ich habe nichts, aber irgendwann werde ich alles haben. Ich habe ein Baby verloren, aber ich werde ein anderes bekommen. Ich habe einen Liebsten und behalte ihn für immer.

Das war meine Devise. Alles war möglich. Aber wenn alles möglich ist, kann eben auch alles passieren, das Schlimmste ebenso wie das Schönste. Wir hatten die Flucht nach vorn ergriffen und dabei eines vergessen: Je schneller man über einen Weg läuft, desto weniger sieht man die Fallstricke und Hindernisse.

Hier auf der Insel bin ich Catalina *Palazzo*. Ich muss mich mit der Vergangenheit auseinandersetzen und hinnehmen, dass sie meine Zukunft vergiftet. Ich habe mich darauf eingelassen, komme aber nicht zurecht damit.

Ist es wirklich so gut zu wissen, woher man kommt, bevor man weiß, wohin man will? Können wir besser mit den Wechselfällen des Lebens fertigwerden, wenn wir unsere Vergangenheit kennen?

Diese alte Fehde, die ich offenbar zusammen mit dem Laden geerbt habe, wirft mich manchmal aus der Bahn. Da ich aber beschlossen habe, hier zu bleiben, muss ich mich dem Kampf stellen.

Er nimmt am Wettbewerb teil, nur um mir eins auszuwischen!

Wut steigt in mir auf. Ich hebe meinen Korb hoch und mache kehrt, um den Lebensmittelladen zu verlassen, der meine Karamellbonbons mit salziger Butter verkauft, und stoße gegen einen Kunden.

»Oh, pardon, Monsieur …«

Das darf doch nicht wahr sein! Was für ein idiotischer Zufall!

Die Wahrheit springt mir ins Auge: Sartène ist eben klein, viel zu klein.

»Aaah … Mademoiselle Palazzo …«, sagt Luca Castelli gedehnt und sieht mich herablassend an.

»Monsieur Castelli.«

Ein dichtes, unangenehmes Schweigen hüllt uns ein. Die Zeit bleibt stehen. Die Welt dreht sich weiter, aber die Blase, in der wir uns befinden, scheint zwischen Zeit und Raum eingeklemmt.

Schließlich breche ich das Schweigen.

»Ich war sehr überrascht zu hören, dass Sie nach mehreren Jahren Pause beschlossen haben, sich beim Blumenfest wieder zu engagieren. Ich dachte, Sie hätten Besseres zu tun, als an einem kleinen Stadtwettbewerb teilzunehmen.«

Wenn die Leute ein bisschen Grips im Kopf hätten, würden sie sowieso von hier weggehen.

»Nun, es ist doch großartig, dass ich verschiedene Bereiche bespielen kann. Dieser kleine Stadtwettbewerb, wie Sie es nennen, hat mit meiner Stadt ebenso wie mit meiner Herkunft zu tun. Das ist eine Sache der Ehre«, erklärt er.

»Ach ja? Es hat also nichts damit zu tun, dass Sie sich gern mit anderen messen, oder vielleicht mit meiner Teilnahme am Wettbewerb?« Ich starre ihn herausfordernd an.

»Wenn ich mich mit anderen messen will, dann nur auf internationaler Ebene. Nein, nein, das hier ist eher eine Hommage an meine Stadt.«

»Schon klar. Nun, ich für meinen Teil kann sagen, dass ich Wettbewerbe besonders mag.«

»Mehr als Hommagen, vermute ich.«

»Ich benutze sie jedenfalls nicht als Vorwand.«

»Und Sie glauben, das tue ich?«

»Fühlen Sie sich getroffen?«

»Weil Sie auf mich gezielt haben?«

»Das habe ich wohl kaum getan.«

»Der Beste wird gewinnen, Mademoiselle Palazzo.«

»Genau das wird passieren, Monsieur Castelli.«

»Mit Cupcakes? Darauf freue ich mich jetzt schon«, erklärt er mit einem zynischen Lachen und macht auf dem Absatz kehrt.

Ich sehe ihm nach – seinem arroganten Rücken mit dem schwarzen Haarschopf, den breiten Schultern, die seine etwas zu hagere Gestalt wettmachen –, und in mir steigt plötzlich eine Hitzewallung auf, die im Bauch beginnt, in meine Brust vordringt und dort explodiert.

Ich würde ihm am liebsten ein Küchenmesser in die Rippen stoßen, die gibt es hier gerade im Angebot.

KAPITEL 11

PATISSERIE PALAZZO

Die Anspannung nimmt zu.

Ich muss anerkennen, dass die Moral der Truppen gut ist. Sie machen den Boden sauber, anstatt in die Luft zu gucken. Es sind natürlich nicht mehrere Truppen, sondern nur eine, und die besteht aus einem einzigen Mitglied, und dieses muss sich eingestehen, dass es sich kolossal überschätzt hat. Jetzt, in der bevorzugten Reisesaison, mit der Ankunft hungriger Touristen, die beschlossen haben, erst nach den Ferien wieder abzunehmen, befindet sich Sartène im Belagerungszustand, und alle Läden haben dreimal so viel zu tun wie sonst. Zum Glück ist da noch Marc-Antoine, sonst wäre es das Ende, dennoch steht uns das Wasser bis zum Hals. In dieser Hölle gibt es allerdings einen unverhofften Nebeneffekt. Die Kunden, die zu bedienen wir uns nach Kräften bemühen, stehen in Trauben vor unserem Laden und erregen die Neugier der Passanten. Auch sie bleiben stehen, und so gibt es ein Riesendurcheinander.

Man sollte mit dem, was man sich wünscht, immer vorsichtig sein.

Natürlich ist es mir lieber, nicht mehr zu wissen, wo mir der Kopf steht, als Dutzende Kuchen wegwerfen zu müssen, weil ich nicht genug Kunden habe, aber in diesem Chaos zu arbeiten und hinter jeder Aprikose herzurennen, um in weniger als zehn Minuten eine ganze Ofenladung Kuchen fertig zu machen, kann man auf längere Sicht nicht durchhalten.

Bei allem, was ich zu tun habe, komme ich nicht dazu, meine Kreation für den Wettbewerb auf dem Blumenfest auszuprobieren. Wenn man einen Kuchen für einen Wettbewerb plant, muss man auf Ausgewogenheit von Geschmack und Beschaffenheit achten, er muss originell sein, schön aussehen und frisch bleiben. Dazu sollte man die Jury kennen, die Art, wie der Kuchen präsentiert wird, auf welcher Unterlage und für wie lange. Eine Mousse stellt man anders her, wenn man weiß, dass sie bei über zwanzig Grad zehn Minuten im Freien steht. Ganz abgesehen davon, wie hoch die Luftfeuchtigkeit und der atmosphärische Druck sind, die ein Gebäck ruinieren oder seine Qualität verbessern können.

Man muss sich die Umgebung und die Konkurrenten genau ansehen. Es gibt keine gute Patisserie ohne eine gute Strategie. Und als ob das alles noch nicht genug wäre, habe ich noch einen ernstzunehmenden Konkurrenten, für den die ganze Sache ein Heimspiel ist. Meister Rabe ist daran gewöhnt, eine finanzkräftige, anspruchsvolle Kundschaft zu bedienen. Seit über zehn Jahren macht er jeden Tag nichts anderes, als zu kalkulieren, zu planen, Dinge vorauszusehen. Ein Konkurrent, mit dem ich wohl kaum mithalten kann.

»Hochmut kommt vor dem Fall«, sagte meine Mutter oft, und sie hat recht gehabt. Hochmut kann uns mehr Probleme bereiten als jede andere Haltung. Warum habe ich mir mit diesem Wettbewerb nur wieder neue Steine in den Weg gelegt? Hatte ich etwa Angst, dass es mir langweilig wird? Und wenn ich einfach das Handtuch werfe?

Diese Flucht nach vorn macht jedenfalls keinen Sinn.

»Man rennt niemals schneller als der Schmerz ...«

»Ja, weil Schmerz nicht rennt, so ist das nun mal«, sagt der sachliche Marc-Antoine.

»Entschuldigung, ich habe nur so vor mich hingemurmelt.«

Nachdem ich zum x-ten Mal die Vitrine mit Schelm-Kuchen gefüllt habe, stelle ich erleichtert fest, dass nach dem großen Gewimmel der letzten vier Stunden nur noch eine Kundin da ist, die bezahlt und geht.

»Wenn es so weitergeht, geraten wir aus dem Rhythmus.«

»Aber wir werden reich«, sagt Marc-Antoine und lässt die Kasse klingeln.

Ich frage mich, womit der Junge seine Zeit verbracht hat, bevor er diese Maschine entdeckte.

»Aber dann lässt die Qualität nach, und ich kann nicht mehr morgens in der Küche arbeiten und dir nachmittags beim Bedienen helfen. Außerdem ist da noch dieser verdammte Wettbewerb. Es wäre eine gute Gelegenheit gewesen, auf der Insel bekannt zu werden, Touristen sind ja schön und gut, aber die kommen ja nicht das ganze Jahr über.«

»Also ich komme auch im Winter gern«, sagt ein letzter Tourist, der noch im Laden steht und den wir gar nicht bemerkt hatten.

»Leider können wir uns nicht mit Touristen allein am Leben erhalten, aber es freut uns zu hören, dass wir gegen Weihnachten nicht ganz vom Rest der Welt abgeschnitten sind«, entgegne ich.

Der Mann lächelt freundlich und geht mit diversen Schachteln beladen zu seinen Artgenossen nach draußen. Danach wird es still im Laden.

»Was würde eigentlich passieren, wenn du nicht am Wettbewerb teilnimmst?«, fragt Marc-Antoine, während er immer wieder die Banknoten zählt und mich damit ganz verrückt macht.

»Nicht viel, nehme ich an, außer dass ich vor Wut explodieren werde, weil ich diesem eingebildeten Castelli das Feld überlasse und er sich als König der Insel aufspielen wird«, erkläre ich düster. »Dann werden die Wände voller Blut sein, und das sauber zu machen wird kein Spaß.«

»Die Stellung als König der Insel hat er doch schon längst.«

»Aber diesmal wird er sich daran berauschen, eine Palazzo in ihre Schranken verwiesen zu haben.«

»Macht er das nicht sowieso schon?«

Ich seufze.

Die Ladenglocke läutet, unsere Pause war nur von kurzer Dauer. Zu meiner Überraschung steht Charlotte im Türrahmen, die verschüchterte junge Frau, die das Leid der ganzen Welt auf ihren Schultern zu tragen scheint.

»Guten Tag, Charlotte!«

»Guten Tag …«

Sie sucht nach Worten und lässt dabei ihren Blick durch den Laden schweifen. Was sucht sie nur?

»Ich wollte fragen, ob die Stelle als Verkäuferin noch frei ist«, bringt sie schließlich heraus.

Ich könnte mich ihr zu Füßen werfen und rufen »Heilige Maria Mutter Gottes«, so erleichtert bin ich.

»Ja natürlich!«

»Aber ich kann doch weiter die Kasse machen, oder«, fragt Marc-Antoine besorgt.

»Ja, ja klar.«

»Damit es keine Fehler bei der Abrechnung gibt«, erklärt er.

Ich glaube, er ist fast süchtig nach den Geldscheinen, und ich frage mich, ob es auch für so etwas Entziehungskuren gibt.

»Wann können Sie anfangen, Charlotte?«

»Morgen. Wäre es vielleicht möglich, in Teilzeit zu arbeiten?«

Meine Freude fällt in sich zusammen wie ein Pfirsichwindbeutel.

»Na ja, ehrlich gesagt haben wir sowieso nur eine Bewerbung und …«

»Das klingt etwas verzweifelt«, bemerkt Marc-Antoine.

»Ja, weil ich es *bin*. Die Arbeit ist ja kaum noch zu schaffen.«

»Ich müsste jeden Tag um 14 Uhr weg, wegen der Kinder. Morgens kann meine Mutter auf sie aufpassen, aber nicht am Nachmittag.«

Ich denke daran, was Dom über ihren nichtstuerischen Mann erzählt hat, und würde am liebsten etwas dazu sagen.

»Gibt es denn sonst keinen, der Ihnen mit den Kindern helfen kann?« Vielleicht hätte ich direkter fragen sollen, aber sie versteht es auch so.

»Nein, mein Mann, der kann das nicht, nein. Also, könnte ich trotzdem hier arbeiten?«, fragt sie schüchtern.

»Wir werden sicher noch eine Aushilfe für den Nachmittag finden. Auf jeden Fall ist das schon mal eine Hilfe für uns, dann kann ich mich um das Backen und den Wettbewerb kümmern.«

»Was für ein Wettbewerb?«

»Beim Blumenfest.«

»Ach ja ... der berühmte Wettbewerb«, sagt sie in einem Ton, als ginge es um ein großes Unglück. »Um wie viel Uhr soll ich morgen kommen?«

»Gegen sieben wäre perfekt.«

»Dann bin ich um sieben Uhr da. Danke, dass Sie mir so entgegenkommen.«

»Warten Sie, wir müssen ja erst noch über Ihre Bezahlung sprechen. Ich gebe Ihnen einen Vertrag, und Sie lesen ihn sich durch.«

Charlotte nickt. Man merkt ihr deutlich an, dass die Frage des Geldes ihr nicht so wichtig ist, fast, als wäre sie bereit, auch umsonst zu arbeiten. Sie kommt nicht hierher, um Geld zu verdienen. Sie sucht nach einer Leiter, um ihrem Leben zu entkommen wie eine Gefangene, die aus dem Knast rauswill. Ich habe auch eine solche Leiter, meine Patisserie nämlich, und die darf auf keinen Fall zusammenbrechen. Ich sehe Charlottes zierliche Gestalt noch einen Augenblick im Eingang, dann verschwindet sie im hellen Licht des späten Nachmittags. Morgen habe ich dann endlich Zeit, die Waffe zu schmieden, mit der ich am Wochenende in den Kampf ziehen will.

»Betschwestern in Sicht!«, ruft Marc-Antoine da und weist auf die Straße.

Eine ganze Schar Frauen betritt den Laden, angeführt von Rachel, die begehrlich lächelt.

»Guten Tag, Catalina, wie geht es Ihnen?«

Ich kann sie kaum verstehen, weil das aufgeregte Geplapper der anderen Frauen so laut ist wie das Summen eines Bienenschwarms.

»Guten Tag, meine Damen, was darf es denn sein?«

»Wissen Sie, als ich letztes Mal bei Ihnen die Törtchen gekauft habe, hatte ich Ihnen doch erzählt, dass ich Freundinnen zum Kaffee eingeladen hatte … Hier sind sie, wir gehören alle zum Komitee. Das ist am Ort ein sehr einflussreicher Verein. Sie haben Ihre kleinen Kuchen regelrecht verschlungen – wie heißen die noch mal?«

»Schelme.«

»Ach ja, genau. Na ja, heute habe ich meine Freundinnen gleich mitgebracht. Sie haben doch sicher noch diese Schelme, oder?«

Sie fragt das so gierig, dass ich fast glaube, wenn ich keine mehr hätte, würden sie mich auf der Stelle aufessen, mit ein bisschen Puderzucker bestreut.

»Ja, ich habe gerade welche gebacken.«

»Das ist ja wunderbar!«, rufen die Frauen im Chor und machen einen Schritt auf Marc-Antoine zu, der erschrocken zurückweicht.

Ich sehe, wie meine Kuchen rasend schnell verschwinden, und bereite gleich eine neue Ofenladung vor. Ich bin froh und stolz, denn mehr als Erfolg mit meinen Kreationen hatte ich mir nicht gewünscht. Warum aber fühle ich mich trotzdem gleichzeitig so leer, warum fehlt es mir an innerem Gleichgewicht? Ob hier oder anderswo, das Glück müsste sich doch gleich anfühlen. Warum lässt der Kummer über mein verlorenes früheres Leben mich nicht in Ruhe und verdirbt mir die Freude?

Die Ladenklingel reißt mich aus meinen trüben Gedanken.

»Rachel, wie geht's? Ich sehe, du kannst gar nicht mehr existieren ohne meine Enkelin.«

Elena kommt herein wie eine Königin.

»Ihre Kuchen sind wahre Wunderwerke«, erklärt Rachel strahlend. »Ich weiß nicht, was sie da reintut, aber wir können gar nicht aufhören, sie zu essen.«

»Blut von frisch getauften Babys, sie nimmt nur Zutaten, die von der Kirche zugelassen sind.«

Schweigen.

»Das war ein Witz«, sagt Elena. »Ich hatte euch ja gesagt, dass meine Enkelin bald großen Erfolg mit ihrem Laden haben wird. Wenn sie erst mal den Wettbewerb auf dem Blumenfest gewinnt, werden es alle wissen.«

Mir war der Trubel im Laden eigentlich schon genug, warum muss Großmutter jetzt zusätzlich für Aufregung sorgen?

»Oh, nimmt sie daran teil?«, ruft Rachel aus.

Sie könnte eigentlich selbst antworten, wenn man ihr nur die Gelegenheit dazu gäbe.

»Natürlich«, entgegnet meine Großmutter.

Es ist, als wäre ich nicht da.

»Dann muss sie sich ja mit Luca messen«, krächzt eine der Frauen. »Das wird ja ein spannendes Schauspiel werden.«

»Ach was – nimmt er dieses Jahr denn auch wieder teil?«, fragt Elena erstaunt.

»Die Lust am Wettbewerb«, entgegnet Rachel mit einem Kuchenstück im Mund. »Das hat er von seiner Mutter. Eine Palazzo und ein Castelli, die gegeneinander antreten, das hat es lange nicht mehr gegeben.«

»Jean Viannet muss es heiß und kalt werden«, sagt kichernd eine der Damen, »egal wie er sich entscheidet, es wird ein Drama.«

»Ist er der Vorsitzende der Jury?«, fragt Elena. »Den kenne ich gut ...«

Die Wendung, die das Gespräch jetzt nimmt, gefällt mir ganz und gar nicht. Ebenso wenig der listige Ausdruck in den Augen meiner Großmutter. Gibt es in Korsika vielleicht besondere Regeln für Wettbewerbe?

»Zermalmt zwischen dir und Blanche, mein Gott, ich möchte nicht in der Haut des armen Mannes stecken!«

Plötzlich herrscht Schweigen. Niemand weiß, wer das gesagt hat, aber es war eindeutig zu viel.

»Na los, meine Lieben!«, ruft Rachel, um die Situation zu entschärfen. »Machen wir uns auf den Weg, sonst kommen wir zu spät zur Sitzung des Komitees.«

Wie ein Bienenschwarm folgen die Frauen ihrer Anführerin und verlassen den Laden so rasch, wie sie hereingekommen sind.

Marc-Antoine stößt einen tiefen Seufzer aus.

»Darf ich mal kurz auf die Toilette gehen?«, fragt er.

»Was soll das? Dafür musst du mich doch nicht um Erlaubnis bitten.«

»Ach so.«

»Das hast du doch sonst auch nicht gemacht.«

»Na ja ...«

»Was willst du denn auf dem Wettbewerb präsentieren?«, fragt Elena.

»Ich weiß es noch nicht so genau.«

»Was?! Der Wettbewerb ist doch schon in zwei Tagen.«

»Ich weiß, ich weiß. Ich habe ja auch schon eine Idee, aber ich kann sie erst morgen früh ausprobieren. In den letzten Wochen hatte ich einfach zu viel zu tun. Zum Glück habe ich jetzt eine Aushilfe gefunden, die Marc-Antoine und mich unterstützen wird.«

Warum habe ich bloß andauernd das Gefühl, mich rechtfertigen zu müssen?

»Dass Jean Viannet Vorsitzender der Jury sein wird, ist eher ein Glücksfall. Er stand unserer Familie immer sehr nahe.«

»Großmutter, eins ist wohl klar. Du wirst nicht versuchen, den Jury-Vorsitzenden zu beeinflussen, oder?«

»Nein«, antwortet sie nach kurzem Zögern, aber das reicht schon aus, um mich in Aufruhr zu versetzen.

»Du weißt ja hoffentlich, dass ich durchaus in der Lage bin, zu gewinnen – und zwar ohne deine Todesdrohungen gegen die Jury.«

»Natürlich, natürlich. Aber manchmal muss man sichergehen, dass die Entscheidung unparteiisch ist. Das ist alles.«

»Du fängst ja schon wieder an!«

»Keine Sorge, konzentriere du dich nur auf den Kuchen, den du präsentieren willst. Ansonsten musst du dich um nichts kümmern. Ich bin sicher, dass alles gut geht.«

»Und wenn nicht?«

»Was meinst du damit?«

»Wie wirst du reagieren, wenn ich nicht gewinne? Wenn Luca Castelli den Preis bekommt, weil er vielleicht besser ist als ich?«

Elenas hochnäsiges Gesicht wird freundlicher. Ich weiß nicht, ob sie einfach das Gespräch beenden oder mich beruhigen will.

»Ich habe großes Vertrauen in dich, Catalina, das habe ich dir doch sicher schon gesagt. Ich glaube, dein Talent ist grenzenlos. Es ist ein Wunder, wie du all diese Frömmlerinnen in die Tasche gesteckt hast.«

»*Du* hast Rachel bedrängt, einen meiner Kuchen zu kaufen, erinnerst du dich?«

»Sie hätte ja nicht wiederzukommen brauchen, aber sie hat es getan und dazu noch alle ihre Freundinnen mitgebracht. Dazu habe ich rein gar nichts beigetragen.«

Was das angeht, hat sie recht.

»Es würde mich sehr schmerzen, wenn man dich eher wegen deines Namens als wegen deiner Leistungen beurteilt«, fährt Elena fort, »aber das wird nicht geschehen.«

Mir läuft ein Schauer über den Rücken.

»Kann ich sicher sein, dass du niemandem mit einem Baseball-Schläger auf den Kopf haust?«

Sie beantwortet die Frage mit einem breiten Lächeln.

»Kann ich auf die Toilette«, sagt Marc-Antoine wieder.

»Findest du nicht, dass es an der Zeit ist, mir die Geschichte zwischen den Palazzo und den Castelli genauer zu erklären? Wenn ich irgendwann in einer Mordsache als Zeugin befragt werde, sollte ich die Sache richtig wiedergeben können.«

Elena geht zur Tür, dreht das Ladenschild auf »Geschlossen« und sagt zu Marc-Antoine: »Bring uns bitte zwei Schelme und ein kühles Getränk, Catalina und ich machen jetzt Pause.«

Mir bleibt einen Moment vor Erstaunen die Luft weg, dann setze ich mich brav hin wie ein kleines Mädchen und warte mit klopfendem Herzen auf die Geschichte, die nun kommen wird.

KAPITEL 12

CHOCOLATERIE CASTELLI

»Macht das Ding immer so einen Lärm?«

»Irre ich mich, oder fragen Sie mich tatsächlich, welches Geräusch mein Kühlschrank zu machen pflegt?«

»Ja, genau.«

»Also gut, er gurrt. So ein bisschen wie eine Taube, aber eine Taube mit Herzproblemen, vielleicht eine Herzschwäche, vom Vater geerbt. Nein, von der Mutter, denn wenn irgendwas richtiger Mist ist, kommt das von der Mutter.«

Der Techniker taucht mit dem Kopf hinter dem riesigen Kühlschrank auf und sieht mich stumm und ungläubig an. Nach einer Sekunde finde auch ich die Szene nicht mehr komisch.

»Nein, ich weiß nicht, welches Geräusch diese Maschine normalerweise macht! Zum einen, weil ich meine wertvolle Zeit nicht damit verbringe, mein Ohr an die Kühlschranktür zu halten, und zum anderen weil ich mich überhaupt nicht für das Brummen von Kühlschränken interessiere«, schnauze ich ihn an.

Der Mann zieht sich vorsichtig zwischen Wand und Kühlschrank zurück. Er glaubt, so könne er sich retten.

»Ich wollte ja nur besser verstehen, was los ist«, murmelt er in seinen Bart, dabei hat er gar keinen. »Ich muss doch herausfinden, was das Problem ist.«

»Was? Das herausfinden? Meinen Kühlschrank auseinanderzunehmen und ordentlich zu überprüfen wäre die bessere Methode, um den Fehler zu finden, als mich zu fragen, ob er quakt oder brummt. Ich bin kein Kühlschrank-Techniker, ich bin Meister-Chocolatier! Wenn eine meiner Schokoladen nicht gut ist, breche ich sie entzwei und schaue sie mir an und frage nicht meine Kunden, in welcher Stimmlage sie ›Iss mich‹ sagt!«

»Ich verstehe ja, dass Sie verärgert sind, das ist ganz normal«, erklärt er jetzt im Ton eines Diplompsychologen.

»Nein, *verärgert* war Napoleon nach der Schlacht von Waterloo. Ich aber sitze total in der Klemme! Ich habe ein Vermögen für diesen Spezial-Kühlschrank bezahlt, er ist noch kein Jahr alt, und heute Morgen hat er mir schon drei meiner Kreationen vermasselt. An anderen Tagen würde mich das zwar auch nerven, aber jetzt ist wirklich der ungünstigste Moment. Das ist ein Desaster, verstehen Sie?«

»Aber warum?«

»Wenn dieses Kühlgerät nicht so arbeitet, wie es soll, kann ich die Sachen, die ich für das Blumenfest brauche, nicht kühl halten. Das ginge dann nur noch in einer Höhle auf dem Meeresgrund, kapiert?«

»Ja, schon.«

»Dann los! Machen Sie schon! Ich habe eine Riesensumme für die Garantie dieses Mistgeräts Ihrer Firma bezahlt. Tun Sie was dafür!«

»Wenn Sie so rumbrüllen, wird es auch nicht besser.«

»Da haben Sie sicher recht, aber Sie ahnen ja nicht, wie mich das erleichtert. Also, entweder Sie kriegen das jetzt geregelt, oder ich werfe Ihnen sämtliche Gegenstände an den Kopf, die ich finde. Und wir sind hier in einer Küche, da liegt kein weiches Material herum.«

Das aufdringliche Parfum von Ursula dringt mir in die Nase, noch bevor sie eintritt.

»Chef, was machen wir für den Wettbewerb? Monsieur Viannet ist da und möchte wissen, wann wir fertig sind.«

»Wir beten, Ursula, wir beten.«

»In Ordnung, aber ich bin Jüdin.«

»Der Weltuntergang ist universal, deshalb verstehen unsere Gebete alle Götter.«

Dom kommt herein, als könnte der Raum in dieser Küche noch einen weiteren Eindringling ertragen. Er gibt mir ein Zeichen näher zu kommen. Zeichen bedeuten bei ihm nie etwas Gutes.

»Ich glaube, es ist keine gute Idee, den Mann so unter Druck zu setzen«, flüstert er mir ins Ohr.

»Ich dachte, du wolltest mir etwas Wichtiges mitteilen.«

»Ja, genau. Ich habe vielleicht eine Lösung für dein Problem.«

Damit hatte ich wirklich nicht gerechnet. Ich sehe ihn zweifelnd an und merke, wie er zögert. Das ist eher beunruhigend.

»Was?«

»Wann ist denn die letzte Deadline, um etwas für den Wettbewerb einzureichen?«

»Wir sitzen offiziell schon in der Scheiße, Bruderherz. Viannet hat die Frist nur verlängert, weil er Angst vor Maman hat.«

»Dann brauchen wir eben einen anderen Kühlschrank.«

»Ach, nein! Was für eine geniale Idee. Darauf ist bisher noch niemand gekommen.«

»Ich wette, *darauf* nicht, nein.«

Schweigen. Ich sehe ihn aufmerksam an, versuche ihn zu durchschauen. Dom hat vor mir noch nie etwas verheimlichen können. Darauf bilde ich mir nichts ein, denn das schafft er bei keinem. Man muss ihm nur tief in die Augen schauen, dann kann man in ihm lesen wie in einem offenen Buch, und ...

»Nein! Nicht mal im Traum, Dom! Vergiss es! Niemals. Nicht bei ihr.«

»Warum? Ich bin mir sicher, dass das kein Problem für sie wäre. Sie ist ein freundlicher und hilfsbereiter Mensch.«

»Ach tatsächlich? Woher kennst du denn alle ihre wunderbaren Eigenschaften?«

»Na ja, ich ...«

»Sag bloß nicht, du schläfst mit ihr! Als ich gesagt habe, die schnappen wir uns, war das im übertragenen Sinn gemeint.«

»So ein Unsinn«, entgegnet er empört und knetet verlegen seine großen Hände. »Ich bin ihr einfach mehrmals zufällig begegnet, und wir verstehen uns gut.«

»*Zufällig?*«

»Ja.«

»Du hast dich also einfach in der Adresse geirrt, hast ihre Konditorei für meine Schokoladenmanufaktur gehalten und dir gesagt: Sie oder er, die Gespräche sind eh die gleichen. Oder wie darf ich mir das vorstellen?«

»Vielleicht bin ich mit Absicht in ihren Laden gegangen.«

Ich sehe ihn an und weiß nicht, was mich davon abhält, ihm den Hals umzudrehen. Auch Blutsbande haben ihre Grenzen.

»Ich finde, sie ist ihrem Großvater kein bisschen ähnlich«, fährt er fort. »Sie ist eine richtig nette Person. Und wenn du nicht vor lauter Vorurteilen gegenüber den Palazzo total blind wärest, dann hättest du das auch schon bemerkt.«

Meine Mitarbeiter sind alle in der Nähe und gehen betont emsig ihrer Arbeit nach, sie bewegen sich geräuschlos zwischen Kochtöpfen und Blechen hin und her wie Schlangen, die nicht entdeckt werden wollen.

»Luca, hörst du mir überhaupt zu?«

»Nein, ich glaube, ich muss gleich kotzen, deswegen kann ich leider an nichts anderes denken.«

»Irgendwann wirst du an deinem blöden Stolz ersticken!«

Gerade durch diesen Stolz aber bringe ich Wunderwerke zustande. Soweit ich mich erinnern kann, hat er mich immer bestärkt. Vielleicht ist diese Frau ja nicht so schlimm wie ihr Großvater, aber im Zweifel halte ich mich besser von ihr fern.

»Sind wir jetzt fertig?«

»*Du* bist fertig«, korrigiert mich Dom verdrossen.

»Ursula!«

»Ja, Chef?«

»Machen Sie dem Techniker Dampf. Ich gehe noch mal los, um bei der Jury Zeit rauszuschinden.«

»In Ordnung, Chef!«

»Und halten Sie den Mann nicht von der Arbeit ab!«, schiebe ich hinterher.

Ursula sieht mich mit ihren großen Rehaugen an, eher entgeistert als erschrocken, und ich bin sicher, sie hat keine Ahnung, worauf ich anspiele.

KAPITEL 13
PATISSERIE PALAZZO

Ich jubiliere innerlich. Ich würde gern sagen, Grund dafür sind mein Mitgefühl und meine Großherzigkeit, aber ehrlich gesagt ist es die reine Genugtuung.

»Es ist wirklich nett von dir, dass du ihm hilfst«, sagte Dom dankbar.

»Ach, nicht der Rede wert. Was wäre das auch für ein Sieg? So eine Panne hätte auch mir passieren können.«

Nein, *mir* hätte so etwas nicht passieren können, denn ich prüfe meine Maschinen jeden Tag und habe vor wichtigen Ereignissen immer einen Plan B, damit nichts schiefgeht. Der Gedanke, dass Luca Castelli seine Teilnahme am Wettbewerb mir verdankt, vergoldet mir diese Woche, vielleicht sogar den ganzen Monat, denn ich habe ja hier sonst nicht viel zu lachen.

Dominique geht gerade an mir vorbei und trägt ein großes Blech, das mit einer Haube aus Inox abgedeckt ist, und ich wüsste zu gerne, was für eine Kreation darunter verborgen ist. Ich kenne den Meister Castelli gut, er tut immer so, als hätte er total abgefahrene Ideen, dabei mag er am liebsten die Klassiker. Es muss etwas sein, das man schon kennt, dafür aber von höchster Qualität und geschmacklich perfekt abgestimmt ist.

Ich will es ganz anders machen und habe beschlossen, mir etwas wirklich Neues auszudenken: eine Torte mit Orangen, flambiert mit Grand Marnier, darüber eine Mousse aus Matcha, darunter ein Sandteig mit Limonen. Ich nenne die Torte »Die Sinnliche«, weil die weiß glänzende Wölbung an die Brüste der Venus erinnert, wenn sie aus dem Wasser steigt.

Das ist nicht ohne Risiko, denn Matcha muss man sehr genau dosieren, damit sich sein Geschmack ausbreitet, ohne zu dominant zu sein. Ob ich nun verliere oder gewinne, ich möchte die Aufmerksamkeit der Leute erregen und erreichen, dass Luca meine mutige Kreation bestaunt.

Dieser Stadtwettbewerb wird allmählich zur Besessenheit. Warum ist er mir so wichtig und vor allem, warum will ich unbedingt wissen, was dieser Castelli von meinen Sachen hält? Ich bin sonst nie von der Meinung anderer abhängig. Meine Mutter hatte auch dafür ihr Mantra: »Behalte nie, was anderen gehört. Du musst es ihnen immer zurückgeben.« Ich habe Jahre gebraucht, um zu verstehen, was das eigentlich bedeutet. Dann wurde mir klar, dass die Gedanken meiner Umgebung nicht mir gehören, dass ich mich damit nicht beschäftigen und sie mir schon gar nicht zu eigen machen sollte.

Kommt es daher, dass ich mich im Leben verheddert habe und kopfüber auf diese Insel geflüchtet bin? Oder daher, dass mir von dem, was ich fern von hier mit meiner Mutter aufgebaut hatte, nichts geblieben ist? Was ist von den zwanzig Jahren Leben in der Bretagne übrig?

Nichts als verbrannte Asche.

An welcher Stelle habe ich etwas falsch gemacht?

»Charlotte?«, fragt Dom und unterbricht meine Gedanken.

»Warte, ich mache dir den Kühlschrank auf«, sagt sie mit breitem Lächeln.

Wenn Charlotte hinter der Theke steht, verändert sie sich völlig. Als hätte jemand einen verborgenen Schalter betätigt. In ihrem Gesicht ist ein Leuchten zu sehen, noch ein bisschen verhalten, aber doch deutlich zu erkennen. Die graue Staubschicht, von der sie sonst bedeckt scheint, verschwindet völlig, und ihre richtigen Farben kommen zum Vorschein. Ihr venezianisches Blond ist nicht mehr so trüb, ihre Augen sind weniger grau und ihr Teint ist nicht mehr so blass. Trotz der Ringe unter den Augen und ihrem etwas traurigen Gesichtsausdruck ist sie richtig hübsch.

Wenn es aber 14 Uhr ist, geht das Licht aus, der Staub legt sich wieder über sie, und sie zieht sich in sich zurück. Was sie zu Hause erlebt, macht sie fertig. Ich verstehe ihre Not, denn auch mir wurde Leid zugefügt.

»Danke«, sagt Dom mit sanfter Stimme, »arbeitest du jetzt hier?«

»Nur in Teilzeit.«

Irgendetwas bahnt sich zwischen den beiden an.

»Das ist gut, dann kommst du unter Menschen.«

Sie nickt, und sie versteht genau, was Dom meint.

Das Geraune der Menge draußen nimmt immer mehr zu, es dringt durch die Ladenwände.

Ich habe noch nie so viele Leute auf den Straßen der kleinen Stadt gesehen. Auf dem Marktplatz von Sartène wimmelt es von Buden aller Art. Seit gestern Abend dürfen die Aussteller in den Bäumen Lichterketten und Girlanden aufhängen, und abends wird alles zauberhaft erleuchtet sein, eine Stimmung wie im Märchen. Ab und zu hört man einen der Veranstalter etwas brüllen, was im allgemeinen Getöse untergeht. Vor zwei Stunden habe ich Musik gehört, aber ich bin mir nicht sicher, woher sie kam. In drei Stunden werden Luca Castelli und ich von einer Jury von Amateuren bewertet werden. Sie haben vor ihm sicher mehr Respekt als vor mir. Aber ich weiß, dass er meine Torte kosten und wissen wird, wer wirklich gewonnen hat. Ich möchte den Preis eigentlich von ihm bekommen.

»So, alles ist drin«, sagt Dom. »Ich hole das Tablett ab, kurz bevor es die Jury bekommt, wenn das für dich okay ist.«

»Ja, natürlich. Charlotte bleibt im Laden, also ist auf jeden Fall jemand hier. Bist du sicher, dass dein Bruder nicht die Temperatur kontrollieren will? Ich kenne mich mit Schokolade nicht so gut aus, schon gar nicht auf so hohem Niveau. Ich will nicht, dass er am Ende sagt, ich hätte seine Kreation sabotiert.«

»Ist schon in Ordnung, der Kühlschrank funktioniert ja, das reicht«, meint Dom.

Ich reiße die Augen auf und sage: »So einfach ist das nicht.«

Warum habe ich den Eindruck, plötzlich das Ticken einer Zeitbombe zu hören?

»Ich glaube nicht, dass sie schmelzen wird«, sagt er.

»Nein, aber wenn dein Bruder etwas aufgetürmt hat, wie eine Skulptur zum Beispiel, dann kann nur ein halbes Grad zu viel oder zu wenig das Aussehen verändern.«

Tick-tack.

»Ist schon okay.«

Tick-tack.

»Dom? Hast du vielleicht vergessen, mir etwas zu sagen?«
»Was denn?«
»Ich weiß nicht ... Ist mit deinem Bruder alles in Ordnung?«
»Wie meinst du das?«
Tick-tack.
»Weiß er, wo sich seine Schokolade befindet?«
Zwei aufregende Sekunden folgen.
»Dom?«
»Ich gehe einfach mal davon aus, dass die Sache in Ordnung ist.«
»Heißt das, dass du ihm nicht gesagt hast, dass du meinen Kühlschrank benutzt?«
»Er hätte nie zugestimmt. Dazu ist er viel zu stolz.«
»Können wir zwei Minuten darüber reden, was Zustimmen bedeutet?«
»Er wird sicher bald hier auftauchen«, prophezeit Marc-Antoine mit düsterer Miene.
Wir haben gar nicht bemerkt, dass er in die Küche gekommen ist. »Ich bin nicht besonders scharf darauf, ihn zu sehen«, erklärt er.
»Darauf ist keiner besonders scharf«, zische ich. »Dom, das kannst du einfach nicht machen! Dein Bruder muss doch wissen, wo sein Kunstwerk lagert. Du hättest ihn fragen müssen. Das ist nicht fair ihm gegenüber.«
Mir gegenüber übrigens auch nicht. Ich bin mir nicht sicher, ob meine Impfung gegen Tollwut noch wirksam ist.
»Okay, okay, ich sag's ihm«, murmelt Dom im Ton eines kleinen Jungen, der beim Klauen von Süßigkeiten erwischt worden ist. »Manchmal darf man meinen Bruder einfach

nicht so ernst nehmen. Er mantelt sich immer auf, um etwas darzustellen und anderen was vorzumachen, aber in Wirklichkeit ist er gar nicht so.«

»Ich glaube dir aufs Wort, aber mir ist lieber, wenn du so etwas mit ihm besprichst, statt dass es hinter seinem Rücken geschieht.«

»Du hast ja recht, ich rede noch mit ihm, und ...«

Dom bricht ab, und ich weiß warum. Die Härchen in meinem Nacken richten sich auf.

»Hinter *meinem* Rücken?«

Die Versammlung nickt betreten.

Verdammt!

KAPITEL 14

PATISSERIE & CHOCOLATERIE

Meister Rabe mustert mich von oben herab und macht ein Gesicht, als sei dies der schlimmste Tag seines Lebens. Ich weiß zwar nicht, wie er an guten Tagen aussieht, jedenfalls ist seine Miene düsterer denn je.

»Kann mir einer sagen, was hier gespielt wird?«, fragt er ohne Umschweife.

»Ihr Bruder wollte Ihnen nur einen Gefallen tun.«

Warum muss unbedingt ich wieder reden? Andauernd passiert mir das, ob es angebracht ist oder völlig unpassend.

»Indem er meine Sachen heimlich klaut? Das ist ja wirklich interessant.«

Ich verdrehe die Augen.

»Ihr Bruder hat gar nichts *geklaut*. Die halbe Stadt hat gesehen, wie er mit dem Tablett bei Ihnen heraus- und hier hineinging. Ihr Kühlschrank ist doch kaputt, er wollte Ihnen nur helfen.«

»Und auf dem Weg über die Straße hat ihm jemand die Zunge rausgerissen? Hat mir deshalb niemand etwas gesagt?«

»Na ja, vielleicht hat er genug davon, sich dauernd mit Ihnen über jede Kleinigkeit zu streiten«, entgegne ich.

Nicht gerade sehr feinfühlig von mir.

»Das geht nur uns beide etwas an.«

»Offensichtlich nicht, da Sie sich gerade in meinem Laden befinden.«

»Jetzt reicht es, Luca!«, mischt Dom sich nun ein. »Cat kann nun gar nichts dafür, ich habe sie gefragt und brauchte nicht lange zu bitten.«

»Cat?«, fragt Luca und zieht eine Augenbraue hoch.

»Die Kurzform von Catalina«, erkläre ich gleichmütig.

»Darauf wäre ich nie gekommen«, sagt er mit zusammengekniffenen Augen, als könnte er mich mit seinem hinterlistigen Schlangenblick beeindrucken.

»Und du hast dir gedacht, ich würde mich freuen, wenn du mich nicht fragst, weil du weißt, dass ich nein gesagt hätte.«

»Ich gehe mal auf die Toilette, wenn das niemanden stört«, meint Marc-Antoine verlegen, dabei beachtet ihn sowieso keiner.

»Nein, nein, ich wusste, dass du einen Wutanfall bekommen würdest«, sagt Dom, während er dem bohrenden Blick seines Bruders trotzig standhält. »Aber ich glaube, es war trotzdem richtig von mir.«

»Diese Logik ist einfach unerträglich«, ruft Castelli aufgebracht.

»Du triffst die falschen Entscheidungen – aus falschem Stolz heraus!«, erklärt Dom zufrieden, als käme er endlich aus sich heraus. »Und das alles wegen einer Geschichte, die zehn Jahre zurückliegt. Du kannst diese Sache ihrem Großvater nicht mehr heimzahlen, also lässt du es jetzt an ihr aus. Das ist doch total idiotisch.«

Reden sie vielleicht von der Sache mit der Schuldanerkennung, von der mir Elena erzählt hat? Das ist aber doch viel länger her als zehn Jahre!

»Ich schätze es wirklich sehr, dass du öffentlich meine schmutzige Wäsche wäschst«, entgegnet Luca zähneknirschend.

»Es betrifft sie ja auch«, sagt Dom in bedauerndem Ton.

»Also, wenn es für Sie tatsächlich so eine Grundsatzfrage ist, ob Sie meinen Kühlschrank benutzen, dann nehmen Sie doch einfach Ihr Blech heraus und vergessen Sie den Wettbewerb. Mir persönlich ist das ziemlich egal, ich finde es nur schade, dass Sie eine Gelegenheit verstreichen lassen, sich in einem fairen Kampf mit mir zu messen, nur weil Sie meine Familie hassen.«

Zum ersten Mal habe ich Zeit, Luca eingehend zu studieren. Er steht schweigend da, und man kann nicht erkennen, ob das ein gutes oder ein schlechtes Zeichen ist. Ich weiß nicht, ob es das Licht ist oder die stärkere Position, in der ich mich fühle – jedenfalls finde ich plötzlich, dass er eigentlich gar nicht so schlecht aussieht. Wenn er etwas weniger wütend und arrogant wäre, könnte man ihn fast attraktiv nennen.

»Wenn Ihnen so viel daran liegt, sich mit einem Meister seines Fachs zu messen, dann nehme ich Ihr Angebot, Ihren Kühlschrank zu benutzen, selbstverständlich an«, sagt er schließlich, und dann verlässt er das Hinterzimmer und meinen Laden.

»Es ist mir ein Vergnügen!«, rufe ich ihm hinterher. »Passiert das hier übrigens alles wegen dieser Schuldanerkennung, die nun sechzig Jahre her ist?«

»Ach, du weißt von der Geschichte?«, fragt mich Dom erstaunt.

»Meine Großmutter hat mir alles erzählt. Früher standen sich Andria Palazzo und Francesco Castelli recht nahe. Sie spielten beide gern. Eines Abends spielten sie um einen hohen Einsatz, und wie so oft setzte Castelli ein Grundstück an der Küste ein. Diese ideal gelegene Parzelle interessierte offenbar viele Investoren, die sich damals schon auf Tourismus eingestellt hatten. Mein Großvater hat damals die Partie gewonnen, Francesco bescheinigte ihm die Schuld, und sie hinterlegten das Papier beim Notar der Castelli. Ein paar Jahre später machte Andria eine Erbschaft und wollte in ein Hotel investieren, das auf dem berühmten Grundstück entstehen sollte. Wie durch Zufall hatte der Notar das Papier nicht mehr; es war einfach verschwunden. Castelli leugnete, es jemals unterzeichnet zu haben, und der Notar verweigerte die Aussage. Zwei Jahre später stand ein prächtiges Hotel auf dem Grundstück, ein Touristenmagnet, der weitgehend von den Castelli finanziert worden war. Das zerstörte den Traum meines Großvaters. Du siehst, ich bin auf dem Laufenden.«

Ich sehe Doms und Charlottes Gesichtern an, dass mir Elena vielleicht nicht alles erzählt hat. Da beide zögern, aber nichts sagen, frage ich schließlich:

»War es nicht so?«

»Was Luca angeht, nicht ganz«, antwortet Dom leicht verlegen. »Vor zehn Jahren suchte er eine Bank, um seine Schokoladenmanufaktur zu finanzieren. Da es um die Finanzen der Familie nicht gut stand, war nur eine einzige Bank bereit, ihm einen Kredit zu geben. Aber im letzten Moment bekam er ihn dann doch nicht. Er stellte Nachforschungen an und fand heraus, dass der Bankdirektor eng mit Andria befreundet war. Der Mann, der ihm den Kredit zugesagt hatte, gab zu, dass der Direktor ihn angewiesen hatte, Luca das Geld zu verweigern. Wenig später brüstete Andria sich vor Freunden damit, es den Castelli heimgezahlt zu haben. Für Lucas Geschäft war das ein großes Problem, denn er musste sich mit einem Partner zusammentun, mit dem es sehr schwierig wurde, da er Gelder veruntreute. Luca hätte beinahe alles verloren.«

Ich bin sprachlos. Ich versuche, Doms Bericht in Einklang mit dem Bild meines Großvaters zu bringen, das mir immer vermittelt wurde, und kann es einfach nicht glauben. Hatte sich Andria so von seinen Rachegefühlen hinreißen lassen, dass er bereit war, einen jungen Mann zu ruinieren? Er war von aufbrausendem Temperament, aber hätte er seine Prinzipien tatsächlich seiner Rache geopfert?

»Du musst wissen, Catalina, dass die Geschichte, die deine Großmutter dir erzählt hat, nur die eine Seite einer Wahrheit ist, die niemand ganz genau kennt«, fügt Charlotte hinzu.

»Was willst du damit sagen?«

»Nach dem, was die Castelli sagen, hat es die Schuldanerkennung nicht gegeben, weil an jenem Abend nicht dein Großvater, sondern Francesco Castelli gewonnen hat. Der Notar, von dem du sprichst, behauptet, er sei von der Familie Palazzo stark unter Druck gesetzt worden, was das Dokument angeht. Die Castelli behaupten weiterhin, dein Großvater und einige seiner Freunde hätten ihre Familie stark bedrängt. Gerüchten zufolge haben sie sogar mehrmals Sabotage auf der

Baustelle verübt, wo das Hotel gebaut wurde, damit der Bau später fertig wurde.«

Mir fällt der Unterkiefer herunter.

»Ist das ein Scherz?«

Dom und Charlotte schütteln beide den Kopf.

»Aber das ist doch unmöglich, so etwas hätten meine Großeltern niemals getan! Ich kann das einfach nicht glauben.«

»Das Problem ist, dass keiner mehr so richtig weiß, was stimmt«, sagt Charlotte und zuckt die Schultern. »Mit der Zeit hat sich die Erinnerung getrübt, manches wurde vergessen, anderes dazu erfunden. Es gibt für beide Versionen keine Beweise. Deshalb sind der Groll und die Eifersüchteleien so groß. Auf beiden Seiten fühlen sich alle verletzt und betrachten sich als Opfer.«

»Konnte denn nie jemand irgendetwas beweisen?«

»Um das zu tun, müsste man den ominösen Schuldschein finden«, sagt Charlotte und seufzt.

»Oder irgend jemand, der an dem Abend dabei war, müsste bezeugen können, was damals wirklich passiert ist«, sagt Dom. »Es waren fünf Spieler insgesamt, aber die drei anderen hatten zu viel getrunken und waren sich nicht mehr sicher, was sie gesehen und gehört hatten. Es gab unterschiedliche Aussagen – die einen tendierten zur einen Seite, die anderen zur Gegenseite.«

»Und inzwischen sind sie alle tot, nehme ich an ...«

Ich suche nach einem Stuhl und lasse mich darauf fallen.

»Ich kann kaum glauben, was für Ausmaße diese Geschichte angenommen hat. Mir war nicht klar, wie gravierend das alles ist.«

»Jetzt verstehst du vielleicht auch, warum mein Bruder so heftig reagiert hat, als du dich gegenüber seinem Geschäft niedergelassen hast. Ich weiß, dass er kein ganz einfacher Charakter ist, aber ...«

»... er hatte allen Grund, argwöhnisch zu sein. Kaum ist Andria tot, da taucht dessen Enkelin auf und etabliert sich auf demselben Gebiet wie er. Das muss ihm wie eine Kriegserklärung erschienen sein. Wenn ich das vorher gewusst hätte, dann hätte ich zu ihm gehen und alles mit ihm besprechen können. Dann wäre alles viel besser gelaufen.«

»Dann hätte Luca, auch wenn er schwierig ist, nie solche Szenen gemacht und sicher auch nicht am Wettbewerb teilgenommen, nur weil du es tust.«

»Also doch – ich wusste es! Na ja, wenn dieser Wettbewerb vorbei ist, könnte ich mich mal mit ihm aussprechen. Mit dieser alten Geschichte muss endlich Schluss sein.«

»Da musst du dich in Geduld wappnen, Catalina«, warnt Charlotte mich. »Ich fürchte, Gespräche helfen da nicht viel. Diese Geschichte ist hier in der Region fast zur Legende geworden. Auf der einen Seite stehen die Palazzo, auf der anderen die Castelli, ehrgeizige Habenichtse stellen sich auf die eine, reiche Großgrundbesitzer auf die andere Seite. Man ist Palazzo-Anhänger oder Castelli-Freund, je nach dem, wo man sich zugehörig fühlt. Das Ganze ist ein großes Affentheater.«

»Und es beruht auf dieser gegenseitigen Feindschaft, die sich Menschen zu eigen machen, die damals noch nicht mal geboren waren. Und die Nachkommen sollen für den Streit einer Generation zahlen, welche die Dinge hat aus dem Ruder laufen lassen.«

Ich bin tief erschüttert und kann nur mit Mühe an mich halten.

»Wisst ihr was? Dieser Laden hier ist meine zweite Chance. Ich mache das nicht aus Spaß oder probiere mal was aus, um dann wieder abzureisen. Ich habe keinen anderen Ort, an den ich gehen kann, ich habe nichts als dieses Geschäft, meine Großmutter, Marc-Antoine und meine Katze. Na ja, die Katze eigentlich nicht, ich weiß nur nicht, wie ich sie loswerden soll, und habe ein bisschen Angst vor ihr. Kurz gesagt, ich wünsche mir, dass es mir endlich besser geht.«

»Dass du dich wohlfühlen kannst?«, fragt Charlotte.

»Ja, genau. Dass es mir gut geht, dass ich meine Ruhe haben und einfach froh sein kann. Das geht aber nicht, wenn mein Nachbar von gegenüber Groll gegen mich hegt, weil er glaubt, ich will ihn ruinieren. Deshalb werde ich mich nach dem Wettbewerb mit ihm unterhalten.«

»Ich finde die Idee sehr gut«, sagt Charlotte.

Dom wirkt eher zurückhaltend, und so fragt sie ihn: »Findest du das nicht auch?«

»Ja, schon. Ich meine nur ... verlier nicht gleich den Mut, Cat, wenn es nicht auf Anhieb klappt mit deinen Friedensgesprächen. Luca ist ein bisschen, du weißt schon ...«

»Ja, er ist stur wie ein Esel. Und schwierig. Ich weiß. Man kann ihn nicht ändern, aber ich habe Erfahrung mit solchen Leuten. Vielleicht ist er im Grunde sogar ganz nett. Es gibt sicher schlimmere Menschen, viel schlimmere sogar.«

Solche, die einem ewige Liebe versprechen, obwohl man krank ist und ein Handikap hat. Die einem sagen: ›Wenn wir kein Kind haben können, ist das nicht schlimm, das Wichtigste ist, dass wir zusammen sind.‹ Die dann aber, wenn ihr Traumbild vom schönen Leben zu zweit die ersten Kratzer bekommt, verlangen, dass man sich erneut operieren lässt, die einem Vorwürfe machen, dass man zu viel isst, zu viel herumrennt, zu viel arbeitet, zu viel atmet, zu viel lebt und ihrer Lust darauf, Vater zu werden, nicht gerecht wird. Wenn es beim vierten Mal immer noch nicht klappt, nehmen sie es der ganzen Welt übel, da die ganze Welt aber keine Person ist, lassen sie es dann doch an einem selbst aus. Nach dem achten Misserfolg sagen sie nichts mehr, beim neunten suchen sie sich eine andere, und wenn man ihre Untreue entdeckt, erklären sie einem mit der größten Seelenruhe, dass man sie zu diesem Verhalten gezwungen hat.

Mit Luca zu diskutieren macht mir keine Angst.

Ich fürchte mich vor gar nichts mehr.

KAPITEL 15

PATISSERIE & CHOCOLATERIE

Jean Viannet ist mager, mit seinen eingezogenen Schultern und dem vorgebeugten Hals wirkt er wie ein Geier. Er sieht sich seit fünf Minuten die Beiträge des Konditoreiwettbewerbs an. Die Jury besteht aus fünf Leuten, die endlos lange gebraucht haben, um die Desserts zu probieren. Danach haben sie kleine Zettel ausgefüllt, so konzentriert, als hinge ihr Leben davon ab. Sie gehören zur Gemeinde, aber keiner stammt aus der großen Familie der Stargastronomen. Es ist ein Lehrer darunter, ein Zahnarzt, eine Hausfrau, ein Postbeamter und eben Jean Viannet, der Stellvertreter des Bürgermeisters. Seine Stimme zählt mehr als die der anderen, deswegen warten alle seit zehn Minuten auf seine Reaktion. Glücklicherweise haben alle die Kuchen schon probiert, denn die Temperatur draußen ist zwar nicht extrem hoch, aber sie setzt den Torten mächtig zu. Es tut fast weh, zuzusehen, in welchem Zustand sie sich schon befinden.

Eine leichte Brise lässt die Blätter in den Bäumen rascheln und spielt mit den Sonnenstrahlen wie mit einem Kaleidoskop. Die Schreie der Kinder und das Lachen der Erwachsenen verhallen über dem Marktplatz wie in einer Kirche. Die

Atmosphäre ist ausgelassen, alles strahlt die Leichtigkeit und Sorglosigkeit südlicher Orte aus. Ich glaube, das kommt durch das Licht, diese unglaubliche Helligkeit, die alle Dinge schön aussehen lässt. Die bunten Kleider der Frauen, die Schleifen in ihrem Haar, ihr Schmuck in Gold und Silber, die vielen Farbtöne auf den Auslagen der Aussteller und das Grün der Bäume, all das sieht aus wie ein Gemälde von Bonnard. Als hätte ein Maler die harte Wirklichkeit mit Lebensfreude überdeckt.

Je mehr Sekunden verstreichen, desto tiefer werden die Falten in Jean Viannets Gesicht. Oder ist es nur der Schatten von einem Ast? Er ist so blass, dass man ihm gern eine Bluttransfusion zukommen lassen würde. Wenn man so aussieht, bedeutet das, man hat etwas Wichtiges mitzuteilen.

Auch Luca scheint ungeduldig zu werden. Er ist ein wirklich ernstzunehmender Konkurrent. Ich habe seine Kreationen schon in Zeitschriften gesehen, aber so unmittelbar aus der Nähe wirken sie noch mal ganz anders. Seine Schokoladenskulptur eines Phönix beeindruckt durch die Harmonie der Formen und durch ihre Gewagtheit. Man möchte kaum glauben, dass ein solcher Grobian so feine Dinge herstellen kann, so wenig hat der Meister mit seinem Werk zu tun.

Die Teilnehmer dürfen die Kreationen der Konkurrenten nicht probieren, jedenfalls nicht solange der Sieger nicht bekannt gegeben worden ist. Ich bin so gespannt und entwickle eine Energie wie ein epileptischer Grünspecht. Ich hätte Marc-Antoine oder Charlotte schon längst mal losschicken können, um mir Schokolade aus seiner Chocolaterie zu holen und diese zu probieren, aber dazu bin ich immer zu stolz gewesen.

Verdammt! Wie lange braucht dieser Kerl denn, um eine Entscheidung zu treffen?

Luca und ich tauschen unwillkürlich einen Blick aus. Wir haben die Sache beide allmählich satt. Auf der linken Seite steht Elena inmitten der Zuschauer und starrt Viannet mit dem ungerührten Blick einer Sphinx an. Blanche Castelli steht auf der anderen Seite des Halbkreises, der sich um die Jury gebildet hat, und ihr Blick ist kein bisschen gnädiger. Ich habe fast ein bisschen Mitleid mit Jean Viannet, dessen Teilnahme an der Jury zur Staatsaffäre geworden ist.

Der arme Mann, er macht ein Gesicht, als ob er gefoltert würde!

Unglücklich sieht er auf all die wunderbaren Desserts und Kuchen und verzieht das Gesicht, als ob ihm von all den Köstlichkeiten ganz übel würde. Wenn er nicht mit den beiden herrschsüchtigen Weibern fertigwird und keine Entscheidung bei einem lächerlichen Wettbewerb fällen kann, warum hat er dann den Vorsitz der Jury übernommen und macht uns alle wahnsinnig mit seiner Unentschlossenheit? Jetzt schließt er die Augen, was denn, er wird doch wohl nicht einschlafen?

Jean Viannet zieht die Schultern hoch, dann fasst er sich an die linke Brust und bricht zusammen. Die Leute erstarren, keiner sagt mehr ein Wort, das Lachen und alle Gespräche verstummen. Dann schreit jemand »Oh Gott!«, und es kommt Bewegung in die Menge.

Luca und ich stehen am nächsten bei dem Juryvorsitzenden und sind gleich dort.

»Ich glaube, er hat einen Herzanfall!«, ruft Luca.

Zu viel Druck, zu viel Druck .... Nein, Catalina, hör auf zu spinnen, keiner stirbt wegen eines Kuchenwettbewerbs.

»Ist hier ein Arzt?«, schreit Luca, während ich mit zitternden Fingern die Ambulanz anrufe.

Luca fragt immer wieder nach einem Arzt, aber entweder gibt es zu wenig Ärzte in Sartène, oder sein Hilferuf geht im allgemeinen Aufruhr unter. Ich knie mich neben Viannet und beginne mit einer Herzmassage.

»Ich habe Erste Hilfe gelernt, und gleich kommt die Rettung.«

Luca macht Platz und weist die Zuschauer, die halb erschrocken, halb neugierig um den bewusstlosen Mann herum stehen, an zurückzutreten. Sein herrischer Ton wirkt Wunder, wie durch Zauberhand weichen die Leute zurück.

»Atmet er noch?«, fragt er mich.

»Ich glaube nicht, oh mein Gott, ich glaube, wir haben ihn umgebracht.«

»Was?«

»Diese ganze Sache mit dem Wettbewerb und dieser ewige Streit, er hat den Druck einfach nicht mehr ausgehalten ...«, jammere ich.

»Ich weiß nicht, von was Sie reden.«

»Meine Großmutter und Ihre Mutter – haben Sie nicht gesehen, wie sie dastanden und ihn anstarrten? Wie zwei Gestapo-Leute, die gleich einen Verurteilten erschießen. Ich bin sicher, dass sie zu Viannet gegangen sind und ...«

»Stopp! Jetzt beruhigen Sie sich mal und konzentrieren Sie sich lieber auf ... auf ...«

»Jean Viannet. Wissen Sie nicht mal, wie er heißt?«

»Das ist doch völlig unwichtig. Los, massieren Sie schon!«

»Das tue ich doch!«

Warum zeige ich ihm meine Angst? Und warum habe ich überhaupt welche?

Ich denke an meine Großmutter, die mit Viannet sprechen wollte, ihren listigen Blick ...

Da höre ich in der Ferne die Sirene des Rettungswagens, der immer näher kommt und schließlich auf den Marktplatz fährt, das Tatütata gellt mir in den Ohren. Die Menge teilt sich, um den Wagen durchzulassen. Ein Mann und eine Frau in Uniform laufen eilig herbei. Sie stellen mir die üblichen Fragen. Meine Stimme zittert, und ich stammele die Worte hervor. Das wahre Leben stellt uns immer wieder auf die Probe. Das scheint seine Lieblingsbeschäftigung zu sein.

Sie schieben mich zur Seite und übernehmen. Ich gehe ein paar Schritte weg, denn ich will nicht wissen, ob sie den Mann retten können oder nicht. Verweigerung und Nichtwissen sind die besten Gefährten der Angst.

Nach einer Weile hört man erleichtertes Seufzen, und ich weiß, dass Viannet es geschafft hat.

Und das alles wegen eines Kuchenwettbewerbs!

Nachdem der Ambulanzwagen abgefahren ist, zerstreut sich die Menge und unter den vielen Gesichtern, die an mir vorbeigleiten, fällt mir eines auf. Luca ist der Einzige, der stehen bleibt. Er sieht mich einen Moment mit dem Blick eines Chirurgen an, und ich ahne, dass sich irgendetwas hinter seinen dunklen Augen abspielt.

Doch was das sein könnte, ahne ich nicht.

KAPITEL 16

CHOCOLATERIE CASTELLI

»Gab es denn keine Anzeichen?«, fragt Joshua erstaunt.

»Sie meinen, außer der Tatsache, dass sowohl meine Mutter als auch die alte Palazzo sich ihn vorgeknöpft haben? Offenbar nicht.«

Trotz des hohen Alkoholkonsums und der sommerlichen Sorglosigkeit der Bürger von Sartène, die in den Straßen feierten, hat die Herzattacke des stellvertretenden Bürgermeisters einen Schatten auf das Blumenfest geworfen. Nach dem, was die Betschwestern im Ort verbreiten, ist Viannet außer Gefahr und hat es so gerade eben geschafft. Statt sich zwischen einer Castelli und einer Palazzo zu entscheiden, hat er offenbar lieber die Notaufnahme gewählt. Sein Körper hat wohl instinktiv entschieden, dass dies das kleinere Übel war. Und wer könnte es ihm zum Vorwurf machen?

»Die Gerüchteküche läuft auf vollen Touren.«

»Das ist doch unser Nationalsport, nichts Neues.«

»Die Sache hat uns jedenfalls viel Aufmerksamkeit gebracht, seit zwei Wochen ist der Laden rappelvoll.«

Ich bin kein besonders mitleidiger Mensch, aber Joshua geht wirklich über Leichen, wenn es ums Geschäft geht.

Dieser junge Mann sieht eher aus wie ein Trader als wie der Verkaufsleiter einer altmodischen Schokoladenmanufaktur, und sicher hat er schon jede Menge Dinger gedreht. Er wird es sicher weit bringen, aber man sollte nicht zu genau nachforschen, wie er das macht.

Der Bürgermeister kommt herein, und unser Gespräch bricht ab. Seit der Eröffnung meines Ladens ist er ein guter Kunde, jovial und mit der Neigung zur Fettleibigkeit gibt er sich verschiedenen Lastern hin – Schokolade und Pralinen ist eines davon. Dass er süchtig nach Süßem ist, steigert meine Einnahmen beträchtlich. Wenn er eines Tages am Herzinfarkt stirbt, müsste ich mich eigentlich an den Beerdigungskosten beteiligen.

Doch heute ist etwas anders als sonst. Offenbar bin ich nicht mehr der Einzige, der seinem Körper schadet.

»Herr Bürgermeister, Sie werden mir untreu!«

Er braucht ein paar Sekunden, um zu verstehen, was ich meine. Dann grinst er und zeigt mir seine spitzen Zähne.

»Ich würde eher sagen, ich weite unsere langjährige Beziehung zu einer Ménage à trois aus«, sagt er und zeigt mir eine Schachtel mit der Aufschrift Palazzo. »Ihr Schelm passt übrigens ganz ausgezeichnet zu Ihrer Berberschokolade.«

»Ihr *Schelm*?«

»Ja, das ist eine Kreation der kleinen Palazzo. Ganz schön mutig, Korsika und die Bretagne zu kombinieren, aber in der Gastronomie ist eben alles erlaubt. Und zusammen mit Ihrer Bitterschokolade schmeckt dieser Kuchen einfach göttlich.«

Ich weiß nicht, was ich antworten soll. Dabei bin ich sonst nie um Antworten verlegen. Seit dem Blumenfest habe ich nicht mehr mit Catalina Palazzo gesprochen. Die Zeit vergeht, und ich habe nicht die geringste Lust, an sie zu denken. Täte ich es, müsste ich mich wenigstens der Form halber für ihre Hilfe bedanken. Die Zeit verstreichen zu lassen, ist ein probates Mittel, um der Sache aus dem Weg zu gehen.

Ich gebe zu, ich bin lieber wütend als dankbar. Die Wut passt besser zu mir. Sie ist wie eine gute Freundin, die mir viele Probleme vom Hals geschafft hat. Manchmal hat sie mich sogar getröstet, mir geholfen, das Alleinsein besser zu ertragen. Es ist bequemer, die Palazzo für das, wofür sie steht, zu hassen, auch wenn es kaum vernünftig ist. In den letzten Wochen habe ich allerdings gemerkt, dass es schwierig ist, den Hass aufrechtzuerhalten, denn sie ist ja nicht ihr Großvater. Andria Palazzo war durchtrieben. Und auch wenn sie etwas davon geerbt hat, ist es doch nicht so stark ausgeprägt wie bei ihm. Man kann leicht erkennen, ob jemand hinterhältig ist. Bei dem Wettbewerb hätte sie Gelegenheit gehabt, es zu sein. Sie war es nicht, und das ist der Beweis, dass sie ganz anders als Andria ist.

»Gibt es Neuigkeiten von Ihrem Stellvertreter?«

»Es geht ihm besser«, antwortet der Bürgermeister, der gerade auf die Schokoladenriegel mit Nüssen starrt, als hinge sein Leben davon ab. »Viannet war noch nie bester Gesundheit. Er muss seine Lebensweise ändern. Kein Fleisch mehr essen, Öko werden oder Hippie oder wie diese Leute heißen.«

Sein Lachen ist fett wie sein Körper. Nur wenige Leute schaffen es, täglich einen Liter Wein zu trinken, Dutzende kleiner Kuchen zu vertilgen, kiloweise Tabak zu rauchen und sich so gesund zu fühlen wie er. Sollte Viannet seinem Chef nachgeeifert haben, kann er sich glücklich schätzen, dass er es überlebt hat.

»Ich nehme eine kleine Auswahl von diesem Tablett«, sagt der Bürgermeister jetzt und deutet auf die Pralinen und Schokoladentrüffel. »Wie geht es Ihrer Mutter?«

Wie Dschingis Khan auf dem Höhepunkt seiner Macht.

»So gut wie nur möglich«, sage ich.

»Richten Sie ihr meine Grüße aus.« Er schnalzt genüsslich mit der Zunge, während ich ihm die Pralinen einpacke. »Wie die duften! Mit euch beiden wird der Abend wunderbar.«

»Mit uns beiden?«

»Ja, mit der kleinen Konditorin und Ihnen. Oder besser gesagt, mit Ihren erlesenen Köstlichkeiten. So viel Talent! Sobald ich eine Feier im Rathaus habe, rufen alle Damen immer nur nach Ihren Kreationen.«

Ich bemühe mich, ein freundliches Gesicht zu machen.

»Ihr Vertrauen ehrt mich.«

»Ich umgebe mich nur mit den Besten. Die kleine Palazzo ist nicht nur ein hübsches Geschöpf, was nie schaden kann, sie hat auch ein Gespür fürs Geschäft. Wann hat sie ihren Laden eröffnet, vor sieben oder acht Monaten?«

»Fünf.«

»Dann haben die Palazzo ja endlich mal Glück mit ihren Unternehmungen.«

»Ja, das kann man so sagen.«

»Gut. Ich muss los, grüßen Sie Blanche besonders herzlich von mir.«

»Gelten die Grüße auch für ihren Mann oder nur für sie allein?«

Ein leichtes Zucken, aber weiter nichts. Ich frage mich, wie er es schafft, seit ewigen Zeiten immer wiedergewählt zu werden, denn keiner hier hat sich je dazu bekannt, für ihn gestimmt zu haben.

»Das Mädchen scheint die ganze Stadt bezirzt zu haben«, sagt Joshua, nachdem der Bürgermeister gegangen ist.

»Das hat wohl mit ihrem Talent zu tun.«

Auf der anderen Straßenseite sehe ich die Pastellfarben der Patisserie Palazzo in der Sonne leuchten. Im August brennt die Sonne auf die Haut der Touristen, die in Horden durch unsere engen Gassen strömen. Manche haben verbrannte Nacken und Schultern, je nach dem, wie vorsichtig oder widerstandsfähig sie sind.

Ich versuche mit aller Macht, die Patisserie und ihre talentierte Besitzerin beiseitezuschieben, und richte meine Gedanken auf die nächsten Events, für die ich schon die Verträge unterzeichnet habe, aber im Grunde weiß ich, dass ich erst diese Sache hinter mich bringen muss. Sonst wird das Ganze noch zur Obsession. Ein Castelli bleibt niemals jemandem etwas schuldig, es sei denn, er hätte Vorteile davon.

Ein unangenehmer Moment, aber er wird rasch vorübergehen.

KAPITEL 17

PATISSERIE & CHOCOLATERIE

»Herzlichen Glückwunsch, wie wirst du es nennen?«, fragt Charlotte, deren Blick immer vor Erregung leuchtet, wenn ich ihr eine neue Kreation vorstelle.

»Keine Ahnung. Hauptsache, es schmeckt und verkauft sich.«
»Daran gibt es keinen Zweifel.« Sie lächelt.

Marc-Antoine und mir ist es nicht entgangen, dass Charlotte in letzter Zeit immer länger im Laden bleibt. Eine halbe Stunde hier, eine halbe Stunde da. Wir können ihr noch so oft sagen, sie solle nach Hause gehen, wir würden es auch ohne sie schaffen – was oft gar nicht stimmt –, sie findet immer einen Vorwand, noch zu bleiben. Ich glaube, der Kontakt mit anderen Menschen verleiht ihr Flügel. Ganz bestimmten Menschen natürlich. Dom kommt ziemlich oft vorbei, und Charlotte lächelt jeden Tag mehr.

»Los, probier mal, du darfst es als Erste kosten.«
Charlotte reißt die Augen auf.
»Was?«
»Ja, koste mal.«
»Bist du sicher?«
»Unbedingt.«

»Danke«, sagt sie und nimmt eine Kuchengabel von dem Törtchen.

Meine neueste Erfindung ist eine Hymne an den Sommer in Korsika. Bunt, geschmackvoll, saftig und fein. In einem Korb aus Mandelkeksen erhebt sich eine Pyramide aus weißer Mousse au chocolat, dazu Vanillecreme mit schwarzem Johannisbeermark. So ein Törtchen kann man nicht im Stehen essen, sonst verletzt man seine Würde, sondern auf einer Terrasse, wenn man vom Strand heimkommt.

»Das schmeckt ja wundervoll«, sagt Charlotte begeistert. »Es ist kühl, süß, ein bisschen säuerlich, und die Mandelkekse sind schön knusprig.«

»Dann stellen wir es morgen in die Vitrine und schauen, wie es sich verkauft. Und jetzt gib dem Törtchen einen Namen.«

»Meinst du das ernst?«

»Natürlich.«

Wenn es nicht Charlotte wäre, würde ich ihre Reaktion übertrieben finden. Sie erfährt so wenig Zuneigung, dass sie bei der kleinsten Form von Zuwendung gleich in einen Freudentaumel gerät.

»*Sommerglück*«, sagt sie, »ich würde es gern Sommerglück nennen.«

»Ein guter Name. Bring den Rest zu Marc-Antoine, mal sehen, was er dazu meint.«

»Ich dachte, er mag keinen Kuchen.«

»Ja, aber wenn er sagt, es ist okay, ist das ein gutes Zeichen.«

Sie lächelt und geht in den Laden hinüber. Seit dem Blumenfest haben wir einen enormen Zuwachs an Kunden. Ich versuche mir nicht die Frage zu stellen, ob dies an der Jahreszeit liegt oder an dem unglücklichen Zwischenfall mit dem stellvertretenden Bürgermeister. Ich strecke meine Arme in die Höhe und höre es in meinem Rücken knacken. Noch ein Blech mit Schelmen. So heiß wie es ist, hätte ich gedacht, die Leute würden lieber etwas mit Zitronengeschmack essen, aber im Internet haben ein paar Blogger meinen Schelm offenbar als typisch lokales Gebäck angepriesen.

Ich ziehe die Haube auf meinem Kopf gerade und nehme das Mehl, aber gerade, als ich es in die Rührschüssel tun will, sehe ich plötzlich einen großen dunklen Schatten vor dem Fenster in der Hintertür und erschrecke mich zu Tode. Ich lasse die Mehltüte fallen und stoße einen Schrei aus. Mein Herz schlägt wie wild, und als ich mich nach ein paar Sekunden wieder gefangen habe, öffne ich die Tür und rufe aufgebracht:

»Was fällt Ihnen ein, mich so zu erschrecken? Können Sie nicht ganz normal durch die Vordertür kommen, wie alle anderen auch?«

»Wäre doch schade gewesen um den Überraschungseffekt.«

Lucas Schatten fällt in den hinteren Raum und sieht aus wie ein Raubvogel auf einem Zweig, der sich über harmlose kleine Nagetiere hermachen will. Seine Miene ist düster wie immer. Was will Meister Rabe hier bei mir? Was habe ich bloß getan, um seine schlechte Laune auf mich zu ziehen?

»Ist das ein Höflichkeitsbesuch oder eine Kriegserklärung?«, sage ich und stemme meine Hände in die Hüften. »Nur damit ich weiß, was ich Ihnen zu trinken anbieten soll.«

»Nichts, weshalb Sie mich vergiften müssten, das schwöre ich Ihnen«, sagt er und verschränkt die Arme auf dem Rücken, als wolle er einen Vortrag halten.

Ich hole grünen Tee aus dem Kühlschrank, den ich jeden Morgen mit dem Obst der Saison zubereite. Er beobachtet mich und sagt kein Wort. Schade, dass mir seine Art so auf den Wecker geht.

Ich reiche ihm ein Glas Eistee und beschließe, alles schnell hinter mich zu bringen.

»Sind Sie gekommen, um mich bei der Arbeit zu begaffen?«
»Ich begaffe Sie nicht.«
»Doch.«
Marc-Antoine kommt herein
»Cat, ich wollte … Oh Verzeihung, ich will nicht stören.«
Blitzschnell verschwindet er wieder.
»Ich bin gekommen, um mich bei Ihnen zu bedanken.«
Ich verschlucke mich fast.
»Wofür?«
»Dass Sie mir bei dem Wettbewerb Ihren Kühlschrank zur Verfügung gestellt haben«, erklärt er.

»Ach das …« Ich sage es, als hätte ich es völlig vergessen.
Du hattest es tatsächlich vergessen.

Jetzt herrscht Schweigen. Wir sind zwei wahre Genies in Sachen Kommunikation. Ich nehme meinen ganzen Mut zusammen.

»Wissen Sie, wie es Monsieur Viannet geht?«
»Ja, heute Morgen habe ich erfahren, dass er auf dem Weg der Besserung ist.«
»Na, umso besser.«
»Glauben Sie wirklich, er hatte diese Herzattacke wegen des Wettbewerbs – weil meine Mutter und Ihre Großmutter zu großen Druck auf ihn ausgeübt haben?«

Ich wusste, dass er meine Worte gegen mich verwenden würde.

»Nun vielleicht waren meine Anschuldigungen zu heftig. Ich stand unter Schock und habe einfach drauflosgeredet.«

»Ich glaube nicht, dass Sie jemand sind, der unter Stress die Kontrolle verliert.«

Ich bin erstaunt, wie richtig er das erkannt hat.

»Warum sagen Sie das?«

»Jemand, der die Auszeichnung als beste Patissière Frankreichs bekommen hat, verliert nicht die Kontrolle, wenn er unter Druck gerät. Außerdem habe ich gesehen, wie Sie Viannet Erste Hilfe geleistet haben. Sie waren kein bisschen hysterisch, einfach nur sauer. Deshalb würde ich gern wissen, wie Sie die Dinge sehen.«

Ich zucke mit den Schultern und gieße mir noch ein Glas Tee ein.

»Also gut, ich will ehrlich sein. Meine Meinung ist, dass diese alte Querele zwischen unseren beiden Familien allmählich lächerlich ist. Es tut mir aufrichtig leid, dass mein Großvater Ihnen Knüppel zwischen die Beine geworfen hat, als Sie sich beruflich etablieren wollten. Das war alles andere als korrekt von ihm. Jetzt aber sind Sie auf Ihrem Gebiet ganz an der Spitze angekommen, und auch meine Patisserie entwickelt sich erfreulich. Eigentlich läuft es doch gut für uns. Ich weiß also wirklich nicht, warum wir diese Altlasten noch schultern sollten, ich meine, wir haben auch so schon genug zu tun.«

Ich nehme einen Schluck Tee und hoffe, dass das kühle Getränk meine raue Kehle beruhigt.

Nach kurzem Nachdenken setzt Luca sich auf einen Stuhl. Ein Sonnenstrahl fällt auf sein Gesicht, das sanfter wirkt als zuvor.

»Ich teile Ihre Meinung«, erklärt er schließlich im Ton eines sein Urteil verkündenden Richters.

Ich staune Bauklötze.

»Dann sollten wir vielleicht etwas Stärkeres in den Tee gießen, was?«

»Humor scheint nicht Ihre starke Seite zu sein.«

»Eigentlich schon.«

»Was mich betrifft, gehört dieser Zwist mit Ihrer Familie der Vergangenheit an.«

Ein neuer Urteilsspruch. Ich warte eine Weile und stelle mir vor, ich nähme an Friedensverhandlungen teil. Ja, genau darum geht es, um einen Friedensvertrag.

»Einverstanden, danke.«

»Sie müssen sich nicht bedanken. Ich sehe ein, dass Ihre Argumente besser sind und es für uns beide eher von Vorteil wäre zusammenzuarbeiten, als uns zu ignorieren.«

»Zusammenzuarbeiten?«

»Ich meine, in friedlicher Nachbarschaft leben.«

Er steht auf, um sich zu verabschieden.

»Ach ja – und wenn Sie meinen Bruder noch daran erinnern könnten, dass er bei mir angestellt ist und nicht bei Ihnen, wäre ich Ihnen sehr verbunden.«

Ich kann ein Lächeln nicht unterdrücken. Dass Dom so viel Zeit in der Patisserie verbringt, hat mit mir wohl kaum etwas zu tun.

»Werde ich machen, Herr Nachbar.«

Als ich wieder allein bin, überkommen mich Zweifel. Hat unser Gespräch wirklich stattgefunden? Und wenn ja, wird es etwas an unserer Beziehung ändern? Vorausgesetzt, dass es überhaupt eine gibt.

Wenn er sein autoritäres Gehabe mal lässt, kann Luca Castelli eigentlich recht nett sein. Ich denke voller Dankbarkeit an Jean Viannet, weil sein Unfall mir das Leben ein bisschen leichter macht.

Auch Unglücksfälle sind manchmal zu etwas gut.

Ich bin erleichtert und summe vor mich hin, ohne es zu merken. In Windeseile schiebe ich ein neues Blech mit Schelmen in den Ofen. Als sie fertig sind, drücke ich auf die Klingel. Einen Moment später kommt Charlotte herein und sieht sich neugierig um.

»Marc-Antoine hat dir sicher schon erzählt, dass Luca da war, oder?«

»Ja, hat er. Was wollte Monsieur Castelli denn?«

»Ich glaube, er wollte das Kriegsbeil begraben.«

»Das ist ja erstaunlich!«

»Ich weiß nicht, ob das heißt, dass ich ihm jeden Morgen auf die Schulter klopfen soll oder dass wir uns einfach freundlich aus dem Weg gehen. Aber er hat immerhin den ersten Schritt getan.«

»Ich frage mich, was passiert ist, dass er plötzlich so freundlich ist.«

»Nun ja, *freundlich* ist vielleicht übertrieben, sagen wir mal, er hat sich korrekt verhalten.«

»Korrekt?«

»Ja, genau.«

»Das müssen wir feiern. Aber wir sollten weiterhin vorsichtig sein. Blanche wird immer ihre Hand auf ihrer Einnahmequelle haben.«

Charlotte nimmt das Blech mit dem frischen Gebäck und kehrt in den Verkaufsraum zurück, während ich mich an den Blick von Kaiserin Blanche erinnere, mit dem sie den armen Viannet ansah. Ich schiebe den Gedanken beiseite, um meine heitere Stimmung nicht zu trüben. Da vibriert mein Handy, und ich schaue auf das Display. Es ist eine Nachricht von einer früheren Bekannten aus Saint-Malo, deren Nummer ich zu löschen vergessen habe.

Mir rutscht das Telefon aus der Hand, und ich lasse mich auf einen Stuhl sinken. Ich verspüre einen Stich im Herzen und lege meine Hand an die Brust. Mit einem Mal habe ich das Gefühl, der Boden rutscht mir unter den Füßen weg, und ich fürchte, in einen Abgrund zu fallen.

KAPITEL 18

PATISSERIE & CHOCOLATERIE

Leute, die wenig Schlaf benötigen, tendieren zum Größenwahn. Der chronische Schlafmangel prägt ihren Charakter, aber während normale Sterbliche friedlich in ihrem Bett schlummern, nutzen die Schlaflosen die nächtlichen Stunden, um die Welt zu erobern.

Was soll man mitten in der Nacht um zwei Uhr morgens auch sonst tun?

Ich treibe mich gern in der Schokoladenküche herum, wenn es dort still und leer ist und die Atmosphäre fast ein bisschen unwirklich.

Obwohl alles blitzsauber und aufgeräumt ist, riecht man noch das Aroma der Kakaobohnen, der Gewürze und das schwere Patchouli-Parfum von Ursula. Das diskrete Brummen der Kühlschränke schafft eine behagliche Stimmung, und ich gebe mich im Halbdunkel der Ruhe hin.

Im Büro ist Licht?

Ich öffne die Tür und rufe erstaunt:

»Joshua, was machen Sie denn noch hier?«

Der junge Mann zieht seine Jacke über und schickt sich an zu gehen.

»Tut mir leid, Chef, ich war mit ein paar Abrechnungen im Verzug. Dieses Jahr ist die Sommersaison schlimmer als sonst. Na ja. Für das Geschäft ist es jedenfalls gut.«

»Wenn Sie lieber einen Beruf gehabt hätten, in dem man immer das Gleiche tut und kein Privatleben hat, hätten Sie Priester werden müssen.«

»Das hätte mir sicher viel weniger gefallen.«

Er grinst. Bei ihm wirkt es immer etwas unecht.

»Gute Nacht, Chef, bis morgen«, sagt er dann und geht.

Ich stelle den Rechner aus, ordne ein paar Papiere und schließe die Bürotür. Ich tigere ich noch eine Weile im Laden herum, dann trete auch ich auf die Straße. Im Moment herrschen auf der Insel wie in ganz Frankreich die Hundstage. Mitten in der Nacht sind es noch 28 Grad. Korsen können allerdings Hitze gut vertragen. Wir wissen, was wir der Sonne verdanken, sie hat uns unser Paradies geschenkt.

Ich habe ein Haus in Porto-Vecchio, mag meine Wohnung in Sartène aber lieber. Dieser Ort ist mein Zuhause, und nachts erhole ich mich so gut, wie ich mich am Tag abrackere. Wie jeden Abend gehe ich, bevor ich in meinen Bau zurückkehre, durch die Straßen, die jetzt ganz leer sind. Im schwachen Licht des Mondes sehe ich den Himmel über den Dächern der dicht aneinander gebauten Häuser.

Ich schlendere über den Marktplatz und mache nahe der Stadtmauer ein paar tiefe Atemzüge. Ein paar übriggebliebene Lichterketten vom Blumenfest hängen noch in den Bäumen und sehen aus wie tanzende Irrlichter. Auf einer der Bänke sehe ich eine zitternde Gestalt liegen, neben sich eine leere Flasche. Diese Touristen haben wirklich nichts als Feiern im Sinn. Diese Betrunkene ruiniert den Zauber, der über dem ganzen Städtchen schwebt.

Ich überlege, ob ich hingehen soll, um sicher zu sein, dass sie nicht in Gefahr ist. Sie liegt dort in ihrem Alkoholrausch und verschandelt die Umgebung. Ich trete näher und bin erleichtert, dass sie immerhin noch bei Bewusstsein zu sein scheint. Sie liegt da, zusammengekauert wie ein Embryo, den Kopf zwischen den Händen weint sie lautlos vor sich hin. Aber ...

Ich werd' verrückt! Das ist ja ...

»Mademoiselle Palazzo?«

Erst jetzt erkenne ich sie. Als sie meine Stimme hört, fährt sie hoch und stößt dabei die Wodka-Flasche um. Ihr Gesicht ist ganz bleich, und das kommt nicht vom Mondlicht. Ihre großen dunklen Augen sind von tiefen Schatten umgeben, alles Leben scheint aus ihr gewichen.

»Oh, Wunder, da ... da ist ja mein super Nachbar«, lallt sie.

Ihr Gesicht drückt tiefste Verzweiflung aus.

»Mein Gott, Sie sind ja völlig betrunken.«

»Ja, ich meine ... nein, nicht betrunken genug. Ich erkenne Sie schließlich und kann noch klar denken. Was ich sage, ergibt doch einen Sinn, oder?«

»Da bin ich überfragt.«

Ich stelle die Flasche wieder hin und setze mich neben sie. Sie in diesem Zustand zu sehen, berührt mich irgendwie. Warum, weiß ich nicht. Catalina Palazzo kommt mir plötzlich vor wie eine Tochter der Amazonenkönigin Hyppolita, wegen ihrer mutigen Taten und ihrer schlanken Kämpferfigur.

»Ich hätte Ihnen g-gern was zu t-trinken angeboten, aber es ist nichts mehr da.«

»Ist schon in Ordnung, wenn ich Ihre Fahne rieche, reicht das schon für einen Vollrausch.«

Sie senkt ihren Kopf. Ich kann ihr Gesicht nicht genau erkennen, aber sie muss viel geweint haben. Ihr Top mit den dünnen Trägern lässt sie noch zarter wirken, als sie ist. Fast könnte man meinen, dass die Nacht dabei ist, sie zu verschlingen.

»Was ist denn nur los, Catalina?«

Ich habe sie spontan bei ihrem Vornamen genannt, und ihre Not fasst mich an, als würden wir uns ganz nahestehen. Ich bin eigentlich der letzte Mensch auf Erden, der das Recht hat, so vertraulich mit ihr zu reden, und noch weniger, ihr so eine Frage zu stellen.

»Es ist nicht ein *was*, sondern ein *jemand*«, entgegnet sie unglücklich.

Was sie da sagt, macht mich traurig. Ich weiß nicht, ob aus Mitleid oder aus Empathie.

»Ein Ex?«

Bei gebrochenen Herzen ist es meistens so. Jedenfalls nach der Statistik. Sie bricht in ein bitteres, übertriebenes Lachen aus, kein Wunder bei dem Grad ihrer Betrunkenheit.

»Bingo! Erschütternd, was? Ich dachte, ich hätte es hinter mir. Ich meine, jetzt wo Alex und Isa zusammen sind, lässt mich das kalt. Sie haben mir so übel mitgespielt. Meine Jugendliebe und meine beste Freundin, so viel Verrat auf einmal. Besser geht's nicht. Ich hätte sie zusammen mit meiner Mutter überraschen können, aber die ist Gott sei Dank schon tot. Entschuldige, Maman, das wollte ich nicht sagen ... ich bin so durcheinander.«

»Sie wird Ihnen nicht böse sein.«

»Maman mochte ihn nicht, wissen Sie? Sie hat ihn nie gemocht, und ich habe nie verstanden, warum. Weil meine Mutter eigentlich alle Menschen gernhatte. Sie hätte auch Sie gemocht, Luca.«

»Klar, wenn sie alle Menschen gernhatte.«

»Machen Sie sich ruhig über mich lustig.«

»Ich meine es ernst, ich bin nicht sonderlich liebenswürdig. Ist das der Grund, weshalb Sie nach Korsika zurückgekommen sind? Liebeskummer?«

»In Saint-Malo ist mir nichts geblieben. Alex und Isabelle waren Teilhaber von meinem Geschäft. Meine kleine Patisserie, von der ich immer geträumt hatte und die einen Monat später in Saint-Malo eröffnen sollte – mit meinem zukünftigen Mann und meiner besten Freundin, die beiden als Geschäftsführer, ich in der Küche. Der Laden war ein Traum, nein, er ist es noch. Nur dass ich darin nicht mehr vorkomme. Sie brauchten mich nicht mehr, verstehen Sie? Sie haben einen neuen Patissier eingestellt, und nun haben sie auch noch ein Baby bekommen.«

Ihr versagt die Stimme, und sie gibt einen erstickten Schluchzer von sich, der mir durch Mark und Bein geht. Ich versuche, mich in all dem, was sie erzählt hat, zurechtzufinden. Es ist ziemlich viel auf einmal.

»Moment mal, Ihre beste Freundin wurde von Ihrem Verlobten schwanger? Verstehe ich das richtig?«

»Ich glaube, das war sein Ziel.«

»Wieso das denn?«

Sie schluchzt.

»Ich bin keine richtige Frau.«

»Wie bitte?« Jetzt redet sie irre, kein Wunder bei der Menge Wodka, die sie in sich reingeschüttet hat.

»Ich kann keine Kinder bekommen.«

Sie zittert am ganzen Körper. Wider Willen verspüre ich das Bedürfnis, sie in den Arm zu nehmen.

»Das haben mir die Ärzte jedenfalls nach Unmengen von Operationen und Befruchtungsversuchen, die sich über Jahre hinzogen, mitgeteilt. Ich bin ein Grab, verstehen Sie? Alles Leben, was ich in mir trage, stirbt. Ich weiß nicht warum, ich habe alles dafür getan, alles, was er wollte. Aber am Ende sind sie alle gestorben.«

Sie ist ganz außer Atem. Ich würde ihr gern etwas sagen, aber ich bringe kein Wort heraus.

»Er ist wie alle anderen Männer, er will unbedingt Nachkommen«, fährt sie fort, als wolle sie alles Gift in sich loswerden. »Ich glaube, er hatte genug davon, dass sie in mir nicht leben können. Da hat er sich einer anderen Frau zugewandt, einer richtigen. Er hat eine gute Wahl getroffen, Isa ist wunderbar.«

Meine Muskeln spannen sich an, und ich merke, wie Wut in mir aufsteigt, ich kann sie kaum beherrschen. Ich reiße mich aber zusammen, denn würde ich jetzt sagen, was ich denke, wäre das sehr hart.

Was für ein Idiot!

»Und es ist gut so!«, empört sie sich mit vor Kummer rauer Stimme. »Im Grunde verstehe ich es ja sogar. Ich konnte ihm nicht geben, was er wollte, und so blieb ihm nichts anderes übrig, als mich zu verlassen. Mir wäre nur lieber gewesen, er hätte die Form gewahrt und etwas mehr Respekt gezeigt. Ich dachte, ich hätte das alles überwunden. Ich kam hierher und dachte, ich würde für immer bleiben. Ich hatte kein Geld mehr, keine Perspektive, keine Wohnung, keine Arbeit, und dann vererbte mein Großvater mir diesen Laden. Das war meine Chance, sonst wäre ich vielleicht auf der Straße gelandet. Ich fühle mich wohl in Sartène. Es ist ein zauberhafter Ort. Aber heute habe ich eine Nachricht von einer Freundin bekommen, die auch mit Alex und Isa befreundet ist. Sie gratuliert den glücklichen Eltern zu einer kleinen Anna. Das ist der Name, den ich unserer Tochter geben wollte.«

Catalina nimmt ihren Kopf in beide Hände und weint bitterlich. Ich nehme sie in den Arm und halte sie fest. Ihre Schultern beben, und sie wirkt so zerbrechlich. Ich hoffe, ich kann sie in ihrem Kummer trösten, indem ich sie fest an mich drücke.

Nach ein paar Minuten hört das Beben auf, und ihr Körper wird schwer, als hätte er keine Kraft mehr, seiner Traurigkeit Ausdruck zu geben.

»Es tut mir sehr, sehr leid, das zu hören«, sage ich leise.

»Was kann man bloß tun, damit es nicht mehr so wehtut?«

Sie klammert sich an mein T-Shirt, und ich umarme sie fester.

»Ich wäre gerne stärker.«

»Das sind Sie doch. Aber da Sie betrunken und nicht in der Lage sind, mich zum Schweigen zu bringen, möchte ich ein paar Dinge zu dem, was Sie mir erzählt haben, sagen.«

»Was?«

Sie versucht ihren Kopf zu heben, um mich anzusehen, aber ich drücke sie an mich.

»Zuallererst, Sie sind keine halbe Frau. So etwas gibt es gar nicht, genauso wenig wie Einhörner oder Steuergerechtigkeit auf Korsika. Ich muss Ihnen leider auch sagen, dass nicht Ihre Gebärmutter Ihren Zauber ausmacht. Wenn ein Mann mehr in ein Organ verliebt ist als in eine Frau, muss er ein Riesenproblem haben. Untreue entsteht allein durch den Willen dessen, der sie begeht. Es ist keine Vorsehung, nein, man ist selbst verantwortlich dafür. Man betrügt den anderen, weil man es will, man weiß, warum man es tut. Es gibt alle möglichen Gründe dafür, aber das geht nur diejenigen etwas an, die es tun oder jene, die es ertragen müssen.«

»So einfach ist das nicht.«

»Doch das ist es! Wenn wir zusammen wären und ich Sie betrügen würde, dann täte ich es in vollem Bewusstsein. Die Tatsache, dass Sie unerträglich, cholerisch, gewalttätig oder krankhaft eifersüchtig sind, erklärt Untreue nicht. Ich könnte auf ganz andere Weise gegen Ihren Charakter angehen, indem ich Sie zum Beispiel verlasse oder Ihnen meinerseits auch die Hölle auf Erden bereite. Wenn ich Sie betrüge, dann deshalb, weil ich mich dafür entschieden habe und nicht für etwas anderes.«

»Vielleicht hat ihn die Verzweiflung dazu getrieben. Sie kann einen zu vielen Dummheiten veranlassen.«

»Er hat beschlossen, seiner Verzweiflung mit Untreue zu begegnen. Er hätte sich für andere Wege entscheiden können.«

»Was meinen Sie damit? Dass ich ihn zu sehr entschuldige?«

»Nein, aber Sie tragen die Last an einer Sache, die nicht die Ihre ist. Sie leiden weiter unter seinem Verrat, als hätten Sie ihn verursacht, aber das war er. Er hat es getan. Nicht Sie, aber Sie klammern sich daran, als wären Sie dafür verantwortlich. Geben Sie ihm die Verantwortung endlich zurück.«

Sie rückt von mir ab und betrachtet mich mit ihren vom Alkohol glasigen Augen. Mir ist für einen Moment, als könnte sie in mich hineinschauen, und das verunsichert mich ebenso, wie es mich erregt.

»Sie ihm zurückgeben«, wiederholt sie feierlich.

Ich nicke. Sie kneift leicht die Augen zusammen.

»Keine Schuldgefühle mehr haben ...«

»Genau das ist das Problem, Catalina. Sie sind nicht schuld und waren es auch nie. Wenn er Ihnen das Gefühl gegeben hat, nur die Hälfte von was auch immer zu sein, ist er ein ganz mieser Kerl. In meinen Augen kann man gar nicht mehr Frau sein als Sie.«

Trotz des Halbdunkels scheint sich ihr Gesicht aufzuhellen. Sie legt die Hand an den Mund, ihre Schultern richten sich auf. Es ist, als hätte sie eine Erleuchtung.

»Danke!«, flüstert sie so aufrichtig, dass mir ganz warm ums Herz wird.

Dann umschlingt sie meinen Hals und drückt ihre sanften und warmen Lippen auf meine. Diese naive, fast unschuldige Geste macht mich ganz verrückt. Ich bin hellwach. Mein ganzer Körper reagiert darauf.

Ich fühle mich plötzlich so unglaublich lebendig.

Da steht sie auf – ich weiß nicht, durch welches Wunder sie sich noch aufrecht hält – und verschwindet in der Dunkelheit. Sie zurückzuhalten würde die Magie des Augenblicks zerstören.

Noch nie hat sich jemand auf diese Weise bei mir bedankt.

KAPITEL 19

PATISSERIE PALAZZO

Das Reiben seiner Haut an meiner elektrisiert mich. Ich habe Lust auf ihn, ich stöhne und drücke meine Nägel in seinen Rücken. Wir bewegen uns im gleichen Rhythmus, und ich fühle mich von einer Welle getragen, während seine Hände mich leidenschaftlich festhalten. Seine schwarzen Haarsträhnen hindern mich am Sehen. Ich schwimme, ich fliege davon, ich …

Ich höre mich laut schreien und wache auf.

»Verflucht, was ist los mit mir? Was habe ich nur, was ist …«
Wo bin ich?

Ich sitze auf meinem Bett und stelle zwei Dinge fest: Ich bin glücklicherweise in meinem Bett und habe einen Kater wie noch nie. Ich bin in Schweiß gebadet und sehe, dass ich Hemd und Höschen falsch herum angezogen habe.

Wann habe ich mich ausgezogen? Wann habe ich dieses Zeug angezogen?

Ich sehe die Bilder aus meinem Traum noch deutlich vor mir.

»Oh nein, junge Frau! Du und deine aufdringlichen Hormone, jetzt beruhigt euch mal!«

Ich gleite aus dem Bett, besser gesagt, ich krieche über die Matratze und stöhne, weil mir der Schädel brummt. Ich bemühe mich, einen klaren Gedanken zu fassen. Was ist gestern Abend bloß passiert? Warum habe ich so viel Alkohol getrunken? Wie kann man nur so dumm sein. Als hätte Alkohol je ein Problem gelöst. Zum Glück habe ich nicht ...

»Mein Gott, das habe ich hoffentlich nicht wirklich getan!«

Ich spüre, wie mir das Blut ins Gesicht schießt.

Doch, das habe ich, ich habe ihn geküsst. Oh verdammt, was habe ich da gemacht, was ist bloß los mit mir?

Die Dinge hatten sich doch gerade beruhigt, die Friedensflagge war ausgerollt, alles stand zum Besten, und mir ist nichts Besseres eingefallen, als alles zu vermasseln.

»So ein verdammter Mist!«

Plötzlich wird mir speiübel, ich stürze ins Bad und würge meine Eingeweide und sicher auch einen Teil meiner Lunge heraus. Als ich das letzte Mal in diesem Zustand war, war ich achtzehn, und es ging auf das Konto der Spätpubertät.

Ich bleibe eine Weile vor der Toilette knien, dann richte ich mich auf. Als ich mich im Spiegel sehe, erschrecke ich. Was ist das für ein Gespenst? Ich öffne den Wasserhahn der Dusche und stelle mich vorsichtig darunter, ohne mich auszuziehen. Ich bewege mich sehr langsam, um mich nicht gleich wieder übergeben zu müssen.

Anschließend ziehe ich mich sorgfältig an, binde mein Haar zusammen, trage Make-up auf, um die Ringe unter den Augen zu verdecken. So ist es schon besser. Vielleicht sehe ich noch ein bisschen müde aus, aber nicht mehr verwahrlost.

Jemand klopft an die Tür, und ich fahre zusammen. Heute ist Montag, der Laden ist geschlossen, also kann eigentlich nichts passieren.

Als ich aufmache, beiße ich mir von innen in die Wange, um ganz ruhig zu bleiben.

»Oma?«

»Alles in Ordnung?« Elena mustert mich eindringlich.

»Ja, alles in Ordnung. Möchtest du einen Kaffee?«

»Nein danke. Lüg mich nicht an, Mädchen, ich erkenne gleich, wenn es dir nicht gut geht.«

»Ich habe ein bisschen zu viel getrunken gestern Abend und vertrage Alkohol nicht gut. Wie geht es dir?«

»Warum hast du so viel getrunken?«

Sie lässt sich nicht beirren und bleibt an meiner Wade wie ein Terrier.

»Wegen einer schlechten Nachricht.«

»Du weißt sicher, dass ich dich so lange ausquetsche, bis du mir alles erzählt hast. Meinen Verhörmethoden sind bisher alle erlegen, sogar dein Großvater. Er dachte, er könnte schweigen wie ein Grab, so naiv war er manchmal!«

Ich hole tief Luft und denke, wenn ich ein bisschen von der Wahrheit preisgebe, kann ich den Rest vielleicht für mich behalten, vor allem die Sache auf der Bank.

»Es ist wegen meines Ex-Verlobten.«

Elena schweigt, aber ihr Gesicht spricht eine deutliche Sprache. Alex kann froh sein, dass er nicht hier auf der Insel lebt. Sonst würde er es mit Elena Palazzo zu tun bekommen. Dieser Gedanke gefällt mir.

»Ich habe dir nie erzählt, was passiert ist. Aber um es abzukürzen – ich habe ihn mit meiner besten Freundin erwischt. Sie waren schon seit ein paar Monaten zusammen, vielleicht sogar schon länger. Er hat sich damit gerechtfertigt, er sei da hineingetrieben worden, weil ich keine Kinder bekommen kann.«

»Was für ein Arschloch!«

»Großmutter, so kannst du doch nicht reden!«

»Wieso, ist er denn keins?«

»Na ja, doch, schon.«

»Dann ist es auch nicht unpassend, die Sache beim Namen zu nennen. Wenn es wahr ist, dann ist es nicht vulgär, sondern angemessen.«

Ich stelle uns zwei Tassen Kaffee hin und muss lächeln.

»Da die beiden meine Geschäftspartner waren, habe ich alles verloren. Und gestern habe ich zufällig erfahren, dass sie ein Baby bekommen haben und ihm aus gerechnet den Namen gegeben haben, den ich für unser Kind ausgesucht hatte – für den Fall, dass es doch noch klappt.«

Elena schweigt eine Weile, dann legt sie ihre warme Hand auf meine.

»Wie traurig, mein Kind! Wir Frauen müssen für unsere Geduld teuer bezahlen. Gott stellt uns auf die Probe.«

Ich sehe sie fragend an.

»Was meinst du damit?«

Sie nimmt ein paar Schlucke Kaffee und scheint die Antwort auf dem Grund der Tasse zu suchen, die sie in ihren Fingern hin- und herdreht.

»Als ich jung war, habe ich zwei Kinder verloren. Damals hat man Schwangerschaften lange nicht so gut begleitet wie heute. Es gab weder Blutuntersuchungen noch Ultraschall. Und die Frauen arbeiteten bis zum Schluss, egal welche Arbeit das war. Es gab oft Fehlgeburten, aber das heißt noch lange nicht, dass man sie vergisst. Im Herzen habe ich immer drei Kinder gehabt, auch wenn ich nur eins zur Welt gebracht habe.«

»Oje, das wusste ich gar nicht. Jetzt weiß ich gar nicht, was ich sagen soll ...«

»Unser Problem ist, dass wir uns nicht beklagen. Heute meint die Gesellschaft, alles, was mit dem Körper der Frauen zu tun hat, sei ihre Sache. Wir schweigen weiterhin, die Männer glauben, das sei alles nicht so schlimm, und unsere Schwestern fühlen sich allein und schuldig, wenn sie leiden.«

Ich nicke heftig. Ich hätte mir so gewünscht, dass Alex meinen seelischen Kummer und die Schmerzen meines Körpers wahrgenommen hätte, ohne dass ich alles herausschreien musste. Aber ich bin selbst schuld, weil ich nicht mehr geschrien, mehr geredet, mich nicht mehr beklagt habe. Ich habe mich dem Gesetz des Schweigens unterworfen, dabei gehen diese Frauensachen doch auch die Männer etwas an. Ist die Fortpflanzung nicht Grundlage für unser aller Überleben? Warum lassen wir uns von einer Gesellschaft den Maulkorb umhängen, die unser Leiden kleinredet, unsere Ansprüche zurückweist und unsere Probleme verharmlost unter dem Vorwand, dass sie nur die Frauen betreffen? Warum reden wir nicht mehr darüber?

»Niemand soll sagen, du hättest das Leid einer Mutter nicht erlebt, nur weil du deine Kinder nicht zur Welt gebracht hast. Trauer bemisst sich schließlich nicht an den Monaten oder Jahren, die ein Kind gelebt hat.«

Ihr Blick sprüht Funken, als sei eine ganze Welt in ihr in Bewegung. Ich fühle mich angesichts der Kraft, die aus ihr spricht, ganz klein, wie ein Kind, das sich an einen riesigen

Baum lehnt. Mich überkommt wieder eine tiefe Traurigkeit, und ich merke, dass ich längst noch nicht über alles hinweg bin, ich tue nur so.

»Hast du deswegen das Erbe deines Großvaters angenommen und dich entschlossen, hierzubleiben?«, fragt sie nach langem Schweigen.

Ich höre keinen Vorwurf in ihrer Stimme, nur Anteilnahme, und deswegen will ich ehrlich mit ihr sein.

»Ja, so ist es wohl gewesen. Als du mich angerufen hast und mir von dem Laden und dem Geld erzähltest, hatte ich das Gefühl, Großvater hätte das alles geahnt. Als hätte er gewusst, dass ich seine Unterstützung gerade jetzt brauchte. Ich habe darin ein Zeichen gesehen. Aber sicher willst du wissen, ob ich auch aus Saint-Malo weggegangen wäre, wenn mein Leben dort glücklicher verlaufen wäre.«

»Deine Antwort genügt mir. Mich interessieren keine Spekulationen. Ich halte mich an die Fakten, und das solltest du auch tun. Das schont die Kräfte.«

Was für eine klare Sicht auf die Dinge sie hat. Das ist wirklich beeindruckend. Ich nicke und wechsele dann das Thema.

»Jean Viannet geht es jedenfalls wieder besser.«

»Das weiß ich schon längst.«

»Wieso weißt du immer alles früher als jeder andere, Oma?«

»Ich bin alt und habe viele Bekannte. Vor allem im Stadtkomitee und in der Kirche.«

»Oje, die Betschwestern haben wieder zugeschlagen.«

»Was sollen sie sonst mit ihrer Zeit anfangen, wenn sie nicht im Ort herumspionieren und tratschen können?«

»Sie würden nur essen und irgendwann platzen.«

»Auf einige trifft das sicher zu.«

»Großmutter, ich bin schockiert.«

Dann muss ich laut lachen, und meine Anspannung löst sich.

Seit ich wieder in Sartène bin, habe ich einige Dinge erlebt, die ich nie vergessen werde und an die ich mich gewiss erinnere, wenn ich alt bin. Starke, lustige, bewegende Momente, kleine Lebensexplosionen, die unser Leben erhellen. Dieses Gespräch mit Elena beim Morgenkaffee wird sicher zu den Momenten zählen, an die ich mich erinnern werde.

Ich sammele sie wie kostbare Gegenstände.

KAPITEL 20

PATISSERIE PALAZZO

Trotz des Katers, der mich gezwungen hat, alle möglichen Hausmittelchen auszuprobieren, beschließe ich, mich wie verabredet am frühen Nachmittag mit Charlotte zu treffen. Es war gar nicht einfach, den richtigen Zeitpunkt zu finden, da ich viel in der Patisserie zu tun habe und sie nachmittags zu ihrer Familie muss. Aber wir treffen uns doch regelmäßig. Die Verbindung zu ihr ist ganz anders als die, welche ich mit meiner alten Freundin Isabelle hatte. Mit ihr habe ich alles geteilt, unsere Freundschaft war von großer Offenheit und gegenseitigem Vertrauen bestimmt. Es gab keine blinden Flecken, ich habe ihr alles anvertraut.

Bei Charlotte und mir ist es anders. Unsere Freundschaft wächst sehr langsam. Ich bin zurückhaltender, schamhafter, aber das tut unserer gegenseitigen Zuneigung keinen Abbruch.

Ich bin etwas zu früh auf dem Marktplatz von Sartène und sehe viele Leute aus der Kirche kommen. Da ich nicht in die Kirche gehe, weiß ich nicht, ob um diese Zeit immer eine Messe stattfindet oder ob es um ein besonderes Ereignis geht. Ich erkenne Rachel und ihre Frauentruppe, die immer zusammenhängt, ein paar meiner Stammkunden, den Bürgermeister und natürlich Blanche Castelli. Sie ist weiß gekleidet wie eine Marmormadonna und erstrahlt inmitten der Menge. Während sie ihre Untertanen begrüßt, sehe ich eine junge Frau, die ihr folgt wie ein Schatten. Sie sieht ihr sehr ähnlich, auch wenn sie nicht die gleiche Hoheit ausstrahlt. Zwei fünf- oder sechsjährige Jungen, Zwillinge mit rötlichen Locken, laufen um sie herum. Das Gesicht der Mutter ist blass und zeigt, wie sehr die überschäumende Energie ihrer Söhne sie anstrengt. Bei ihrer Begrüßungsrunde gerät Blanche irgendwann in meine Nähe, zu nah, um mich ignorieren zu können. Was sollen sonst die Leute denken? Blanche will auf jeden Fall vermeiden, dass über uns getratscht wird.

»Guten Tag, Mademoiselle Palazzo«, sagt sie also in wenig freundlichem Ton, »es scheint, als hätten Sie sich in Sartène inzwischen recht gut eingelebt.«

»Guten Tag, Madame Castelli«, antworte ich.

»Das war ja wirklich eine komische Sache mit dem armen Monsieur Viannet«, fährt sie ohne Umschweife fort.

Sie hat keine Hemmungen, gleich zur Sache zu kommen.

»In der Tat, sehr komisch …«

»Nun, zum Glück ist niemand auf die Idee gekommen, dass es womöglich durch den Kuchen kam, den er probieren musste.«

Sie mustert mich scharf, und ich denke voll Mitgefühl an Marie-Antoinette und alles, was sie über sich ergehen lassen musste, wenn sie der Maitresse des Königs, Madame du Barry, begegnete. Um mich herum stehen lauter potenzielle Kunden, ich muss mich also freundlich zeigen und kann ihr nicht eine passende Antwort auf ihre unverschämte Bemerkung geben. Ich bleibe kalt wie Packeis, sie dringt nicht weiter in mich und verabschiedet sich schließlich in einem Tonfall, der süßer ist als der Honig auf meinem Birnenkuchen.

Die junge Mutter im Gefolge der Kaiserin bleibt vor mir stehen und lächelt mich an. Ein ansteckendes, herzliches Lächeln, das mich an das von jemand anderem erinnert.

»Es freut mich wirklich, Sie endlich kennenzulernen«, sagt sie in etwas naiver Begeisterung.

»Endlich?«

»Ich bin Natalie Castelli, die Schwester von Dominique und Luca.«

Daher kenne ich das Lächeln also.

»Ach so, sehr schön, freut mich, ich bin Catalina Palazzo.«

»Ich weiß. Dominique hat mir schon so viel von … ja, einen Moment, Kinder, Maman unterhält sich gerade.«

Den Jungen scheint völlig egal zu sein, was ihre Mutter sagt.

»Also, Dom hat schon viel von Ihnen erzählt. Er findet Sie ganz wunderbar.«

»Das ist nett von ihm. Er hat mir sehr geholfen und tut es noch.«

»Meine Brüder sind Goldstücke, das merke ich jeden – Thomas, hör auf, deinen Bruder ins Ohr zu beißen! – und ich weiß gar nicht, was ich ohne die beiden machen würde. – Nein, Thomas, auch nicht in die Nase, nie im Gesicht! – Wie Sie sehen, werde ich mit diesen beiden Rackern kaum fertig. Cédric, man beantwortet Gewalt nicht mit Gewalt, außer du willst Polizist werden.«

Die arme Frau hält sich nur mühsam auf den Beinen, während ihre Kinder an ihr rumzerren. Ich muss zugeben, dass sie mir leidtut.

»Wollen wir uns nicht einen Moment setzen?«

»Das ist eine gute Idee. Jungs, wenn ihr nicht sofort aufhört, rufe ich Onkel Luca.«

Als hätte die Mutter einen Zauberspruch aufgesagt, bleiben die beiden Kinder stehen wie zur Salzsäule erstarrt.

»Das ist das Einzige, was bei ihnen funktioniert«, flüstert sie mir zu.

»Das glaube ich sofort.«

»Wenn Luca nicht da wäre, wüsste ich nicht, was ich machen sollte. Er unterstützt uns finanziell, erledigt den Papierkram, kümmert sich um die Jungs …«

»Das klingt so, als sei ihr Vater nicht oft da.«

»Ehrlich gesagt, gibt es ihn gar nicht! Als ich ihm sagte, ich sei schwanger, hat er sich so schnell aus dem Staub gemacht, als sei der Teufel hinter ihm her. So sind manche Männer, wenn sie Verantwortung übernehmen sollen.«

Ich ziehe eine Parallele zwischen uns. Sie wurde verlassen, weil sie Kinder bekam, ich, weil ich keine bekommen konnte. Ich beginne zu verstehen, was Luca mir gesagt hat. Wir sind weder unsere Organe, noch sind wir schuldig. Alles ist immer nur eine Frage der Menschen und der Umstände.

»Kennen Sie Luca eigentlich gut?«, fragt sie mich neugierig.

»Nein, eigentlich nicht. Wir sind beide sehr beschäftigt, aber es ist immer nett, wenn wir uns begegnen, wenn er vielleicht auch nicht so einen freundlichen Umgangston hat wie sein Bruder.«

Was für ein Euphemismus!

»Man muss sagen, dass Luca sich selbst immer sehr unter Druck setzt, auch wenn die Familie das gar nicht mehr macht.«

»Weil es nicht mehr notwendig ist?«

»Ach, die Familie …«, seufzt sie nur. »Wo wir gerade davon sprechen, ich muss gehen, es hat mich sehr gefreut, Sie kennenzulernen, und ich hoffe, wir können bald mal einen Kaffee zusammen trinken.«

»Sehr gern, ich bringe dann den Kuchen mit.«

»Sie haben mich erwischt, genau das hatte ich gehofft. Kommt, Kinder, wir müssen los! Ihnen noch einen schönen Tag!«

Während ich Natalie und den beiden Jungen nachsehe, die um ihre Mutter herumspringen wie zwei wilde Böckchen, stelle ich fest, dass sie genauso herzlich und zugewandt ist wie ihr Bruder Dominique. Ich bewundere diese Art, auf andere Menschen zuzugehen, die weder Luca noch ich besitzen.

Vom Kirchturm schlägt die Glocke zwei Mal, 14 Uhr. Ich gehe durch die Menge, die noch herumsteht und schwatzt, zu dem kleinen Café, in dem Charlotte und ich uns jeden Montag treffen.

KAPITEL 21

PATISSERIE PALAZZO

Wir sitzen im Schatten einer großen Eiche an einem Tischchen und haben das Gefühl, in der Hitze zu schmelzen. Doch selbst wenn alle meine Zellen zu kochen scheinen, kann ich mich nicht dazu entschließen, nach drinnen zu gehen. Das hat sicher damit zu tun, dass ich mich viel in klimatisierten Räumen aufhalten muss.

Die Menge auf dem Platz hat sich jetzt an den Seiten unter die Bäume verzogen, und ich denke an passierte Himbeeren, die über eine Sahnehaube fließen. Ich sehe zerstreut einige Passanten vorübergehen. Zu dieser Jahreszeit, in der alle leicht gekleidet sind und helle Farben tragen, ist es kaum möglich, jemanden zu übersehen, der von Kopf bis Fuß in Schwarz gekleidet ist und dessen zielgerichtete Art zu gehen so gar nicht zum Sommer passen will.

Oh nein!

Ich bin noch nicht bereit, Luca wieder zu begegnen. Sicher wird das eines Tages passieren, vielleicht im Jahre 2068, das wäre perfekt, aber auf keinen Fall heute. Ich sitze reglos da wie ein Verkehrsschild, vielleicht atme ich nicht einmal mehr. Wenn ich ganz still halte und kein Geräusch mache, wird er über den Platz gehen, ohne mich zu bemerken. Was für absurde Gedanken ich habe! Warum sollte Luca aus dieser Entfernung gerade hierher an unseren Tisch schauen. Trotzdem ziehe ich unwillkürlich die Schultern hoch. Ich kann mir vorstellen, was für ein dummes Gesicht ich machen werde, wenn er mir gegenübersteht. Ich muss wieder an den gestrigen Abend denken. Ich weiß immer noch nicht, wie ich in meine Wohnung gekommen bin, wie ich mich ausgezogen und hingelegt habe, doch ich erinnere mich an jede Sekunde, die wir zusammen auf der Bank verbracht haben. Was das angeht, sind meine Erinnerungen klar wie ein Bergsee.

Lucas Art zu gehen verrät Strenge, aber auch Leichtigkeit, als ginge er über ein Podium. Diese Art, sich zu bewegen, hat er von seiner Mutter. Ich nehme an, Dom und Natalie haben sich mit den Genen ihres Vaters begnügt. Ich frage mich, wie dieser Mann wohl im Privatleben ist. Ich kann mir kaum vorstellen, dass seine Mutter offen für Zärtlichkeit und die Großzügigkeit der Liebe war.

Ich versuche mein Gehirn zu benutzen, damit meine Gefühle nicht überhandnehmen. Sobald ich an unser Gespräch denke, an meine heftig fließenden und befreienden Tränen, an die Geschichten, die ich unter Einfluss von Alkohol erzählt habe, daran, wie ich meinen Kopf an seine Schulter gelegt habe, wie ich mich an ihm festklammerte und er mich in seinen Armen hielt, ist meine körperliche Reaktion stärker als mein Verstand. Mein Herz klopft heftig, ich bekomme eine Gänsehaut, und meine Lippen brennen immer noch von unserem Kuss. Ich dachte, ich hätte von solchen Banalitäten genug. Alex und Isa haben alles getan, um diesen Teil von mir kaputt zu machen. Meine körperlichen Bedürfnisse sind erloschen, das Grab in mir ist ein großes Loch. Aber vielleicht sind meine natürlichen Bedürfnisse doch stärker, als ich dachte.

»Dominique war meine große Jugendliebe«, sagt Charlotte in diesem Moment, und ich höre auf, nach Luca zu schauen. Was sie mir da erzählt, überrascht mich nicht. Ich weiß nicht, was ich ihr antworten soll. Warum erzählt sie mir das gerade jetzt? Vielleicht hat sie gemerkt, dass wir alle etwas von ihrer Zuneigung für Dom mitbekommen haben.

»Das wusste ich nicht.« Ich klinge nicht sehr überzeugend.

»Wenn wir uns sehen, ist uns das immer ein bisschen peinlich«, fährt sie fort. »Ich weiß, dass du und Marc-Antoine etwas gemerkt haben müsst.«

Ich leugne es nicht. »Was ist denn passiert?«

Charlotte seufzt, und ihr Blick verliert sich im Blätterwerk des Baumes.

»Ich habe keine Ahnung«, sagt sie bitter, »wir waren als Jugendliche unzertrennlich. Wir gingen dieselben Wege, als wäre es uns unerträglich, nicht zusammen zu sein. Ich dachte, er würde meine Gefühle teilen, es gab so viele Anzeichen dafür. Drei Jahre lang haben wir uns mit Blicken verschlungen. Dominique war für mich der Traummann. Stark, ernst, respektvoll und lustig. Alles, was man sich wünscht.«

Sie macht eine Pause, und ich warte gespannt, wie es weitergeht.

»Und dann?«

»Nichts. Dom ist nie einen Schritt auf mich zugegangen. Jahrelang haben wir uns beäugt, wenn unsere Hände sich in der Schulkantine streiften, haben wir geseufzt, wenn unsere Knie sich im Kino berührten, zitterten wir, wir sehnten uns nach unserem ersten Kuss, aber nichts passierte. Wir haben uns alles vorgestellt, aber konkret wurde es nie.«

»Gab es denn eine andere?«

»Nein, er hat nie auf andere Mädchen geschaut, ich war immer mit ihm zusammen. Als wir dann unser Abitur hatten, wusste ich, dass wir uns nicht mehr sehen würden. Es war der schlimmste Moment meines Lebens. Wochenlang habe ich geweint.«

»Wie schrecklich!«

»Dann passierte, was geschehen musste. Ich habe Eric kennengelernt. Er war alles, was Dom nicht war: leidenschaftlich, unternehmungslustig, selbstsicher, wortgewandt, verführerisch. Endlich hatte ich einen Jungen, der mir zeigte, wie wichtig ich ihm war. Ich sagte mir: Das ist die Liebe. Eifersucht, Kontrolle, Wut, Verschmelzung, Sex. Alles ging so schnell. Bevor ich begriff, was mir widerfuhr, lebte ich nur noch für ihn, atmete nicht mehr ohne ihn, traf keinerlei Entscheidungen ohne ihn. Irgendwie gefiel mir das. Ich sah mich als umsorgte Prinzessin, die in einem schönen Schloss wohnt und deren Leben von anderen in die Hand genommen wird. Es ist furchtbar, zu solchen Vorstellungen erzogen zu werden, findest du nicht?«

»Wir wachsen alle mit der Idee des Märchenprinzen auf, genau so, wie es im Märchen passiert. Sobald er sich die Prinzessin ausgeguckt hat, bestimmt er über ihr Leben. Aber es ist zu ihrem Besten, das Schloss ist schön, und ihre Kleider wunderbar. Sie schuldet ihm nur eins, nämlich schön zu bleiben.«

»Aber es ist ein goldener Käfig. Bevor man es merkt, hat man verlernt, für sich selbst zu entscheiden, hat sich daran gewöhnt, sich vor dem anderen zu rechtfertigen, und weiß nicht mehr, wer man ist. Wie soll man stolz auf sich sein, wenn man nichts mehr selbst bestimmt?«

»Wann ging es mit Eric schief?«

»Ungefähr nach einem Jahr. Niemand sagt einem ja, dass Prinzen, wenn sie älter werden, nicht mehr so charmant sind. Sie bleiben auf ewig kleine Jungen, nehmen Herausforderungen nicht an, meistern keine Schwierigkeiten. Alles muss nach ihrer Pfeife tanzen, und wenn dies nicht geschieht, werden sie unwillig und starr. Schließlich haben sie ja immer bekommen, was sie wollten. Eric wollte hoch hinaus, aber ihm fehlten die Fähigkeiten dazu. Weil er seine Traumkarriere nicht machen konnte, hat er auch alles andere abgelehnt. Dann haben wir Kinder bekommen. Mit Kindern können Eltern sich immer wichtig machen.«

Ihr Bericht, aus dem so viel Resignation spricht, stimmt mich traurig. Man hat das Gefühl, dass ihr ganzer Körper ihre Verzweiflung ausstrahlt, und ich rücke ein wenig ab, damit sie nicht auch mich ergreift.

»Warum hast du ihn nicht verlassen?«

Sie zuckt die Schultern.

»Wegen diesem verdammten Frosch.«

»Welchem Frosch?«

»Du kennst doch das Experiment mit dem Frosch, der die Gefahr nicht bemerkt, wenn man den Kochtopf nur langsam erhitzt. Hätte man ihn in kochend heißes Wasser geworfen, wäre er vor Schreck sofort aus dem Topf gesprungen. Und dann sind da die Kinder, das Haus, das uns seine Mutter vererbt hat ... Ich habe keine Ausbildung und nicht viele Möglichkeiten.«

»Und wie steht es mit Dom? Hast du immer noch Gefühle für ihn?«

»Nein, vergiss das«, antwortet sie lächelnd. »Das geht in keinem Fall.«

»Warum denn nicht, Charlotte. Du bist doch noch nicht tot, und in deinem Leben kann noch eine Menge passieren.«

»Mag sein, aber ich gehöre zu den Leuten, für die das Leben mehr aus Pflichten als aus Freiheiten besteht. Uns wurden nicht nur Märchen über den idealen Ehemann erzählt. Auch das perfekte Paar ist eine Illusion, die uns die Gesellschaft vorgaukelt. Bücher, Filme, Fotos, alles will uns glauben machen, dass ›sie heirateten und glücklich wurden‹. Das ist nur eine von vielen Geschichten, die bei uns ein Gefühl des Scheiterns erzeugen soll, damit wir uns zum Trost irgendwelche Sachen kaufen.«

»So zynisch muss man die Dinge aber nicht sehen. An nichts mehr zu glauben, sich nach nichts mehr zu sehnen und mit irgendwelchen Dingen zu betäuben, bedeutet doch nur, dass man jeden Tag ein bisschen stirbt.«

Wenn man dem Leben keine Bedeutung mehr gibt, fließt die Zeit sehr schnell dahin. Das Gespräch mit Charlotte macht mir klar, dass ich auch nicht viel anders lebe, seit ich aus Saint-Malo weggegangen bin. Ich lebe automatisch vor mich hin, angetrieben von einem simplen Überlebensreflex. Immer noch denke ich an meine frühere Patisserie, dabei habe ich einen neuen Laden aufgebaut. Immer noch fühle ich mich schlecht wegen einer Sache, die Monate her ist, um nicht zu sagen Jahre, und frage mich, was ich hätte tun können, um eine längst überholte Vergangenheit zu ändern.

Wie dumm das doch ist!

Ich wende den Kopf in die Richtung, in der mein Laden liegt, und spüre, wie die warme Luft in mich eindringt. Ein Schauer überkommt mich und ich fühle mich wie im Fieber.

Die Dinge ändern sich, und ich ändere mich auch. Die Vergangenheit ist vorüber, eine Zukunft gibt es noch nicht, nur die Gegenwart ist da, nur die Gegenwart.

Ich muss jetzt gehen.

KAPITEL 22

CHOCOLATERIE CASTELLI

Mitternacht ist vorüber, und ich fahre nach Porto-Vecchio, um meine Koffer zu packen. Meine Mitarbeiter sind seit heute Morgen in Paris und bereiten alles für den mondänen Abend vor, an dem wir seit zwei Monaten arbeiten. Der Kunde ist schwierig – das sind sie alle, wenn sie 40 Euro für eine Portion Schokolade bezahlen –, er hat den Vertrag erst vor einem Monat unterschrieben, so sind wir alle schwer unter Zeitdruck geraten. Wenn die Gala vorüber ist, habe ich so gut verdient, dass ich mir eine Kur leisten kann.

Morgen früh fliege ich in eine der Hauptstädte, die ich am liebsten mag, verdiene ein beträchtliches Sümmchen, und hinterher gibt es Fotos in den Zeitschriften, die vor allem Sterne-Köche gern durchblättern.

Ich mache Licht in der Diele. Wie jedes Mal, wenn ich spätabends in die kalte Stille dieser Räume komme, glaube ich, einer Katze zu begegnen. Ich kann es nicht erklären, aber seit ich allein lebe, habe ich immer den Eindruck, irgendwo müsste eine Katze sein. Ich mag diese Tiere, ich habe sogar so etwas wie Respekt vor ihnen. In meinen Träumen besitze ich eine riesige Katze, die furchtbar faucht und beim Hund meiner

Mutter eine Herzattacke verursacht. Leute, die wenig schlafen, haben mehr Wachträume als andere.

Ich gehe in die Küche, um mir einen Kräutertee zu machen, der wie tausend andere vorher mir nicht zu besserem Schlaf verhelfen wird. Ich mache alle Lichter an und erschrecke mich zu Tode, als ich im Wohnzimmer eine Gestalt sehe.

»Verdammt, Dom! Wenn du mich unbedingt umbringen willst, dann mach es wenigstens so, dass ich es nicht merke«, fluche ich.

Mein Bruder liegt auf einem der Sofas, den Kopf auf die Hand gestützt. Er hat immer einen Schlüssel für mein Haus und kommt und geht, wie es ihm passt. Von Privateigentum scheint er noch nie etwas gehört zu haben. Ich treffe ihn oft hier im Haus an, aber nicht so, im Dunkeln, so still und niedergeschlagen.

Ich gehe zum Sofa hinüber.

»Hast du geschlafen?«

»Nein, nein«, entgegnet er, und seine Stimme klingt bedrückt. Er wischt sich mit dem Handrücken über die Augen.

»Dom, weinst du?«

»Ich glaube, heutzutage wird es von der Welt akzeptiert, wenn ein Mann weint. Ja, ich weine.«

»Unsere Welt ist saublöd, du musst sie nicht nach ihrer Meinung fragen. Willst du ein Bier?«

Ohne seine Antwort abzuwarten, hole ich ihm eine Flasche und stelle sie vor ihn hin. Seine Fähigkeit, Gefühle zu zeigen, habe ich schon immer bewundert und zugleich als Fluch empfunden.

Nach längerem Schweigen wagt sich Dom aus der Reserve.

»Es ist alles ziemlich melodramatisch, oder? Ich in deinem Wohnzimmer im Dunkeln und am Flennen.«

»Es hat sich hier schon Schlimmeres abgespielt, wenn dich das beruhigt.«

»Es beruhigt mich nicht.«

Ich stelle meinen Tee beiseite und greife zu einer Flasche Valpolicella.

»Willst du nicht Onkel Luca erzählen, was dich bedrückt?«

»Ich bin so ein Idiot.«

Er schweigt und starrt auf seine Bierflasche.

»Ist es wegen Charlotte?«

Er reißt erstaunt die Augen auf. Wir beide haben immer zusammengelebt, und da ist er erstaunt, dass ich in ihm lesen kann wie in einem offenen Buch?

»Glaubst du, ich weiß nicht, dass sie bei Palazzo arbeitet? Du verbringst doch deine Nachmittage nicht wegen der schönen Augen von Catalina dort. Sie ist gar nicht dein Typ.«

»Genau, so ein Top-Model-Mädchen passt viel besser zu dir.«

Ich rede schnell weiter, um vom Thema abzulenken.

»Da du ja wohl nicht in die Patisserie gehst, um mich zu ärgern, nehme ich mal an, du hast die Sache mit Charlotte immer noch nicht überwunden.«

»Du liegst richtig«, seufzt er. »Ich habe alles vermasselt, und das nicht nur bei ihr.«

»Was gibt es denn sonst noch zu beklagen?«

»Ach, na ja … Wenn du nicht da wärst und mir einen Job geben würdest, wo stünde ich denn dann? Wo wären wir alle – Natalie, Maman? Ich hab es dir nie gesagt, aber es tut mir wirklich leid, dass ich so bin, wie ich bin.« Er zuckt hilflos mit den Achseln. »Ich wäre gern mehr wie du.«

Ich antworte ihm lieber nicht. Egal was ich sagen würde, nichts würde dadurch besser. Wenn ein Kind auf die Welt kommt, erhält es einen bestimmten Platz in der Familie, die ihre Geschichte, ihre Kultur und Regeln bereits hat. Ist man deshalb also verantwortlich für die Rolle, die man dort zugewiesen bekommt?

»Ich wüsste wirklich gern, wie ich das machen soll, wie ich ein Mann sein kann, wie die Gesellschaft ihn sich wünscht. Die Vorgaben kenne ich natürlich, sie wurden uns ja oft genug vorgebetet … Man gibt keine Schwächen zu, man interessiert sich nur für ausgesprochen männliche Themen, man kann Dinge reparieren, man mag Sport und trinkt gern Bier, man weint nicht, vor allem aber trifft man Entscheidungen. Andauernd. Das alles kenne ich seit meiner Kindheit. Aber ich habe immer den Eindruck, dass das für mich nicht richtig ist. Wenn ich traurig bin, weine ich, an Sport liegt mir nichts, ich bin keine Führungspersönlichkeit, vieles kann ich nicht reparieren, und Entscheidungen zu treffen ist für mich eine Qual. Was ist also meine Rolle in dieser Gesellschaft, wenn ich all dem nicht entspreche? Bin ich dann nur ein halber Mann?«

Er sieht mich unglücklich an.

Es ist das erste Mal, dass Dominique mit mir über diese Dinge spricht. Ich habe mich immer auf das konzentriert, was mir im Leben begegnete. Manchmal war ich war sogar ein bisschen eifersüchtig auf meinen Bruder, weil die Familie ihn in Ruhe ließ und ihren ganzen Ehrgeiz auf mich richtete. Aber was geht in Menschen vor, die man in Ruhe lässt, »weil man von ihnen nicht dasselbe erwarten kann« oder »weil sie nicht so stark sind«?

»Ach, Dom, weißt du was? Die Gesellschaft ist eine dumme, alte, heimtückische zahnlose Hexe. Egal was du tust, immer wird sie etwas dagegen haben, denn sie nährt sich von unseren Komplexen. Da gibt es eine ganze Industrie, die das befördert. Ich war dir nie böse, dass du meinen Platz nicht eingenommen hast. Ich würde mir das niemals wünschen. Ich übernehme die Verantwortung für die Familie gerne. Ich habe meine Stellung nie hinterfragt, habe nie überlegt, wer ich eigentlich bin, ich habe einfach die Rolle angenommen, die mir übertragen wurde. Sich über eine Situation zu beklagen ist einfacher, als eine zu entwerfen, die es noch nicht gibt.«

»Aber du bist dadurch vereinsamt, Luca. Du hast der Welt den Rücken zugewandt.«

»Und du meinst, das sei deine Schuld?«

»Wenn ich ein besserer Partner in der Firma wäre, könntest du dich auch mal ausruhen und dich anderen Menschen mehr öffnen.«

»Wer sagt denn, dass ich das möchte? Beziehungen zu anderen Menschen sind doch deine Sache, nicht meine. Ich fühle mich mit den meisten Menschen nicht so schrecklich wohl. Und damit du es weißt, du bist für das Unternehmen unverzichtbar.«

»Es verwirrt mich, wenn du so nett zu mir bist.«

»Aber das bin ich doch gar nicht. Du machst all die Sachen, die ich ungern tue. Wenn du nicht da wärst, würde niemand mehr für mich arbeiten. Ohne deine diplomatische Art wären sicher schon x Verträge geplatzt, weil ich den schwierigen Kunden meine Meinung ins Gesicht gesagt hätte.«

Endlich zeigt sich ein Lächeln auf seinem Gesicht. Es wurde auch Zeit, denn ich bin nicht besonders gut darin, meine Truppen aufzumuntern.

»So. Nachdem wir nun geklärt haben, was deine Aufgabe in unserer großartigen Familiendynastie ist, möchte ich, dass du mir von Charlotte erzählst.«

Er seufzt tief und schaut mich unglücklich an. »Es macht mich einfach fertig, sie so in der Nähe zu haben, ohne die geringste Aussicht, mit ihr zusammen zu sein. Ich kann mich aber auch nicht dazu entschließen, ihr aus dem Weg zu gehen. Es ist einfach stärker als ich.«

»Das ist doch nichts Neues. Ich erinnere mich noch an eure süßen, sehnsüchtigen Blicke, als ihr aufs Gymnasium gingt. Man hätte glatt zum Diabetiker werden können davon. Meinst du nicht, der Zeitpunkt ist gekommen, endlich einen Schritt auf sie zuzugehen?«

»Das würde die Situation mit ihrem Mann für sie ja noch schwieriger machen. Es wäre egoistisch von mir. Sie hat Kinder, Luca, das ist alles nicht so einfach. Ich kann doch nicht bei ihr auftauchen und sie bitten, alles aufzugeben, weil sie als Mädchen mal in mich verliebt war?«

»Vielleicht erwartet sie genau das. Glücklich ist deine Charlotte in ihrer Ehe ganz bestimmt nicht.«

»Sie zu verletzen wäre das Letzte, was ich wollte.«

»Es wäre nichts Schlimmes, ihr ein Angebot zu machen, Dom.«

»Und damit Gefahr laufen, dass sie ihre Familie zerstört?«

»Für manche Familien kann das der bessere Weg sein.«

Wieder stößt er einen tiefen Seufzer aus und lässt sich in das Sofa zurückfallen.

Eine ganze Weile schweigen wir und trinken nur ab und zu einen Schluck, um uns zu entspannen.

»Mir ist zu Ohren gekommen, dass du dich bei Catalina Palazzo bedankt hast«, sagt Dom schließlich und wirft mir einen amüsierten Blick zu.

»Oh mein Gott! Dieser Ort wird eines Tages noch in der Gerüchteküche der Tratschweiber ersaufen.«

»Ich hab's von Marc-Antoine erfahren.«

»Von wem?«

»Dem Jungen, der bei ihr arbeitet. Er hat übrigens eine Höllenangst vor dir.«

»Er gefällt mir.«

»Also hatte ich recht.«

»Das würde mich wundern, aber nur um sicherzugehen – wovon reden wir hier eigentlich?«

»Cat ist einfach großartig.«

»Nun – ich kenne sie nicht genug, um das zu beurteilen.«

»Dann lerne sie kennen.«

»Was?«

»Du wirst mir noch mal dankbar sein.«

Zu meiner Überraschung weiß ich nicht, was ich darauf sagen soll. Seine Worte hallen in mir wider und rufen eine heftige Empfindung hervor, die ich nicht einordnen kann.

Unwillkürlich wandern meine Gedanken zurück zu dem Abend auf der Parkbank, und ich spüre immer noch, wie ihr Körper sich schutzsuchend an meinen drängt, wie ihr zarter

Geruch in meinen Atem dringt, ihre Haare meine Nase kitzeln, aber vor allem spüre ich ihre Lippen auf den meinen. Meine Kiefer sind mit einem Mal angespannt, mein ganzer Körper ist es, so nervös bin ich, oder vielleicht bin ich auch nur ungeduldig. Allein die Vorstellung, dass es zwischen mir und ihr zu einem Austausch von Intimitäten kommen könnte, raubt mir die Orientierung, so seltsam verloren habe ich mich noch nie gefühlt.

Und dann ist da wieder diese verrückte Idee, die mir durch den Kopf schoss, als ich Catalina in jener Nacht in der Dunkelheit verschwinden sah.

Und mit einem Mal kommt sie mir gar nicht mehr so abwegig vor.

KAPITEL 23

CHOCOLATERIE CASTELLI

»Die letzten Tabletts! Auf geht's!«

Meine Mitarbeiter wirbeln um mich herum wie ein Bienenschwarm. Es ist an sich schon schwierig, so viele anspruchsvolle Gäste zufriedenzustellen, aber dabei die Abläufe mit denen der Truppe eines Kollegen zu koordinieren grenzt an ein Wunder. Für den Geburtstag der jugendlichen Tochter eines obskuren russischen Oligarchen hat Papa nicht weniger als 350 000 Euro hingeblättert – allein für die Desserts –, die ein italienischer Konditor und ich uns teilen.

Die kleine russische Prinzessin feiert ihren sechzehnten Geburtstag im *Crillon* – einem der vornehmsten Hotels der Welt an der Place de la Concorde in Paris. Als ich sechzehn wurde, habe ich in der Garage meiner Eltern mit fünf Kumpels alle möglichen Spiele gespielt, aber das Feiern in so einem Edelschuppen stand nicht auf dem Plan. Manchen Jugendlichen mangelt es eben erheblich an sozialem Ehrgeiz.

Ursula trägt ein schwarzes Kostüm, das so eng ist, dass sie kaum Luft bekommt, und verlässt gerade den Festsaal, in dem der Empfang stattfindet, um mir zu berichten. Sie platzt fast vor Stolz.

»Na, erzählen Sie mal, Ursula, wie sieht's denn aus?«

»Die Gäste sind begeistert!«, ruft sie mit einem für die späte Stunde erstaunlichen Enthusiasmus. »Die Tische sind fast leergefegt, und Ihren Schokoladenbrunnen finden alle sensationell.«

»Oh, erzählen Sie mir nichts von diesem monströsen Ding.«

»Warum? Ich finde den Brunnen wunderbar und die Tintenfischskulptur ist echt beeindruckend.«

»Es ist ein Krake.«

»Ein was?

»Ein Riesentintenfisch.«

»Wie auch immer, jedenfalls finden es alle superlustig.«

»Sie haben viele gute Eigenschaften, Ursula, aber keinen guten Geschmack. Mit Schokolade treibt man keine Späße. Einem so edlen Produkt wie der Schokolade aus unserem Haus sollte man mit Respekt begegnen. Und sie nicht durch eine idiotischen Disney-Skulptur verschandeln, nur damit sich irgendwelche Kinder amüsieren, die sich offenbar noch immer im analen Stadium ihrer Entwicklung befinden.«

»Aber alle diese Kinder haben ihren steinreichen Eltern gesagt, dass sie zu ihrem Geburtstag auch so einen Schokoladenbrunnen haben wollen.«

Ursula grinst und zwinkert mir zu. Ein Punkt für die Dame mit den hohen Absätzen.

»Ja, schon gut. Sorgen Sie lieber dafür, dass meine Karten überall ausliegen.«

»Ist schon erledigt.«

»Die Kastanienlikör-Pralinen, mit denen Sie sich vollgestopft haben, scheinen Sie ja in Hochform zu versetzen, Ursula.«

»Oh. Woher wissen Sie das?«

»Ich habe gesehen, wie Sie herumgestrichen sind und Ihre kleine Mausenase in die Pralinen gesteckt haben.«

Ursula wird rot und senkt den Kopf in Richtung ihrer schwindelerregend hohen Schuhe.

»Wir haben gut gearbeitet, alles hat prima geklappt. Lassen wir jetzt die Kellner weitermachen, und gehen wir schlafen! Ach, noch eine Sache: Wann fährt morgen mein TGV? Um zehn?«

»10 Uhr 44, Ankunft in Saint-Malo um 13 Uhr 21«, antwortet sie wie aus der Pistole geschossen.

Wenn man in der Gastronomie einen guten Namen und dazu noch eine lange Warteliste hat, geben sich die Kunden besondere Mühe. Diesmal darf ich in einer der Königssuiten des Hotels wohnen, in denen ein geradezu unanständiger Luxus herrscht. Die Nacht wird nicht lang, aber ich genieße die Annehmlichkeiten und das Dekor, eine Mischung aus Rokoko und Moderne.

Um mich von den Ausdünstungen der mindestens hundert Jugendlichen zu erholen, die Kokain schnupfen, Champagner trinken und bereits mit Brustimplantaten ausgestattet sind, nehme ich eine Dusche und falle anschließend aufs Bett. Ich denke an den nächsten Tag und finde meine Idee alles andere als lächerlich. Dabei ist sie es. Warum fahre ich dorthin? Was will ich da? Seit Catalina mir ihre Geschichte erzählt hat, denke ich immer daran, dass ich mir das alles ansehen möchte. Ich glaube, meine Wut auf die, die ihr das angetan haben, muss mit der Wirklichkeit konfrontiert werden. Untreue und Lügen kommen im Leben immer wieder vor, aber im Fall von

Catalina Palazzo scheinen sie mir besonders übel zu sein. Dort, wo ich herkomme, ist es ganz einfach: Man liebt, man bleibt, man liebt nicht mehr, man geht. Ein Doppelleben zu führen, ist ein Zeichen von Charakterschwäche, die Unmöglichkeit, sich zu entscheiden, ist noch schlimmer, und es ist unreif zu glauben, dass zwei Beziehungen, die man gleichzeitig führt, einen auf Dauer weiterbringen. Wenn man im Schatten agiert, bedeutet das, man hat Angst, sich im Licht zu zeigen.

Was für ein Idiot!

Dieser Gedanke geht mir seit der Nacht, in der Catalina und ich uns unterhalten haben, im Kopf herum. Ich bin zu einem eher altmodischen Mann erzogen worden, und mein Gefühl sagt mir, ich muss diesen Kerl finden und in der Luft zerfetzen. Das ist zwar völlig irrational, aber allein die Aussicht tut mir gut. Vielleicht hätte ich Catalina in den Tagen nach unserer nächtlichen Begegnung aufsuchen sollen. Hat sie das von mir erwartet? Wäre es zu früh gewesen? Als ich sie am nächsten Tag auf der Terrasse gesehen habe, schien sie so erschrocken, dass ich in meinem Schwung gebremst wurde. Ich hätte den ersten Schritt machen und ihr zeigen sollen, dass alles ist wie immer.

Ist das so?

Ich stehe auf, gieße mir einen Whisky aus der Minibar ein und trinke ihn in einem Zug. Manchmal hilft das gegen meine Schlaflosigkeit, und ich falle in die Arme des Faulpelzes Morpheus.

Erst sieben Stunden später wache ich auf und bin überrascht. Ein Wunder ist geschehen. Ich fühle mich gut und nehme die

Beleidigung gegen Morpheus zurück. Rasch ziehe ich mich an, mache meinen Koffer zu und rufe die Rezeption an, damit man mir ein Taxi zum Bahnhof bestellt. Ich bewege mich unauffällig durch den Flur, denn ich habe nicht die geringste Lust, den Eltern der verwöhnten Prinzessin zu begegnen, und noch weniger Lust, mit ihnen zu reden.

Ich bin etwas zu früh am Bahnhof, trinke einen Kaffee im *Train bleu*, der zwar nicht besonders gut ist, aber ich mag die komfortablen Sessel dort und kenne den Chef der Patisserie.

Dann steige ich in den Zug. Normalerweise werde ich durch das Rattern der Räder schläfrig. Glücklicherweise muss ich beruflich viel reisen und kann auf diese Weise meinen chronischen Schlafmangel ein bisschen ausgleichen.

Etwa drei Stunden später erreiche ich den Bahnhof von Saint-Malo. Nach dem, was mir Catalina erzählt hat, ist es nicht schwierig, die Adresse einer Patisserie zu finden, die vor sieben Monaten eröffnet worden ist, und zwar von einer jungen Frau, die den Titel »Beste Patissière Frankreichs« trägt. Die Lokalpresse hat darüber begeistert berichtet, und es gab viele Artikel dazu, die im Internet leicht zu finden sind. Ich mache mich ins Zentrum der Altstadt auf. Eine Weile streife ich durch die im Internet angegebene Straße und finde schließlich die richtige Hausnummer.

Ich lächele, ein strahlendes Lächeln. Der Anblick lässt mein Herz höher schlagen, wie die Geschichten von König Artus und seiner Tafelrunde, die ich als kleiner Junge so gern las. Die Auslagen des Ladens sind leer, dahinter sehe ich eine Baustelle. Drei Arbeiter sitzen auf Kisten, verschlingen riesige Sandwichs und hören dazu Rockmusik.

Ich spähe durch die Fenster und schaue, ob vielleicht irgendwo noch ein Hinweis auf Catalinas Traum-Patisserie zu finden ist. Aber es ist nichts mehr da, da stehen nur Leitern, Kisten mit Elektromaterial und Rigipsplatten. Der Boden ist weiß von Staub. Da ich eine Weile vor dem Laden stehe und den Arbeitern offenbar verdächtig vorkomme, ruft einer von ihnen mir durch die geöffnete Tür zu:

»Kann ich Ihnen helfen, Monsieur?«

»Tut mir leid, ich wollte nicht stören, aber war hier nicht früher eine Patisserie? Oder wird sie nur umgebaut?«

Der Arbeiter scheint nicht recht zu wissen, wovon ich rede, und fragt einen seiner Kollegen. Der kaut mit vollen Backen an seinem Sandwich, und ich fürchte, er wird nicht rauskommen, um mit mir zu reden.

»Doch«, ruft er schließlich weiterkauend und nickt ein paar Mal, »aber die hat vor einem Monat zugemacht. Hier kommt jetzt ein Friseur rein.«

»Aha. Sind Sie von hier?«

»Ja, ich wohne in der Gegend, deshalb weiß ich es. Meine Frau fand die Deko immer so super. Ich weiß nicht genau, was passiert ist, das war eigentlich eine super Konditorei, mit einer preisgekrönten Konditorin. Das hat meine Frau jedenfalls gesagt. Aber dann war es wohl doch nichts so Besonderes. Hier ist die Konkurrenz zwischen den Geschäften groß. Für uns ist es gut, auf diese Weise haben wir immer genug zu tun. Kannten Sie die früheren Besitzer?«

»Ja, deswegen wollte ich mir gern ihren Laden ansehen.«

»Na ja. Wie's aussieht, haben die sich nicht lange gehalten, so ist das hier.«

»Nicht jeder versteht was vom Geschäft.«

»Das kann man wohl sagen«, sagt mein neuer Freund und greift nach seiner Bierflasche.

»Danke für die Info, und alles Gute weiterhin.«

Sie winken mir zum Abschied und holen sich dann neue Getränke aus einem Kühlschrank.

Ich gehe zum Bahnhof und habe das Gefühl, dass die Welt wieder in Ordnung ist. Ich weiß, dass an meinen Überlegungen nichts logisch ist, noch weniger an meinen Empfindungen, aber vielleicht kann ich ihr mit dieser Neuigkeit helfen, ihren Kummer zu vergessen.

Bei diesem Gedanken wird mir etwas leichter ums Herz.

KAPITEL 24
PATISSERIE PALAZZO

Meine Beine baumeln über der Klippe, ich befinde mich in schwindelnder Höhe. Der Himmel und das Meer mit dem prächtigen Blau sind so schön, das es beinahe wehtut. Der heiße Wind hier oben auf der Klippe umgibt mich wie eine Stola. Ich breite die Arme aus, fühle mich leicht, ich könnte fliegen.

Ich hatte den Zauber dieser Insel vergessen, wusste nicht mehr, wie sie auf Leib und Seele wirkt. Nach und nach kehren die Empfindungen meiner Kindheit zurück. Die liebevolle Wärme der Sonne, der salzige Wind, der Geruch der Blumen, der Sand, die Kiesel, Felsen und Muscheln. Als Kind war mir nicht klar, wie wichtig das alles ist, aber heute weiß ich es. Die hohen Felsen des Archipels von Lavezzi, das klare Meer vor Bonifacio, die weißen Klippen, die spitzen Felsen von Bevella oder der elegante Schatten der Sanguinaire-Inseln, ich hatte alles vergessen.

Ich habe Charlotte und Marc-Antoine ein paar Anweisungen hinterlassen, ein paar kleine, einfach zu backende, Rezepte und habe ich mich auf den Weg in die Gegend meiner Kindheit gemacht. Nur für drei Tage, aber in diesen drei Tagen soll alles anders werden.

Ich habe mich beim Abschied nicht einmal umgedreht. Und hatte auch keine Angst, meinen beiden Freunden die Patisserie zu überlassen. Ich wollte so viel Luft wie möglich in meine Lungen bringen, weil ich das unbedingt brauchte. Das haben Charlotte und Marc-Antoine verstanden, sie reagierten völlig gelassen und haben mich zuletzt geradezu gebeten, wegzufahren. Vielleicht konnte man mir ansehen, wie sehr ich frische Luft brauche.

Ich atme tief ein, stoße die Luft wieder aus und stelle mir dabei vor, wie alles, was mich belastet, meinen Körper verlässt. Der Sauerstoff reinigt mich, die Sonne brennt alles Schlechte aus. Dies ist mein Neuanfang, meine Wiedergeburt, mein Sprungbrett in ein anderes Leben. Noch einmal nehme ich all meinen Mut zusammen.

Dann beuge ich mich nach vorn und stoße mich ab. Ich springe, und mein Kummer bleibt oben auf der Klippe, alles fällt von mir ab, während ich nach unten falle. Der Sprung kommt mir endlos lange vor, als geschähe alles in Zeitlupe. Ich habe keinerlei Angst, sondern Vertrauen in das Meer und das Salz. Ich kehre zu meinen Ursprüngen zurück.

Mit einem harten Aufschlag lande ich im warmen Wasser und tauche unter. Ich war nie eine gute Schwimmerin, vielleicht war es nicht die beste Idee, von so hoch oben zu springen, aber es musste sein. Als ich unter Wasser bin, frage ich mich, ob ich rechtzeitig nach oben komme, um Luft zu holen. Ich rudere mit Armen und Beinen, mir dreht sich alles im Kopf.

Dann überkommt mich eine tiefe Ruhe, ich bewege mich zwischen zwei Welten, zwei Zeiten. Es gibt kein Gestern mehr, das Morgen hat noch nicht angefangen, nur das Heute hat einen Sinn. Es gibt keine Halbheiten mehr, ich bin ein Ganzes, ein Geschöpf des Universums. Ich bin ich.

Dann stoße ich mit dem Kopf durch die Wasseroberfläche, ich reiße den Mund auf, um nach Luft zu schnappen, und es ist, als sei dies mein erster Atemzug. Meine Brust weitet sich. Meine Augen sehen die Welt, und meine Haut fühlt sich ganz neu an.

KAPITEL 25

PATISSERIE & CHOCOLATERIE

Als ich nach meiner dreitägigen Rundreise zurückkomme, stellen Charlotte und Marc-Antoine fest, dass etwas an mir anders sei, auf meinem Gesicht sei »eine Art Leuchten« und in meinen Augen eine neue Lebendigkeit. Sie fragen sich, was ich wohl gemacht, ob ich vielleicht jemand kennengelernt habe. Ich kann ihnen ja kaum erklären, dass ich mir selbst begegnet bin. Ich habe also nur gelächelt und erzählt, die schöne Landschaft habe mir gutgetan und ich fühlte mich wie neugeboren.

Die Arbeit in der Patisserie hat mir kaum Zeit gelassen, weiter über das Leben nachzudenken. Nach einer Stunde sind Marc-Antoine, Charlotte und ich schon wieder mit Kuchenteig und karamellisierter Ananas-Mousse beschäftigt und kommen zu nichts anderem mehr, bis der Laden schließt.

Als Marc-Antoine mit der Abrechnung fertig ist, atme ich erleichtert auf, gehe zu ihm und stütze mich auf der Theke auf.

»Ich bin froh, dass bald September ist und wir ein bisschen durchatmen können!«

»Bis zum 15. wird noch viel los sein«, entgegnet mein Cousin, während er sorgfältig seine Kasse sauber macht. »Ich habe die anderen Ladenbesitzer gefragt.«

»Warum?«

»Um unsere finanziellen Aussichten zu analysieren.«

»Marc-Antoine, von Finanzen verstehe ich nicht das Geringste. Du könntest ebenso gut mit einem Hamster reden.«

»Ich habe mal eine Aufstellung gemacht, wie hoch unsere Kosten für Personal und Zutaten sein werden, und zwar auf der Basis des durchschnittlichen Einkommens der letzten Zeit und der Einschätzung dessen, was wir künftig verdienen, gemessen am Verdienst vergleichbarer Läden. Für das erste Jahr beruht das alles natürlich eher auf Hypothesen, denn wir verzeichnen ja keinen Rückgang, aber so haben wir eine bestimmte Vorstellung, wie es aussehen wird, und so können wir Ausgaben und Gewinn besser in Einklang bringen.«

Mein Gehirn hat Mühe, ihm zu folgen.

»Hast du das alles allein gemacht?«

»Ja, also, die Software der Kasse hat es gemacht. Man muss nur die richtigen Parameter eingeben. Wusstest du nicht, dass die Kasse das kann?«

Ich schüttele den Kopf.

»Warum hast du dir dann so eine Kasse gekauft?«

»Weil sie gut aussah und schöne Tasten hat.«

»Das stimmt.«

Dieser Junge verblüfft mich immer wieder. Den ganzen Tag managt er den Laden, folgt meinen Anweisungen und macht die Abrechnungen. Ich frage mich, wie er das alles schafft und dabei so ruhig bleibt. Seine Ruhe erinnert mich an die Oberfläche eines stillen Sees, und ich frage mich manchmal, in welchen Tiefen er seine Gefühle verbirgt. Es gibt immer Stellen, an denen Seen tiefer sind.

Nachdenklich sperre ich die Tür vom Laden zu und will danach noch ein paar Einkäufe machen – schließlich kann ich mich ja nicht nur mit Resten von Rhabarberkuchen und Schlagsahne mit Minzaroma ernähren. Gegenüber werden bei der Chocolaterie Castelli ebenfalls die Läden heruntergelassen.

Aus sicherer Quelle weiß ich – Dominique hat es mir erzählt –, dass er und sein Bruder in Paris sind, wo sie irgendeine mondäne Veranstaltung haben. Während ich mir die Auslagen der Schokoladenmanufaktur anschaue, überkommt mich ein seltsames Gefühl – so als blickte ich in eine große, leere Muschel. Ich kann mir einfach nicht vorstellen, dass Luca irgendwo anders ist als in seinem Laden. Er gehört zu diesem kleinen Ort und Sartène braucht ihn. Vielleicht liegt es am schwindenden Licht der Sonne, die gerade am Horizont verblasst, dass der Laden mir plötzlich düsterer vorkommt als sonst und ein bisschen verlassen.

Der Inhaber des kleinen Supermarkts begrüßt mich, und wir tauschen ein paar Höflichkeiten aus. Ich komme immer zur selben Zeit mit den gleichen Einkäufen an seine Kasse, und so kennt der alte Mann meine Gewohnheiten. Sicher findet er den Inhalt meines Korbs ein bisschen traurig – es ist meistens nicht sehr viel drin –, deshalb streife ich durch die Regale auf der Suche nach etwas, das den Abend ein bisschen festlicher gestalten kann.

Und dann stehe ich ihm plötzlich gegenüber. Wir sehen uns eine ganze Weile schweigend an, und auch wenn das Ganze etwas von einem Déjà-vu hat, scheint doch alles verändert. *Wir* haben uns verändert.

»Das Einfachste wäre jetzt sicher, wenn wir uns gegenseitig fragen, wie es uns geht«, schlägt Luca vor, und seine Mundwinkel zucken.

»Sehr gute Idee. Wie geht es Ihnen?«

»Gut, und Ihnen?«

»Auch gut.«

»Das ist schön.«

Wieder schweigen wir. Ich kann mir diese Lähmung, die mich befallen hat, kaum erklären, zumal es zwischen uns doch keine Unstimmigkeiten mehr gibt. Und da stellt sich natürlich die Frage: Was gibt es denn überhaupt zwischen uns?

Schließlich räuspere ich mich und frage:

»Und wie war Paris?«

»Oh, diese Stadt hält sich noch immer für besser als alle anderen.«

»Ja, sie ist ein bisschen überheblich, das stimmt. Und wie ist der Abend gelaufen?«

»Die Kundin war zufrieden. Aber sie ist sechzehn und ab neun Uhr morgens ist ihr Arbeitsspeicher schon voll.«

»Aber es ist gut gelaufen.«

»Wir schließen gleich!«, ruft der Händler ungeduldig.

Wir zucken zusammen und sehen uns verschwörerisch an.

»Also, ich werde jetzt noch einen kleinen Spaziergang machen, bevor ich nach Hause gehe, sonst geht der Arbeitstag zu schnell in den Feierabend über«, sagt Luca obenhin.

»Ja, um diese Zeit ist es nicht mehr so heiß, und dann ist es draußen recht angenehm.«

»Und da man sich unter Nachbarn gegenseitig beistehen sollte, schlage ich vor, Sie begleiten mich.«

Nichts hindert mich daran, seinen Vorschlag anzunehmen, ich möchte jetzt nicht allein sein.

»Gern.«

Schweigend schlendern wir durch die engen, verwinkelten Gassen von Sartène. Aber es ist eine angenehme, keine peinliche Stille. Ich weiß nicht, was er empfindet, aber mich überkommt ein Gefühl von heiterer Gelassenheit. Es ist schön, so nebeneinander herzugehen, ohne dass wir uns berühren. Eine leichte Erregung erfasst mich, und ich muss lächeln.

Dann geraten wir in eine der vielen für Sartène typischen Sackgassen und landen auf einem kleinen Platz, an dem drei Häuser zusammentreffen. Luca schlägt vor, dass wir uns auf eine Bank setzen. Ich vermute, er will mit mir über die andere Bank von neulich Abend sprechen. Bei dem Gedanken wird mir etwas mulmig, aber ich weiß, dass das Gespräch zu etwas führen wird.

»Wie geht es dir denn jetzt, Catalina?«

Ich zittere ein wenig. Dass er mich duzt und meinen Vornamen benutzt, muss Teil seiner Strategie sein. Er redet nie so einfach drauflos. Und nun kommt er auf mich zu, will in meine Privatsphäre eindringen, die ich nur mit ganz wenigen Menschen teile. Seine Vertraulichkeit irritiert mich, andererseits bin ich froh, dass er die Initiative ergreift, denn ich hätte es nicht gekonnt.

»Besser, viel besser. Ich möchte dir noch mal danken, dass du mir einfach zugehört hast, ohne über mich zu urteilen. Was du mir in dieser Nacht gesagt hast, war genau das, was …«

Ich breche ab. Wie kann ich nur so frei heraus reden?

Das ist Luca Castelli, bring nicht alles durcheinander!

»War genau *was*?«

Er lässt nicht locker, na schön.

»Es war genau das, was man in einer solchen Situation hören möchte. Frauen in meiner Lage, die so etwas erlebt haben ... Solche Worte würde man gern von Nahestehenden hören oder von seinem ... Partner.«

»Eigentlich sollte es normal sein, dass ein Mann so etwas zu der Frau sagt, die er liebt«, erklärt er ernst und schaut mich dabei an. »Du hattest einfach Pech, dass du an ein Exemplar geraten bist, dessen Einstellung zum Leben offenbar ganz anders war als deine. Das kommt vor.«

»Ich dachte immer, alles läge an mir und meiner Unzulänglichkeit, aber vielleicht habe ich mich von Anfang an in ihm getäuscht. Ich dachte, wir passen zusammen, und das taten wir auch – so lange jedenfalls, wie das Leben einfach war und es keine Probleme gab. Als es dann schwierig wurde und wir zusammenhalten mussten, hat sich gezeigt, wie verschieden wir eigentlich waren. Je mehr ich darüber nachdenke, desto klarer wird mir, dass sich erst in schwierigen Zeiten herausstellt, ob zwei Seelen verwandt sind. Wenn alles einfach ist, kann einem jeder als verwandte Seele erscheinen. Erst wenn man durch die Hölle gegangen ist, weiß man, ob man alles mit dem anderen meistern kann, und vor allem, ob man es gerade mit diesem Menschen tun möchte.«

»Du musstest gleichzeitig mit zwei Tiefschlägen fertigwerden – du hast mehrmals ein Kind verloren und dann auch noch deinen Partner. Aber ihr habt euch nicht getrennt, weil es Tragödien gab, sondern weil er nicht der Mann deines Lebens war. Und da eure Trennung nichts mit der Kinderlosigkeit zu tun hatte, kannst du deine Schuldgefühle getrost vergessen.«

Ich nicke nachdenklich.

»Weißt du, ich bin ihm immer noch böse. Nicht mehr so wie früher, selbst wenn ich ihm seinen Verrat immer noch nicht verzeihen kann. Aber ich akzeptiere seine Entscheidung. Es war feige, mich zu betrügen und darauf zu warten, dass ich es herausfinde. Aber vielleicht hat uns das ja auch gerettet. Er wird mit Isa glücklich, weil er mit ihr eine Familie haben kann. Und ich muss mein Leben in die Hand nehmen und damit klarkommen, dass ich wahrscheinlich nie eine Familie haben werde. Anders geht es nicht. Ich muss meinen Weg finden – und es gibt ja nicht nur einen einzigen, oder?«

»Natürlich nicht, und solange man lebt, kann man nach der verwandten Seele suchen und sie auch finden.«

Er redet in sanftem und zugleich feierlichem Ton. Ich freue mich über die Ernsthaftigkeit, mit der er über etwas redet, das mich betrifft – als wären meine Probleme die wichtigste Sache der Welt. Ich sehe ihn an, sein Gesicht, das im Halbdunkel ebenmäßig und markant aussieht. Es drückt mehr Feingefühl aus, als ich ihm zugetraut hätte.

»Und du, bist du auch noch auf der Suche nach einer verwandten Seele?«

Ich bedauere nicht, ihm diese Frage gestellt zu haben, denn ich möchte gern wissen, wie es bei ihm aussieht.

»Ich hoffe jeden Tag, dass ich ihr begegne«, antwortet er leise, »und ich bin mir ganz sicher, dass ich sie finden werde. Das Alleinsein gefällt mir ganz und gar nicht. Ich lebe schon zu lange so.«

Unsere Knie berühren sich zufällig, und mich überkommt ein leiser Schauer. Alles um uns herum ist friedlich und still, es ist, als befänden wir uns in einem weichen, warmen Kokon. Ich wünschte, dieser Moment, in dem wir uns einfach nur anschauen, würde immer weiter andauern. Auge in Auge zu sein, ihm einfach nur nahe zu sein, schenkt mir ein stärkeres Gefühl von Zusammengehörigkeit als die letzten Umarmungen von Alex.

»Ich muss dir etwas gestehen«, sagt er plötzlich und breitet seine Arme auf der Banklehne aus. »Ich habe nach dem Event in Paris noch einen Abstecher nach Saint-Malo gemacht.«

Ich richte mich überrascht auf.

»Was?!«

»Ja. Ich war so wahnsinnig wütend auf deinen Ex, mehr als ich mir eingestehen wollte. Hätte ich ihn zu fassen gekriegt, hätte ich dem Kerl womöglich eine reingehauen. Das ist natürlich lächerlich, du brauchst ja keinen, der dich rächt. Aber ich wollte den, der dir das alles angetan hat, einfach mal sehen.«

Nie hätte ich gedacht, dass Luca nach Saint-Malo fahren würde, nur um mehr über das zu erfahren, was ich ihm im Zustand tiefster Betrunkenheit erzählt habe. Ist Luca Castelli zu spontanen Handlungen fähig? Ich muss lächeln.

»Und – hast du meine Patisserie gesehen?«

»Nein.«

Ich weiß nicht, ob ich enttäuscht oder erleichtert bin. Meine Gefühle, was meinen ersten Laden angeht, der für mich wie ein Baby war, sind noch unausgegoren. Ich bin noch mitten im Trauerprozess.

»Es war sicher nicht leicht, ohne die Adresse zu haben.«

»Oh, die herauszufinden, war ganz einfach. Das Internet ist ja voll von Artikeln über die Eröffnung der Patisserie. Aber es gibt den Laden nicht mehr.«

»Was, wieso denn das?«

»Vor einem Monat hat er zugemacht, und ein Friseur hat den Laden gekauft. Dort wird gerade alles umgebaut.«

»Bist du sicher, dass es der richtige Laden war?«

»Ja, die Arbeiter haben es mir bestätigt. Offenbar waren die Kuchen und Torten wohl doch nicht so gut wie angekündigt, und so hat sich der Laden nicht gehalten.«

Ich fasse es nicht. Und dann denke ich, dass es doch so etwas wie Gerechtigkeit gibt. Diese Patisserie war mein Projekt, alles hatte mit meinen Produkten zu tun, und sie wollten mir weismachen, dass man jeden noch so guten Patissier ersetzen kann, dass meine Torten-Kreationen gar nicht so etwas Besonderes sind und jeder halbwegs versierte Konditor so etwas hinbekommt. Sie hatten mich fast davon überzeugt, dass mein handwerkliches Feingefühl und die Leidenschaft, die ich meinen Kuchen und Törtchen entgegenbringe, nicht zählen.

Aber es geht nicht nur um die Abarbeitung von Rezepten. Es geht um kleine Wunder, die man nicht auf Anfrage herstellen kann und die das Werk eines Schöpfers sind. Um die hohe Kunst der Patisserie.

»Danke, dass du dort warst und mir davon erzählt hast. Ich sollte mich eigentlich nicht darüber freuen, aber ich kann nicht anders.«

»Warum auch nicht? Sie haben dir deine Ideen gestohlen, für die du so lange gearbeitet hattest. Eigentlich müsstest du einen Freudentanz aufführen.«

»Okay, das tue ich, sobald ich zu Hause bin.«

»Das würde ich gern sehen.«

Mein Herz beginnt heftig zu schlagen. Ich bin selbst überrascht über meine Reaktion und kann gar nichts mehr sagen, weil mich zu viele Emotionen überschwemmen.

Luca lächelt, ich spüre seine Finger in meinem Nacken, dann an meinem Ohr und meiner Wange. Seine Berührungen elektrisieren mich. Meine Hände strecken sich ganz von selbst nach ihm aus. Sie fahren an seinem Oberkörper entlang, und ich stelle mir die Haut unter seinem T-Shirt vor. Unsere Körper nähern sich an, neigen sich einander zu. Ich spüre sein Herz, das gegen meine Schläfe pocht. Er beugt sich zu mir herunter, und wir sehen uns an. Als seine Lippen meine berühren, schließe ich die Augen und gebe mich ganz meiner Lust hin, die durch alle meine Adern zu fließen scheint.

Unser Kuss wird heftiger, weniger scheu ... nein, scheu war er noch nie. Es ist, als hätten wir auf diesen Augenblick gewartet, als hätte uns alles zu dieser Begegnung unserer Körper hingeführt. Alle Ereignisse erhalten ihren Sinn in der Wärme seines Mundes auf meinem und seiner Hände in meinem Haar. Er ist sich seiner selbst sicher, wie ein Castelli es sein muss, sein Kuss wird fordernd, und ich bin nicht in der Lage, ihm irgendetwas zu verweigern. Seufzen mischt sich in die Ungeduld, und mein Körper erkennt in seinem die Lust, die uns zusammenhält. Wir halten uns umschlungen und haben das Gefühl, von einer Mauer umgeben zu sein, und jeder Kuss, jede Zärtlichkeit ist ein weiterer Stein für unseren Schutzwall.

KAPITEL 26

PATISSERIE & CHOCOLATERIE

Ich weiß nicht mehr, wer auf die Idee gekommen ist, aber heute Abend sind Luca und ich beide in seiner Küche. Wir sind sehr aufgeregt, denn wir wollen gemeinsam ein Rezept entwickeln. Dass er mich in seine Küche eingeladen hat, die das Zentrum seines Königreichs und sein Lebenszweck ist, bedeutet für mich, dass er mich in seine Welt lässt. Das ist erstaunlich, wenn man bedenkt, wer er ist, und ich kann gar nicht beschreiben, wie ich mich freue, ihn in der Umgebung kennenzulernen, die er mehr als alles andere liebt.

Vor ihm kannte ich nur einen Mann, nämlich Alex. Zuerst in der Mittelstufe, wo wir noch sehr albern waren, dann in der Oberstufe, wo wir unsere Sinne entdeckten. Und so wurde aus einer platonischen Beziehung eine körperliche, sobald unsere Körper dazu bereit waren.

Ich dachte damals, Sexualität sei die höchste Form der Nähe zwischen zwei Menschen. Körperliche Liebe heißt, sich dem anderen ganz hinzugeben, ohne Vorbehalte, ihm die eigene Seele zu offenbaren. Mit anderen Worten: Sexualität war für mich nie etwas Oberflächliches und immer mit Gefahr verbunden.

Luca zu lieben ist etwas Wunderbares. Ich hatte gedacht, meinen Körper mit dem eines Fremden verschmelzen zu lassen, mich in der Aufmerksamkeit eines Mannes wiederzuerkennen, mich einem neuen Rhythmus anzupassen, würde mich ganz nervös machen. Doch dann war alles ganz einfach und natürlich, so als hätten wir es schon immer gemacht.

Aber jetzt sehe ich die Dinge so: Diesen Mann körperlich zu lieben, war nur das Vorspiel. In dieser Nacht heute, mit Mehl an den Händen, zwischen dunklem Kakaopulver und ausgepressten Früchten, werden wir uns erst richtig kennenlernen. Dies ist unser Tanz, die Verbindung, die wir zwischen uns erschaffen wollen, eine ganz andere Nähe, die zu der ersten hinzukommt.

»Bist du bereit?«, fragt er, und seine Augen glitzern.

»Mehr denn je!«

Mein Herz schlägt heftig. Ich sehe unter seinem verrutschten T-Shirt ein Stückchen Haut, sein zerzaustes Haar fällt ihm in die Stirn, die Muskeln an seinem Hals vibrieren vor Begeisterung – so begehrenswert war Luca noch nie.

»Sag mir, was du magst«, fragt er lustvoll.

»Krokantschokolade und Feuillantine, geschmolzene Schokoladen mit hauchdünnen Crêpestückchen.«

»Und dazu?«

»Etwas Flüssiges, Leichtes ...«

»Welche Frucht?«

»Mango.«

Er hält inne und sieht mich intensiv an. Zum ersten Mal lese ich in ihm etwas wie Freude, und das verändert seine ganze Person. Luca fasst mich um die Taille und küsst mich leidenschaftlich.

»Das ist für die Mango.«

Er nimmt ein Blatt und einen Bleistift und entwirft in irrer Geschwindigkeit eine Skizze. Ich sehe, dass er zeichnerisch begabt ist, und schaue zu, wie eine Form entsteht.

Ich weiß nicht, was es wird.

»Ein Karussell?«

»Was meinst du dazu? Wir fangen an mit schwarzer Schokolade und dazu Crêpes, ich forme einen Sockel und drei Säulen, um das Dach abzustützen.«

»Finde ich wunderbar, ich könnte dazu eine Mangomousse mit einem Hauch Zitrone machen. Wir brauchen etwas Schmackhaftes und Süßes, mit einem Stück Butter, das alles abrundet. Warum nicht ein paar Schichten oder Stücke von bretonischem Sandplätzchen? Das Bittere der schwarzen Schokolade, die Süße der Mangomousse und das Knusprige der Plätzchen!«

Ein Leuchten überzieht sein Gesicht.

»Fangen wir an? Hast du Mangos?«

»Ja, in meinem Laden, ich laufe schnell rüber.«

»Ich glaube, um diese Zeit triffst du niemanden an, aber zieh dir besser etwas über.«

Mir wird wieder bewusst, dass ich nur meinen Slip und ein Hemdchen anhabe.

»Oje – wenn man mich halb angezogen bei dir herauskommen sähe, was für eine Provokation!«

»Die Leute würden einen Herzstillstand kriegen. Nun ja, wenn es die Richtigen treffen würde …«

»Luca!«

»Nur so eine Idee.«

Ich schlüpfe in meine Jeans, die hinter der Theke des Schokoladengeschäfts liegen, und laufe hinüber in meinen Laden. Ich bin so aufgeregt. In fiebriger Hast raffe ich alles zusammen, was wir gebrauchen könnten, und laufe wieder zurück.

Als ich die Küche betrete, ist er schon bei der Arbeit. Die ersten Schokoladen schmelzen bereits im Wasserbad, und er rührt sie in präzisem Rhythmus um, damit eine glatte und feste Masse entsteht. Mit sicheren Handbewegungen, die er schon Millionen Mal gemacht haben muss, stellt er dann feine durchbrochene Crêpes für die Feuillantine her. Der Duft karamellisierter Kakaobohnen erfüllt die Küche und weckt mir die Sinne.

»Mademoiselle Palazzo, haben Sie vor, hier zu arbeiten, oder sind Sie nur hier, um mich abzulenken?«

»Ich bin da, um mit dem Patron zu schlafen.«

»Dann muss ich mich aber beeilen.«

»Ich trockne in der Zeit meine Haare.«

Ich gehe zum Herd hinüber, breite meine Zutaten aus und bereite den Keksteig und die Mousse zu. Zum letzten Mal war ich so konzentriert, als es um den Titel der Besten Konditorin Frankreichs ging. Ich will auf Augenhöhe mit ihm sein, meine Arbeit soll perfekt zu seiner passen. Als müsste der Gleichklang unserer Kochkünste unsere Beziehung bestätigen. Wir haben noch nicht darüber gesprochen, aber wenn unsere Liaison bekannt wird, wird im Städtchen eine Bombe hochgehen.

Wir arbeiten in klösterlicher Stille. Während ich mit dem Rührgerät den Teig knete, beobachte ich Luca, der mit Hilfe von Feuer und Eis seine Masse formt. Ich sehe seine Hände, die die sämige Schokolade mischen, bewegen, härten. Dann beginnen wir, unser Karussell aufzubauen.

»Du bist dran«, sagt er leise und zeigt auf das Schokoladengerüst.

Ich hole tief Luft und baue vorsichtig meine Mangomousse und die Kekse ein. Als unser Werk vollendet ist, treten wir voller Bewunderung einen Schritt zurück.

»Nicht schlecht«, sagt er mit leuchtenden Augen.

»Ja, nicht schlecht.«

Zuerst wollen wir nicht probieren, um den Zauber nicht zu zerstören, doch die Neugier ist stärker. Wir setzen uns einander gegenüber, das Karussell zwischen uns. Wir kosten im selben Moment ein Stück und sehen uns dabei in die Augen. Die Zeit verlangsamt sich, es ist ein unbeschreiblich intensiver Moment der Gemeinsamkeit. Wir sitzen beide hier, ohne Maske, ungeschminkt, so wie wir sind, das Herz splitternackt. Wenn man Sinnlichkeit beschreiben wollte, dann wäre es dieser Moment. In dem er auf meinen Mund schaut und ich mit der Zunge die Schokolade von meinen Lippen lecke. In dem unser Einvernehmen die Atmosphäre so sehr bestimmt, dass es kaum auszuhalten ist. Alle meine Sinne nehmen seine Gegenwart wahr und richten sich ganz auf ihn, nur auf ihn.

Ich weiß nicht, was aus uns werden wird, wenn wir uns morgen noch umarmen oder zusammen weitere Kreationen erfinden, aber eins weiß ich: In dieser Nacht bin ich von Luca tiefer durchdrungen, als ich es mir jemals vorstellen konnte.

KAPITEL 27
PATISSERIE PALAZZO

Die Tür zur Küche steht offen, und mir ist ein bisschen kalt. Der September geht zu Ende, sein Vergehen kündigt die kommenden Monate an, in denen die großen Feste, Weihnachten und Silvester, stattfinden. Ich freue mich immer, wenn Weihnachten näherrückt, diese Zeit inspiriert mich mehr als alle anderen Zeiten im Jahr. Ich habe die Winterrezepte lieber als die anderen, sie sind reichhaltiger, ergiebiger, ungehemmter. Ab Oktober ist es einem egal, ob man in einen Bikini passt, der Körper braucht Fett für die Winterkälte.

»Die Karussells waren im Nu weg«, sagt Charlotte, als sie in die Küche kommt. Wir haben sie seit drei Tagen in der Vitrine, und die Leute kommen und kaufen sie, weil ihnen jemand davon erzählt hat. Ich frage mich, ob die Version mit weißer Schokolade, die sie bei Castelli verkaufen, ebenso gut ankommt wie unsere dunkle.

Unsere Beziehung halten wir immer noch geheim. Wenn wir in seiner Wohnung oder in der Küche der Schokoladenmanufaktur sind, sind wir hinter undurchdringlichen Wänden verborgen. Dann sind wir nur *wir zwei*, und das gibt es nur in diesen Räumen und zu nächtlicher Stunde. Morgens geht es zu

Ende und bei Sonnenuntergang kommt es zurück. Bei diesen heimlichen und verborgenen Treffen lernen wir etwas voneinander, ohne je über das zu reden, was zwischen uns geschieht.

Was geschieht denn eigentlich zwischen uns?

»Bitte sag mir, dass es noch ein Tablett mit Karussells gibt«, fleht Charlotte mich an.

»Ja, dort hinten.«

Ich war mir sicher, dass die Leute es mögen, aber erstaunt war vor allem Marc-Antoine, der keine Kuchen mag, aber Schokolade umso lieber.

»Wunderbar«, sagt Charlotte und nimmt das Tablett, »das ist der Friedensvertrag zwischen dem Castelli- und dem Palazzo-Clan.«

Wir beide haben ja auch viel Energie daran verwendet, um ihn auszuhandeln, denke ich und sage dann:

»Ja, es ist sehr bereichernd, unsere jeweiligen Arbeitsmethoden zu vergleichen. Ich habe schon viel über den Umgang mit Schokolade gelernt.«

»Bist du mit deiner Idee für Weihnachten weitergekommen?«

»Noch nicht allzu weit, aber den Anfang habe ich. Ich lese gerade noch ein bisschen in meinen alten Rezeptheften herum, um mich inspirieren zu lassen.«

»Du findest bestimmt etwas, da bin ich mir sicher. Trink mal eine heiße Schokolade mit Zimt, ich habe eben eine ganze Kanne gemacht«, meint sie noch, bevor sie wieder verschwindet.

Eine gute Idee. Mit einer heißen Schokolade werden in mir Kindheitserinnerungen wach – von einem Kamin in einem kleinen Haus mitten in einem märchenhaften Wald, während vor den Fenstern der Schnee in großen Flocken sanft auf die

Erde fällt. Es gibt nichts Besseres, um sich zu entspannen, auch wenn dieses Bild mit der Landschaft Korsikas wenig gemein hat. Ich nehme meine Hefte und mache mir Notizen. Wenn ich so in Gedanken versunken bin und in mich gehe, um mir einen neuen Kuchen auszudenken, vergesse ich alles um mich herum, die Zeit, den Ort. Ich bin in einem wunderbaren Anderswo. Ich bin ganz bei mir.

»Guten Tag, Catalina!«

Was ist denn jetzt schon wieder los?

Als sie mir ein Karussell unter die Nase hält, weiß ich, was das Problem ist und dass es Ärger geben wird.

»Kannst du mir das hier erklären?«, fragt sie.

Nein. Weil es dich nichts angeht, denke ich.

Aber ich bin feige und stelle mich lieber dumm.

»Ich verstehe nicht, worauf du hinauswillst, Großmutter.«

»Verkauf mich nicht für dumm, Mädchen. Dieses Gebilde aus Schokolade kommt doch von ihm, oder?«

Ich seufze entnervt und lege meine Hefte beiseite.

»Ja, so ist es.«

Sie sieht mich so fassungslos an, als hätte ich ihr ein Kuchenmesser ins Herz gestoßen.

»Wie konntest du nur? Bist du noch bei Sinnen?«

»Hör zu, Oma. Luca und ich haben festgestellt, dass wir, anstatt uns gegenseitig das Leben schwer zu machen, beide davon profitieren, wenn wir zusammenarbeiten. Und wir haben recht behalten, denn unser gemeinsames Werk ist der absolute Hit.«

»Wie kannst du nur so naiv sein?«, fragt sie mit Donnerstimme. »Hast du denn gar nichts aus deinen Fehlern gelernt?«

»Wie bitte?«

»Muss ich dir wirklich erklären, was jetzt passieren wird? Castelli weiß, wie begabt du bist, er ist ja nicht blöd. Er wird dich und deine Kreativität ausnutzen – genau wie dein ehemaliger Freund. Castelli will seinen Laden vergrößern und auch Patisserie-Ware anbieten, er redet schon seit einiger Zeit davon. Und da kommst du daher mit deinem Können, deinem Mut zu ungewöhnlichen Kreationen, den er nicht besitzt, und ganz zufällig schlägt er dir vor, zusammenzuarbeiten. Du musst doch sehen, in welche Falle du da tappst.«

»Findest du nicht, du übertreibst ein wenig? Mir nützt es doch auch, wenn ich die Techniken eines Chocolatiers beherrsche, und ich kann mein Angebot auch ausweiten. Castelli hat einen großen Namen und mich mit ihm zusammenzutun kann meinem Geschäft nur nützen.«

»Genau das ist es ja, du bist nicht so berühmt wie er. Seine Kunden kennen ihn und vertrauen ihm. Er wird von deinen Ideen profitieren, wenn er sie in seinen Luxushotels präsentiert, und du bist nur der Handlanger. Aber du bist die beste Konditorin Frankreichs, nicht er!«

»Jetzt beruhig dich doch mal! Du witterst überall nur Unrat, weil du offenbar deine Geschichte mit meiner verwechselst. Bist du schon mal auf die Idee gekommen, dass Luca und ich uns gut verstehen und gern zusammenarbeiten wollen? Er ist ein Meister auf seinem Gebiet, und er ist nur deswegen noch nicht als Bester Chocolatier Frankreichs ausgezeichnet worden, weil er nie an einem Wettbewerb teilgenommen hat. Ich kann viel von ihm lernen, aber er auch von mir. Zu zweit sind wir einfach stärker.«

»Ich glaube, du lässt dich einfach nur vom Charme dieses Mannes einwickeln.«

Das trifft allerdings zu.

»Ja und?«

»Das darfst du uns nicht antun, Catalina.«

»Wie meinst du das? Was habe ich denn getan?«

»Du darfst dich nicht mit diesen Leuten verbünden, nicht nach allem, was sie uns angetan haben. Sie werden uns wieder einen Dolchstoß versetzen, du kennst diese Familie nicht so gut wie ich.«

»Ich will jetzt wirklich nicht länger darüber reden, mir reicht es. Diese Querelen haben weder Sinn noch Verstand. Bisher konnte ich nur feststellen, dass alle Schwierigkeiten durch dich und Blanche Castelli entstanden sind. Ich jedenfalls habe Luca nichts vorzuwerfen.«

»*Luca*«, wiederholt sie missbilligend.

»Ja, Luca. Das ist sein Vorname. Ich möchte dich bitten, dass du mich mein Geschäft so führen lässt, wie ich es für richtig halte. Hör bitte auf, mich wie ein kleines Mädchen zu behandeln. Denn das bin ich nicht mehr. Ich habe meinen Laden selbst aufgebaut und verkaufe meine eigenen Produkte.«

»Du vergisst wohl, dass du das alles nur dank deines Großvaters kannst. Du ahnst ja nicht, wie teuer dieser Laden war – gerade wegen der Lage.«

»Ja, wegen der Lage, genau gegenüber von Castellis Schokoladenmanufaktur, nicht wahr? Wie eine gute alte Kriegserklärung. Das hat er sehr geschickt eingefädelt.«

»Wie kannst du so über einen Toten sprechen, ich muss doch sehr bitten! Du solltest deine Vorfahren ehren, Catalina, das ist das Mindeste, und nicht die Geschichte unserer Familie missachten. Willst du wirklich den Traum deines Großvaters zerstören? Er hat sein ganzes Leben darauf gewartet, und wenn deine Mut–«

Sie bricht ab, aber es ist zu spät, ich habe verstanden, was sie vor mir verbergen will.

»Meine Mutter? Es geht also um sie. Du bist ihr immer noch böse, weil sie nach Papas Tod die Insel verlassen hat. Ich war alles, was von ihm blieb, und du hast es ihr nie verziehen, dass sie weggezogen ist. Und jetzt, wo sie gestorben ist, machst du bei mir weiter.«

»So ist es doch überhaupt nicht.«

»Doch, genau so ist es, und hier liegt das Problem. Ihr habt immer befürchtet, dass ich meine Wurzeln vergesse, weil ich in der Bretagne aufgewachsen bin. Weil mich eine Frau aufgezogen hat, die sich von der Familie distanziert hat. In euren Augen bin ich sowieso keine echte Palazzo. Deswegen vertraust du mir auch nicht und überwachst ständig alles, was ich tue.«

»Ich will nur verhindern, dass du alles in den Sand setzt. Ich bin da, um dich zu beschützen.«

»Nein, du überwachst und kontrollierst mich. Anstatt mich machen zu lassen, versuchst du, mich ständig zu beeinflussen, damit ich die Konditorei so führe, wie Opa es im Schilde hatte: als Kampfansage an die Castelli. Sicher bereust du es schon, dass er mir den Laden und das Geld vermacht hat, weil ich in deinen Augen keine würdige Erbin bin.«

Jetzt schweigen wir beide. Ich bin außer mir. Allmählich verstehe ich, warum meine Mutter damals beschlossen hat, Sartène zu verlassen. Nicht, weil mein Vater gestorben ist, sondern wegen ihrer verbohrten Schwiegereltern. Sie ist vor der Macht des Palazzo-Clans geflohen.

Elena steht vor mir, streng wie Justitia, ihr Gesichtsausdruck ist undurchdringlich. Weder sie noch ich sagen ein Wort – wir haben schon zu viel gesagt und können nicht mehr zurück. Nach meiner Wut überkommt mich eine große Traurigkeit, aber die will ich ihr auf keinen Fall zeigen.

»Du hast auf der ganzen Linie unrecht, Großmutter«, sage ich schließlich, »und weißt nicht einmal, wie sehr.«

Ich nehme die alte Kladde aus Kindertagen, die ich damals in ihrer Küche vollgeschrieben habe, mit den Rezepten und allem, was sie dort machte, und lege sie vor Elena auf den Tisch.

»Wenn du wirklich wissen willst, wer ich bin und woher ich komme, dann lies das! Es ist meine Geschichte, der Grund, warum ich tue, was ich tue. Du kannst mich kennenlernen, wenn du willst, und dann entscheiden, ob du mir vertrauen willst oder nicht. Du zweifelst an meiner Loyalität und meinst, ich achte die Familie nicht genug? Dann schau mal, wie sehr du dich irrst.«

Ich kann die Tränen nicht länger zurückhalten, deshalb drehe ich mich auf dem Absatz um und verlasse türenschlagend den Laden. Die frische Luft draußen kühlt das Brennen in meinem Körper nicht, und am liebsten würde ich laut schreien. Ich hetze die kleinen Gassen von Sartène hoch, als sei der Tod hinter mir her. Ich will endlich diese Wut loswerden, die seit Monaten, seit Jahren in mir ist.

Ich bin wütend auf Elena, auf meinen Großvater, meinen Vater, meine Mutter und auf Alex. So viel Wut. Damit muss endlich Schluss sein.

Oben angekommen schreie ich alles in den Wind.

KAPITEL 28

CHOCOLATERIE CASTELLI

Ich schließe die Bürotür und habe endlich Ruhe. Bis dieser Raum schalldicht war, haben sich drei Firmen abgemüht, aber sie haben eine kleine Oase geschaffen, in der ich nichts vom Laden und von der Küche höre. Dafür hat sich der Aufwand gelohnt. Ich wollte, dass der Raum fast leer ist, ohne Schnickschnack und funktional.

Was das Funktionale betrifft ...

Ich muss grinsen, als ich auf den Schreibtisch blicke, auf dem vor zwei Nächten der schöne Hintern von Cat lag. Ich weiß nicht, warum es mir so gefällt, sie an jeder Stelle der Manufaktur zu vögeln, ich glaube, inzwischen haben wir kein Möbelstück ausgelassen. Ich habe sie einfach gern hier, und ich liebe sie gern hier.

Es klopft an die Tür. Ich massiere mir die Schläfen und sehe auf.

»Ja.«

»Chef«, ruft Ursula mit ihrer durchdringenden Stimme, die meine Migräne noch verschlimmert. »Der Bürgermeister möchte wissen, ob Sie die Abschiedsfeier seiner Assistentin Madame Peyrnot ausrichten können, die in Rente geht.

Oder war es doch seine Sekretärin? Was machte sie noch mal genau?«

»Nichts. Sie war eher unter dem Schreibtisch tätig.«

Ursula schaut mich verwirrt an.

»Nein, das verwechseln Sie jetzt aber mit der Putzfrau, Monsieur Castelli. Madame Peyrnot war doch in der Verwaltung tätig.«

»Macht nichts, Ursula. Lassen Sie uns später darüber reden, wenn Sie's kapiert haben. Wann soll denn die Feier stattfinden?«

»Anfang Oktober, also genau in einer Woche.«

»Sagen Sie dem Bürgermeister, wir machen das, es kommen sicher sowieso nicht viele Leute. Diese Frau hat sich im Lauf ihrer Karriere nicht gerade viele Freunde gemacht.«

»Gut, dann gebe ich das so weiter. Der Bürgermeister wollte übrigens unbedingt diese Karussells für die Feier haben.«

»Dann merken Sie es vor.«

»Ist gut.«

»Ich suche übrigens eine alte Rechnung vom Hotel Danieli. Wissen Sie vielleicht, wo Joshua die abgelegt haben könnte?«

»Im Schrank, der im Vorratsraum steht.«

»Warum denn da? So was gehört doch in mein Büro. Ich hasse es, wenn man meine Routine durcheinanderbringt. Es heißt schließlich Routine, weil sich nichts daran ändern soll. Na schön, danke.«

Ich stehe auf.

»Oh, bitte, ich hatte es vergessen, gehen Sie besser nicht da rein …«

»Was? Wo soll ich nicht reingehen?«

»In den Vorratsraum.«

»Und warum sollte ich nicht in *meinen* Vorratsraum in *meiner* Schokoladenmanufaktur gehen, um aus *meinem* Schrank *meine* Rechnung zu holen?«

»Weil ... Sie das nicht *können*.«

Ursula sieht mich an wie ein kleines Nagetier, das sich nicht zwischen zwei Körnern entscheiden kann. Ich frage mich, was ihr Problem ist, und winke sie hinaus.

Dann verlasse ich mein Büro und gehe in *meinen* Vorratsraum.

»Guten Tag, Charlotte, wenn mein Bruder seine Zunge aus deinem Hals genommen hat, kannst du mir dann sagen, ob der Bürgermeister wegen einer Abschiedsfeier für eine Angestellte Kontakt zu Catalina Palazzo aufgenommen hat?«

Sie wird über und über rot.

»Entschuldigung, tut mir leid«, stammelt sie und befreit sich aus Doms Armen, »ich ... ich frage gleich nach.«

Sie streicht sich die Schürze glatt und drängt sich dicht an der Wand entlang in dem engen Raum an mir vorbei, wobei sie sich hütet, meinem Blick zu begegnen. Dom sieht mich sowohl zufrieden als auch verlegen an wie ein Kind, das eine Dummheit gemacht hat, aber nicht die Absicht hat, damit aufzuhören.

»Wenn ich sage, wir ficken die Konkurrenz, dann meine ich das im übertragenen Sinne, Dominique.«

»Sehr witzig, Luca!«

»Ja, vielen Dank. Wie lange geht das schon mit euch beiden?«

»Eine Woche.«

»Aha.«

»Ich weiß, was du sagen willst.«

»Das würde mich überraschen.«

»Oh doch!«

»Also gut, ich wollte dir sagen, dass sich unter unseren superreichen und ziemlich schrägen Kunden sicher ein Auftragskiller befindet, der ihren Mann aus dem Weg schaffen kann. Es ist immer wichtig, gut vernetzt zu sein, Dom.«

»Dann wusste ich doch nicht, was du sagen wolltest.«

»Siehst du.«

»Wir haben uns noch keine Gedanken darüber gemacht, wie es weitergeht.«

»Nachdenken und Küssen passen auch nur selten zusammen. Was zwischen euch passiert, stellt nur die alte Ordnung wieder her. Das heißt aber nicht, dass das ohne Drama abgeht.«

Dom nickt resigniert. Ich würde ihm gern das drohende Unwetter ersparen, das am Horizont aufzieht, aber ich muss akzeptieren, dass ich ihn nicht in einer Kiste verwahren oder in einen Tresor einsperren kann, um ihn zu verschonen.

Dann höre ich ein Schnaufen. Rasputin steht an der Tür und glotzt uns mit seinen glasigen Augen an, als erwarte er, dass einer von uns ihn umbringt.

»Fünf, vier, drei, zwei ...«

»Was macht ihr beide denn da im Schrank?«, fragt meine Mutter irritiert.

»Das ist ein Vorratsraum, Maman.«

Sie wischt meine Worte mit der Hand beiseite. Irgendetwas an ihr ist heute anders, aber ich weiß noch nicht, was es ist.

Auf ihren Lippen liegt ein triumphierendes Lächeln.

Das kann nichts Gutes bedeuten.

»Wie geht es meinem genialen Sohn?«

Dom und ich sehen uns verwundert an, er, weil er denkt, es ginge um mich, ich, weil ich weiß, dass sie nicht mich meint. Hat sie vielleicht einen dritten, heimlichen Sohn?

»Wovon redest du?«, fragt Dom, der nie etwas aus seinen Fehlern lernt.

»Von dem Coup deines Bruders.«

»Maman, hilf uns ein bisschen auf die Sprünge, was meinst du damit?«

»Wovon ich rede? Davon, dass du es geschafft hast, die kleine Palazzo zu überreden, dass sie für dich arbeitet. Wovon sonst? Ich hätte es allerdings besser gefunden, wenn du mich vorher in deine Pläne eingeweiht hättest.«

Ich runzele die Stirn.

»Ich kann dir beim besten Willen nicht folgen, Maman.«

»Jetzt tu nicht so bescheiden, nicht mal ich hätte so etwas hingekriegt. Sie ist immerhin die beste Patissière Frankreichs, außerdem noch eine Frau – das ist der größte Marketing-Coup. Ich habe den Kuchen probiert, der wird bei den Luxusrestaurants ein Renner werden. Ich hoffe, du hast keinen Vertrag mit ihr geschlossen, wir dürfen dieses Mädchen nicht unterschätzen. Woran lässt du sie als Nächstes mitarbeiten? Unser neuer Katalog sollte für die Heiratssaison fertig sein.«

Ich spüre Doms Blick in meinem Rücken.

»Luca, wovon redet sie?«

Ich muss mich sehr zusammennehmen, um meine Mutter nicht zur Schnecke zu machen.

»Maman, ich weiß nicht, was du dir da ausgemalt hast, aber du bist auf dem Holzweg. Catalina Palazzo und ich verstehen uns beruflich ausgezeichnet, und wir haben uns zusammengetan, um etwas Gemeinsames zu schaffen. Aber mit einem Marketing-Coup meinerseits hat das alles nichts zu tun.«

»Ja, ja, wie du meinst.« Sie fegt meinen Einwand beiseite.

»Nein, Maman, und jetzt fuchtele nicht so mit deiner Hand herum. Ich meine es ernst. Ich habe noch nie das Talent anderer für meine Arbeit ausgenutzt, so etwas mache ich grundsätzlich nicht.«

»Das habe ich ja auch gar nicht behauptet.«

»Doch, das hast du. Und jetzt lass uns bitte in Ruhe, Dom und ich haben eine Menge Arbeit zu erledigen.«

»Ist schon gut, ich habe verstanden«, erwidert meine Mutter kokett, wie jedes Mal, wenn sie glaubt, sie verstünde als Einzige, was allen anderen entgangen ist.

»Maman, hör mir bitte gut zu. Wenn ich jemals erfahren sollte, dass du solche Gerüchte in die Welt setzt, dann wirst du einen Riesenärger bekommen. Hast du mich verstanden?«

Sie ist zutiefst beleidigt und wird blass. Sie mag es überhaupt nicht, wenn man ihre Allmacht in Frage stellt, und noch weniger, wenn ich sie daran erinnere, dass sie von mir abhängig ist, weil ich aus Pflichtgefühl jeden Monat ihr Konto fülle. Ich weiß, dass zwischen uns ein Gewitter schwelt. Das ist nichts Neues. Eines Tages wird es ausbrechen, mit Donner und Blitz. Der Gedanke, sie könnte Catalina mit ihrem despektierlichen Gerede verletzen, ist mir unerträglich.

Ihr schnüffelnder Höllenhund und sie verabschieden sich, und obwohl sie jetzt weg ist, bleibt die Atmosphäre angespannt. Zu viele unausgesprochene Konflikte liegen in der Luft.

Dom und ich sehen uns an und seufzen.

»Was sie da erzählt, ist natürlich Quatsch.«

»Ich habe doch gar nichts gesagt«, entgegnet Dom.

»Brauchst du auch nicht. Du musst mir glauben, wenn ich dir sage, dass ich Catalina wirklich gernhabe. Du hattest recht, sie ist wirklich ein großartiges Mädchen. Nie würde ich etwas tun, was ihr schadet.«

Dom nickt. »Ja, ich weiß. Du kannst manchmal wirklich ziemlich scheußlich und anmaßend sein, mit einem kleinen Hang zur Grausamkeit ...«

»Das kannst du auf meiner Beerdigung erzählen.«

»Aber du bist der loyalste und fairste Mensch, den ich kenne. Auf so ein Niveau würdest du dich nie begeben.«

»Danke. Ich fürchte nur, dass zwischen Catalinas Großmutter und unserer Mutter wieder sehr unschöne Dinge passieren werden, es nimmt einfach kein Ende.«

»Wie meinst du das?«

»Elena hat Catalina eine Riesenszene gemacht, als sie erfahren hat, dass wir zusammenarbeiten. Sie ist offenbar davon überzeugt, dass das Castelli-Raubtier sich wieder einmal über eine kleine Palazzo hermachen will. Immer wieder diese alte paranoide Geschichte.«

»Irgendwann wird damit Schluss sein«, sagt Dom und zuckt hilflos die Schultern.

Vielleicht.

Oder auch nicht.

KAPITEL 29
PATISSERIE PALAZZO

In den letzten Wochen habe ich Natalie immer wieder im Supermarkt angetroffen – ich vermute, die Castelli sind dort Mehrheitseigner –, und schließlich habe ich sie an meinem freien Montag zusammen mit Charlotte und Marc-Antoine zum Kaffee eingeladen, damit wir uns besser kennenlernen können. Ich weiß nicht, ob ich das möchte, weil sie mir ebenso sympathisch ist wie Dom oder weil ich wegen meiner Beziehung zu Luca beschlossen habe, alle Castelli der neuen Generation gernzuhaben.

Natalie ist Charlotte nicht ganz unähnlich. Auch sie wünscht sich nichts mehr, als dass man sich mehr um sie kümmert. Beide Frauen haben sich im Lauf der Jahre ihr eigenes Gefängnis geschaffen. Jetzt, wo sie darin kaum noch Luft bekommen, wünschen sie sich beide eine hilfreiche Hand, die sie aus dem Käfig befreit. Ich sehne mich nach einer Familie, und deshalb setze ich mich für die beiden ein. Vielleicht auch deshalb, weil ich mir selbst nach dem Tod meiner Mutter oder nach jeder Fehlgeburt eine solche rettende Hand gewünscht hätte. Was ich damals nicht wusste: Man muss manchmal um Hilfe bitten, denn die anderen können oft gar nicht wissen, dass man sie braucht.

»Das ist wirklich ein schöner Ort.«

»Es gibt noch einige andere nette Cafés hier in der Nähe«, sagt Natalie mit einem feinen Lächeln. Sie ist ohne ihre Kinder gekommen und strahlt eine angenehme Ruhe aus. »Hast du schon ein bisschen Zeit gehabt, um dich auf der Insel umzusehen?«

»Gerade mal drei Tage«, entgegnet Marc-Antoine.

»Nur drei Tage?«, sagt Natalie überrascht. »Seit wann bist du denn hier?«

»Nun ja, einen Laden zu eröffnen ist ja keine kleine Sache«, antworte ich. »Vor allem, wenn man allein ist. Nun ja ... nicht ganz allein, natürlich. Elena hat mir schon geholfen, auf ihre Art.«

Ich habe den Namen meiner Großmutter offenbar in einem Ton gesagt, dass die anderen alarmiert aufhorchen.

»Gibt es Probleme mit ihr?«, fragt Charlotte.

»Nein, warum fragst du?«

»Weil du immer irgendwie deprimiert wirkst, wenn du von ihr redest, und sie seit ein paar Tagen gar nicht mehr in den Laden gekommen ist«, schaltet sich Marc-Antoine mit ernster Miene ein.

»Und beim letzten Mal habt ihr euch in der Küche lautstark gestritten«, fügt Charlotte hinzu.

Ich stoße einen tiefen Seufzer aus.

»Wir reden nicht mehr miteinander, leider hatten wir tatsächlich eine heftige Auseinandersetzung.«

»Das tut mir leid«, sagt Charlotte.

»Aber wieso denn plötzlich, es lief doch alles gut zwischen euch?«, erkundigt sich Marc-Antoine.

»Großmutter hat erfahren, dass ich mit Luca zusammenarbeite. Da ist sie ausgerastet. Sie sieht das als Verrat. Sie kann einfach diese alten Geschichten nicht vergessen, und nun denkt sie, ich paktiere mit dem Feind. Entschuldige, das geht natürlich nicht gegen dich, Natalie.«

»Aber nein, ich bitte dich! Und das, was deine Großmutter über meine Mutter sagt, trifft mit Sicherheit zu.«

Wir starren sie überrascht an.

»Jetzt guckt nicht so! Ich bin eine Castelli, und ich kenne die Methoden meiner Familie. Mein Großvater war immer super nett zu mir, aber meinem Vater, Luca und anderen hat er das Leben zur Hölle gemacht. Er war ein Tyrann und wehe, wenn man ihm in die Quere kam.«

»Wie steht es eigentlich um die Sache mit dieser Schuldanerkennung?«, fragt Charlotte. »Weißt du, ob es überhaupt einen Schuldschein gegeben hat?«

Ich verdrehe die Augen. Diese Geschichte geht mir zunehmend auf die Nerven.

»Charlotte, lass es gut sein ...«

»Das ist so eine Frage wie die, wer Kennedy wirklich ermordet hat«, meint Natalie.

»Jeder weiß, wer das war, die CIA hat ihn umgebracht«, sagt Marc-Antoine.

»Sehr wahrscheinlich«, sagt Natalie und versetzt uns alle in Erstaunen. »Also ich meine den Schuldschein. Mein Großvater war ein Schlitzohr, und meine Mutter hat sich immer wieder der guten Beziehungen gerühmt, die er in gewisse Kreise hatte. Zu hoch zu pokern, sich seiner selbst so sicher zu sein, dass er eine Schuld anerkannte, die sich auf ein Grundstück bezog, und nachher zu lügen, um es nicht zu verlieren, das ist so typisch für ihn! Er wäre glatt in der Lage gewesen, den Schuldschein in seinem Tresor aufzubewahren und ihn sich jedes Jahr zu Weihnachten anzusehen, um sich genüsslich daran zu erinnern, wer hier die Fäden zieht und gewinnt. So war er nämlich.«

»Ist denn seither niemand auf die Idee gekommen, mal danach zu suchen? Wenn man diesen Schuldschein fände, würde sich doch vielleicht einiges klären.«

»Meine Mutter lässt keinen in Großvaters Büro. Seit seinem Tod ist es eine Art Heiligtum geworden. Es würde mich nicht wundern, wenn ich dort im Schrank einen Altar finden würde. Mit Fotos, Kerzen und vielleicht einer Reliquie wie einer Haarsträhne oder so.«

Uns wird allen ein bisschen unheimlich zumute.

»Ich finde das einfach lächerlich.«

»Das Problem meiner Familie ist, dass sie sich im Ruhm der Vergangenheit sonnt«, erklärt Natalie seufzend. »Als mein Großvater dreißig war, waren die Castelli hier sehr einflussreich. Alles, was sie anpackten, gelang. Meine Eltern waren weniger begabt und auch weniger gierig. Unser Lebensstandard ist gesunken, und meine Mutter tut alles, um das zu verbergen. Alle Welt sollte glauben, dass wir noch immer die Lokalmatadoren von früher sind.«

Natalie macht keinen Hehl daraus, was sie von ihrer Familie hält. Ihre offene Art zu reden lässt mich an eine Gruppentherapie denken, und ich empfinde Mitleid mit ihr.

»Deshalb ist Maman auch so hinter Luca her. Er ist das einzige ihrer Kinder, das Erfolg hat und den Ruhm der Castelli mehrt. Familie kann wirklich die Hölle sein.«

Marc-Antoine und ich pflichten ihr bei.

»Na ja, manchmal schafft man sich seine Hölle auch selbst«, sagt Charlotte, und ich weiß genau, was sie meint.

»Aber die Frage ist doch, inwieweit unsere Hölle die Folge dessen ist, was unsere Großeltern und Eltern gemacht haben«, sagt Natalie nachdenklich.

»Wie ein vergiftetes Erbe ...«

Was sie sagt, erscheint mir nur logisch. Wir sind schließlich alle von dem Milieu geprägt, in dem wir aufwachsen, wir passen uns an, das ist ganz menschlich.

»Ich bin übrigens mit Dom zusammen«, sagt Charlotte plötzlich.

Wir schweigen überrascht.

»Meinst du meinen Dom oder den einer anderen Familie?«, fragt Natalie dann.

»Nein, deinen.«

»Das ist ja super! Mein Bruder ist ein Goldstück.«

»Aber ich bin noch verheiratet«, sagt Charlotte gequält.

»Probleme haben wir doch alle. Ich weiß zum Bespiel nicht so genau, wer der Vater meiner Kinder ist«, meint Natalie und zuckt die Achseln.

»Wie geht denn das?«, fragt Marc-Antoine.

»Wenn man zur gleichen Zeit mit mehreren potentiellen Vätern schläft und zu viel trinkt, um sich genau zu erinnern.«

Wir brauchen eine Weile, um die Geständnisse der beiden zu verarbeiten.

»Und ich bin dick, schwul und mag Schlangen«, sagt Marc-Antoine plötzlich und starrt in die Ferne, als wolle er gleich von einem Felsen springen.

Wieder schweigen wir.

»Und ich ...«

Ich schlafe mit Luca und weiß nicht, wohin das führen wird.

»Und du?«, fragt Natalie.

»Und ich finde, wir sind eine ganz besondere Truppe. Wir sollten uns immer sagen: ein Schritt nach dem anderen, Tag für Tag leben und vor allem im Hier und Jetzt.«

Zu meiner Erleichterung stimmen mir alle zu, und wir widmen uns unseren Getränken.

Ein Schritt nach dem anderen, Tag für Tag leben und vor allem im Hier und Jetzt.

In den folgenden drei Stunden wechseln sich Geständnisse und Schweigen ab. Ich weiß nicht, was im Kaffee war, aber wir waren ausgesprochen offen. Vielleicht braucht nur einer anzufangen, und das zieht dann die anderen mit. Warum ist es so schwer, sich anderen anzuvertrauen, wo man doch weiß, dass über Probleme zu reden der erste Schritt zur Heilung ist? Unsere Scham macht uns kaputt, wenn wir ihr zu viel Raum geben.

Warum habe ich nichts gesagt?

Seit einiger Zeit habe ich ein seltsames Gefühl, wenn ich nach einem Spaziergang durch das Städtchen nach Hause komme und meine Patisserie sehe. Ich sehe mir die Schaufenster und die bunt gestrichenen Wände an und frage mich, ob mir das alles wirklich gehört; es fällt mir schwer, mich als Besitzerin zu fühlen. Doch dann sage ich mir, das alles hier mein Werk ist. Und dann bin ich froh und stolz, und es geht mir wieder gut.

Als ich heute nach Hause komme und die Treppe nach oben gehe, sehe ich auf dem Flur Elena stehen wie einen Geist.

»Großmutter, was ist passiert?«, rufe ich erschrocken.

»Keine Sorge, es geht schon.«

Ich öffne die Tür und bitte sie in meine Wohnung.

»Möchtest du etwas trinken?«

»Gern, ein Glas Wasser.«

Während ich mich umdrehe und eine Flasche Mineralwasser aus dem Kühlschrank nehme, hat sie meine alte Kladde auf den Küchentisch gelegt, in der alle von mir feierlich aufgeschriebenen Rezepte stehen. Wir beide sagen lange kein Wort. Dann bricht sie endlich das Eis.

»Ich habe es gelesen.«

»Und?«

»Du hast ja wirklich alles aufgeschrieben.«

»Ja, damals war ich sehr wissbegierig.«

»Catalina, ich möchte dich um Entschuldigung bitten für das, was ich neulich gesagt habe.«

Während sie es sagt, wird ihre Stimme immer leiser. Noch nie ist sie mir so zerbrechlich erschienen wie jetzt in diesem viel zu großen Pullover. Ich sollte ihr antworten, aber ich weiß nicht, was ich sagen soll. Ich stehe stumm vor ihr, mein Glas Wasser in der Hand.

»Natürlich war ich deiner Mutter böse«, fährt sie fort, »sehr sogar. Als sie wegging, hatten wir das Gefühl, sie nimmt uns die letzte Erinnerung an deinen Vater Pierre. Dein Großvater und ich waren plötzlich allein, unsere Familie zählte nun nicht mehr fünf, sondern nur noch zwei Mitglieder. Wir hatten nur noch uns …«

Nach einer Pause fährt sie traurig fort:

»Wir waren bestürzt, als wir von ihrem Tod erfuhren. Aber ich nahm ihr dennoch übel, dass sie einfach so weggezogen ist, ohne vorher mit uns zu reden. Ich kann es ihr ja nicht mehr selbst sagen. Als du wieder hierhergekommen bist, habe ich versucht, in dir Spuren von Pierre zu finden. Ich wollte so sehr, dass du deinem Vater ähnlicher bist als deiner Mutter. Ich bin jetzt in einem Alter, in dem immer weniger Menschen meine Vergangenheit teilen. Meine Hoffnung, dass mein Leben auf dieser Erde nicht ganz umsonst gewesen ist, richtet sich also ganz auf die Zukunft. Ich habe dir sehr viel Verantwortung aufgehalst. Ich wollte, dass für den Rest meines Lebens alles perfekt ist. Ich wollte zwanzig Jahre Geschichte einfangen, wollte, dass die Dinge so geschehen, wie Andria es sich gewünscht hätte. Einen Ort der Geborgenheit schaffen, von dem er geträumt hatte. Und da mir nicht viel Zeit bleibt, habe ich mich wohl zu sehr eingemischt. Das hast du richtig erkannt, Catalina, ich habe dir nicht vertraut, und eigentlich kenne dich kaum.«

Wieder versuche ich etwas zu sagen, aber mir fehlen die Worte. Elena kommt auf mich zu, streckt die Hand aus und nimmt das Glas.

»Wenn du einverstanden bist, würde ich dich gern richtig kennenlernen.«

»Willst du wirklich wissen, wer ich bin?«

»Lass uns bitte von vorn anfangen. Ich verspreche, dass ich dich bei allem unterstützen werde, was du entscheidest, ganz gleich, was es ist. Ich möchte an deinem Leben teilhaben und wissen, was aus dem kleinen Mädchen, das dieses Heft geschrieben hat, geworden ist.«

Ein paar Sekunden, und dann antworte ich ihr.

Ein Schritt nach dem anderen, Tag für Tag leben und vor allem im Hier und Jetzt.

KAPITEL 30

PATISSERIE & CHOCOLATERIE

Morgen ist der 1. Dezember. Trotz aller Trauerfälle und Verluste freue ich mich immer noch auf Weihnachten. Ich habe den Eindruck, dass diese Zeit einen besonders mit denen verbindet, die diese Welt zu früh verlassen haben. Dieses Weihnachten ist allerdings anders als die früheren, denn es findet ganz woanders statt, als ich es zu Beginn des Jahres noch gedacht hatte. Ich lebe nicht mehr in der Bretagne, ich bin mit anderen Menschen zusammen. Aber ich vertraue der Magie dieser Jahreszeit, und ich hoffe, dass dieses Jahr der Heiligabend so schön wird wie die letzten.

»Wir sollten die Nusssplitter durch Katzenstücke ersetzen. Die zarte Seite der Hüfte, sonst wäre es zu sehnig. Wir könnten es ja mal mit Diabolo probieren, nur um zu sehen, ob alles gut zusammen passt.«

»Was? Wovon redest du?«

»Aaah! Jetzt ist sie wieder unter uns«, ruft Luca lachend und wirft mir einen schelmischen Blick zu.

»Entschuldige, ich war mit meinen Gedanken woanders.«

»Ich nehme es als Kompliment, ach nein, das funktioniert ja nicht.«

»Ich war nicht sehr weit weg, ich habe mich nur gefragt, wie Weihnachten dieses Jahr wohl werden wird. Es ist für mich die schönste Zeit des Jahres, weißt du?«

»Ich muss zugeben, dass ich das ziemlich genau weiß, da du es mir mindestens dreihunderttausend Mal gesagt hast.«

»Magst du Weihnachten denn nicht? Es ist mir wichtig, dass auch du es magst.«

»Ich mag das Fest, aber nicht unbedingt die Familie, die dazu gehört.«

»Wenn man sich unsere Familien so ansieht, würde ich dir zustimmen.«

Mit einer zärtlichen Geste, wie er sie macht, wenn ich am wenigsten damit rechne, kommt Luca meinem Gesicht ganz nahe und küsst mich auf die Stirn, die Schläfen, die Lippen. Ich habe immer den Eindruck, dass er der Welt nur einen Teil von sich zeigt und den anderen für mich reserviert hat. Was das angeht, passen wir beide gut zusammen. Ich weiß zu schätzen, dass er mir gegenüber weniger vorsichtig und mehr er selbst ist.

Ich weiß noch nicht, wohin unser Weg führt, aber ich entdecke, dass mir an seiner Seite ziemlich unwichtig ist, was das Ziel ist, die Reise interessiert mich mehr. Ich lächele ihm zu, während er seine Aufmerksamkeit wieder auf den Arbeitsplan richtet. Dieser Ort ist unser sicherer Hafen. Hier bringen wir unsere Ideen zusammen, und noch andere Dinge. Aber daran will ich jetzt nicht denken, denn er geht mit gutem Beispiel voran. Wir müssen uns ein neues Produkt ausdenken.

Ich schnuppere an meiner Maronenschlagsahne und frage mich, wie ich die Birnen zubereiten soll, die dazukommen sollen. Für Weihnachten wollen Luca und ich wieder etwas Gemeinsames erschaffen. Doch das Fest ist nur ein Vorwand, um unserer gemeinsamen Leidenschaft zu frönen. Wir verbringen immer mehr Nächte zusammen. Bei ihm einzuschlafen ist fast zu einem Ritual geworden, das ich für mein Wohlbefinden brauche. Manchmal bei ihm, manchmal in meiner kleinen Wohnung über der Patisserie haben wir unsere eigenen Rituale entwickelt, die mit jedem Tag mehr zur Gewohnheit werden. Mit Luca scheint mir alles selbstverständlich und natürlich, während ich bei Alex immer das Gefühl hatte, mich sehr anstrengen zu müssen. Diese beiden Männer haben kaum etwas miteinander gemein. Wie lange bin ich nicht mehr so glücklich gewesen?

Vor ein paar Monaten weinte ich noch um eine Beziehung, die schon seit Jahren tot war. Wenn ich mit Alex zusammen war, habe ich mich nie so wohl gefühlt, denn einen großen Teil von mir ignorierte er einfach, und ich hatte Mühe, mit ihm darüber zu sprechen. Ich hatte auch nicht das Bedürfnis, es zu tun, denn er wäre gar nicht in der Lage gewesen, mich zu verstehen. Wollte er das überhaupt? Das Schwierige bei Beziehungen, die in der Jugend beginnen, ist, dass man glaubt, man könne ohne den anderen nicht leben, auch wenn man ihn gar nicht mehr liebt.

»Wie willst du Weihnachten und Silvester denn feiern?«, fragt Luca, und ich spüre, dass ihm die Frage wichtig ist.

Schon wieder war ich abgelenkt, und Luca holt mich aus meinen Gedanken heraus, ohne mir einen Vorwurf zu machen. Ich sollte besser aufpassen, das ist verletzend. Ich reiße mich zusammen und versuche, ihm die Aufmerksamkeit zu schenken, die er verdient.

»Ich habe noch gar nicht darüber nachgedacht«, lüge ich, denn natürlich habe ich schon darüber nachgedacht.

»Um die ewigen Diskussionen mit unseren Familien zu vermeiden, sollten wir die Feiertage vielleicht einfach gemeinsam verbringen.«

»Dafür bräuchten wir aber eine gute Erklärung. Vielleicht sollten wir einfach wegfahren. Sartène ist so klein, jeder könnte uns sehen.«

»Und wenn schon.«

Ich halte den Atem an und schaue ihn an. Er sieht nicht aus, als ob er Witze macht. Seine Miene ist ernst und entschlossen.

Schlägt er mir gerade vor, was ich mir erhoffe? Wenn ja, würde das alles ändern.

»Du meinst, wir sollten das mit uns allen sagen?«

»Hast du Angst vor Elena?«

»Nein, das nicht, aber dann ist unsere Beziehung offiziell.«

»Sehr offiziell sogar.«

»Dann würde es ernst zwischen uns.«

»Ich dachte, das wäre es schon. Für mich ist es das jedenfalls.«

Für mich auch. Luca gehört zu meinem Leben dazu, in meinen Gedanken ist er stets präsent. Seit wann ist er ein Teil meines Lebens? Ich kann nicht mehr sagen, wann es genau passierte. Wo der Wendepunkt zwischen der Zeit vor Luca und der mit Luca ist. Vor diesem Punkt habe ich versucht, mich in diesem Städtchen einzuleben, war aber nicht sicher, ob es der richtige Ort für mich ist. Danach habe ich mir nichts anderes mehr vorstellen können, als in der Nähe meines Lieblings-Chocolatiers zu sein.

Ich leugne nicht, was wir gemeinsam haben, aber bevor wir darüber geredet haben, konnte ich mir noch einreden, dass es keine Zukunft für uns gibt. Ich möchte über dieses Thema jetzt nicht sprechen. Es überfordert mich. Ich habe die Flucht nach vorn hinter mir und bin in der Gegenwart angekommen. Dort befinde ich mich jetzt und Luca ebenfalls. Vielleicht können wir in dieser Blase noch ein bisschen bleiben, unser Spiel noch eine Weile weiterspielen. Uns fühlen wie in der Kindheit, als man sein Leben noch erfinden konnte. Cat, das kleine Mädchen, würde sich dann wünschen, mit Luca glücklich zu werden und eines Tages viele Kinder zu haben …

»Catalina, an was denkst du?«

»Oh, an nichts, nichts Besonderes. Eine neue Etappe beginnt, und das hat schon eine Bedeutung.«

»Du bist die schlimmste Lügnerin, die ich kenne! Du solltest ein paar Kurse besuchen, frag mal Charlotte.«

»Luca, ich weiß, dass du dir wegen Dom Sorgen machst, das tue ich auch, aber Charlotte ist in einer schwierigen Situation, man muss ihr Zeit lassen.«

»Ich lasse ihr ja Zeit. Da du mir aber nicht sagen willst, woran du wirklich denkst, verlasse ich mich auf meine Sehergabe. Konzentrieren wir uns.«

Ich verschränke die Arme vor der Brust.

»So«, sagt er, »ich weiß die Antwort. Hör mir mal gut zu, Catalina Palazzo, zwei Dinge musst du endlich begreifen, denn ich werde sie nicht wiederholen. Erstens ist es mir egal, ob deine Gebärmutter funktioniert oder nicht, und zweitens bin ich nicht Alex.«

Er sagt das in einem so bestimmten Ton, als wäre er sich absolut sicher. Aber wie sieht es in zwei, fünf oder zehn Jahren aus? Kann ich ihm vertrauen, oder soll ich ihn mit aller Macht davon abhalten, sich auf eine Beziehung einzulassen, bei der ihm Kinder versagt sind?

Warum bist du nur so misstrauisch? Vertrau ihm doch endlich!

»Sei mir nicht böse, Luca, aber ich weiß, wie wichtig für Paare die Kinderfrage ist. Das ist ganz normal und natürlich. Die Menschheit hat überlebt, weil sie das biologische Bedürfnis hat, sich fortzupflanzen.«

»Mir ist die Biologie völlig egal, und ich muss keine Kinder haben. Und wenn es doch so wäre, würde sich trotzdem zwischen uns nichts ändern.«

Ich breche in Tränen aus, ich kann nicht an mich halten. Luca kommt um den Tisch herum und nimmt mich fest in den Arm.

»Du musst mir vertrauen«, sagt er leise, »wenn du das nicht tust, kann es mit uns nicht gut gehen.«

An seiner Stimme erkenne ich, dass auch er gerührt ist und es ehrlich meint. Er will mir keinen Gefallen tun. Es ist nicht wie bei Alex, der mich jedes Mal traurig anlächelte und sagte, es sei ja nicht meine Schuld. Es sei nicht so schlimm, wir würden es eben weiter probieren, bis es klappt. Für mich bedeutete das so lange, bis ich körperlich und seelisch am Ende wäre. Bis die Enttäuschung schließlich so groß wäre, dass ich nicht mehr in den Spiegel hätte sehen können, ohne mich selbst zu hassen. Alex machte mir nie direkt Vorwürfe, aber in seinen Blicken lag schon die Resignation. Hätte ich die Zeichen besser gedeutet, hätte ich mich von ihm trennen können, bevor er sich einer anderen ... Nein, stopp! Luca hat recht. Ich kann nichts dafür, Alex hat mich betrogen, das hätte er nicht tun müssen. Man hat immer die Wahl.

Luca streichelt mir zärtlich übers Haar, ich hebe langsam den Kopf, er sieht mich forschend an. In seinen Augen lese ich Entschlossenheit und Ehrlichkeit. Wie zur Bestätigung gibt er mir einen Kuss auf die Nasenspitze.

Ich richte mich auf. »Du hast recht. Es hat nichts mit dir zu tun. Ich muss diese Sache verarbeiten und lernen, mit meinen Ängsten umzugehen. So kann ich nicht weitermachen.«

»Dann spring mit mir ohne Netz.«

»Dann musst du auch mit mir springen.«

»Aber ich habe keine Angst.«

Ich umarme ihn fest. Ich könnte ewig so in seinen Armen bleiben, in seiner Wärme, die mich umfängt. Zu sehen, wie zärtlich er zu mir ist, wo er anderen gegenüber oft so unerbittlich und kühl sein kann, fasziniert mich. Ich freue mich über das, was er mir allein schenkt und niemandem sonst.

Jetzt drückt er mich sanft nach hinten, bis mein Rücken die Kühlschranktür berührt. Er fährt mit den Händen an meinen Hüften entlang und lässt die Fingern unter meine Bluse gleiten. Seine Haut auf meiner zu spüren, verankert mich in der Gegenwart, es schiebt die Ängste von früher beiseite, die manchmal noch durch meine Gedanken geistern. Die Patisserie, Luca, meine neuen Freunde, Elena … Wie ein Computer, der nach einem Besitzerwechsel neu formatiert wird, setzen sich in meinem Gedächtnis neue Erinnerungen fest, neue Freuden, neue Sorgen, und dazu diese Sinnlichkeit, die ich bisher nicht kannte. Ich habe den Eindruck, dass vor Luca in meinem Leben etwas Wichtiges fehlte.

Während ich ihn küsse, lache ich vor Freude, meine Zunge vibriert an der seinen. Er schüttelt den Kopf und fragt mich, was denn so lustig ist. Ich glaube, er gewöhnt sich an mich und meine Art, in Gedanken abzuschweifen, wenn ich ihm nahe bin, genauso wie ich mich an die Wärme seines Körpers gewöhne. Er schenkt mir Zuversicht, gibt mir aber nie das Gefühl, dass es aus Mitleid geschieht.

»Ein bisschen Schokolade?«, fragt er zärtlich, als wir uns voneinander lösen, um Luft zu holen.

»Ja, die mit den kandierten Orangen, bitte.«

»Das war mir klar.«

»Willst du damit sagen, dass ich vorhersehbar bin?«

»Nein, nur dass du einen sehr guten Geschmack hast.«

Jetzt kommt er mit seiner wunderbaren Köstlichkeit und schwenkt die duftende Schokolade vor meiner Nase.

»Hast du die wirklich selbst gemacht?«, necke ich ihn.

Er zieht eine Augenbraue hoch, tut, als sei er beleidigt, und zieht seine Hand in dem Augenblick zurück, als ich in das schwarze Plättchen beißen will.

»Kümmere du dich jetzt mal um deine Schlagsahne.«

Er dreht mir den Rücken zu, und ich gehe ihm nach, um ihn wieder zu mir umzudrehen.

»He! Meine Schokolade!«

Ich halte ihm bittend meine Handfläche hin. Er sieht sie an, dann sucht er meinen Blick. Und wartet. Ich gebe mich geschlagen – ob es nun an der Magie von Schokolade liegt oder an dem Mann, der mich besser ins Gleichgewicht bringt als irgendwer sonst. Ich stelle mich auf die Zehenspitzen, beiße sanft in seine Unterlippe und flüstere dann:

»Lass uns gemeinsam ohne Netz springen.«

Er lächelt mich an, beißt auf die Schokolade und schiebt mir das Schokoladenstück in den Mund. Ich halte es zwischen den Zähnen fest, bevor er es wieder wegziehen kann. Ich stöhne lustvoll, als der Orangen- den Kakaogeschmack überdeckt, und wende mich wieder meinen Schüsseln zu.

Er fasst mich um die Taille und zieht mich an sich, um mir einen Kuss in den Nacken zu geben. Lächelnd schlage ich den Eischnee in der silbernen Schale, während er ins Bad geht, um sich die schokoladenverschmierten Hände zu waschen.

Und während wir an diesem Abend im Schutzraum der Küche unserer gewohnten Arbeit nachgehen, habe ich plötzlich schreckliche Angst, seiner Aufforderung zu folgen und mich ohne Netz ins Leere zu stürzen, aber ich bin sicher, er wird da sein, um mich aufzufangen.

KAPITEL 31

PATISSERIE PALAZZO

»Luca?«, wiederholt Charlotte mit weit aufgerissenen Augen.
»Ja.«
»Luca Castelli?«
»Ja.«
»Aber doch nicht der Luca Castelli vom Castelli-Clan von der Schokoladenmanufaktur gegenüber?«
»Doch.«
»Ach du meine Güte!«
»Jetzt beruhig dich mal, willst du was trinken?«
»Das ist einfach unfassbar! Eine Palazzo, die sich mit einem Castelli einlässt – das ist ja wie ein modernes *Romeo und Julia*. Ihr werdet euch aber nicht umbringen, oder?«
»Wir warten erst mal das Weihnachtsgeschäft ab.«
»Hast du es Elena schon gesagt?«
»Ja.«
»Wie hat sie es aufgenommen?«
Charlotte sieht mich so gespannt an, dass ich lachen muss.
»Zuerst wurde sie bleich wie die Wand, dann dachte ich, sie bekommt gleich einen Schlaganfall, aber dann riss sie sich zusammen und meinte, das Wichtigste wäre schließlich, dass

ich glücklich sei. Wahrscheinlich hat sie sich gedacht, dass wenn Luca und ich ohne Ehevertrag heiraten, mir bei einer Scheidung die Hälfte des Vermögens gehören wird. Da war das Ganze nur noch halb so schlimm.«

»Glaubst du, die Sache hat sich schon im Ort herumgesprochen?«, meint Charlotte nachdenklich.

»Nachdem Luca die Idee hatte, mich mitten auf dem Platz, direkt vor der Kirche zu küssen, weiß es mittlerweile sicher halb Korsika. Ich war total überrumpelt, und alle Leute glotzten, als wären wir zwei Halbstarke, die sich um Verbote nicht scheren und denken, sie vollbringen die größte Heldentat der Weltgeschichte. Ich bin nur gespannt, wie Blanche es aufnehmen wird. Na ja, Rachels Truppe wird es mir sicher bald verraten.«

Dann wechsele ich das Thema.

»Ich will nicht indiskret sein, aber wie steht es denn inzwischen mit dir und Dom?«

Nicht dass ich unsere Geschichte mit ihrer vergleichen will, aber eins ist sicher: Sie sind beide nicht dafür geschaffen, Dinge geheim zu halten und über einen längeren Zeitraum zu lügen.

Charlotte sackt in sich zusammen und wirkt plötzlich so winzig, als hätte man sie bei einer Untat ertappt.

»Ich weiß, dass das, was ich tue, nicht in Ordnung ist«, seufzt sie, »vor allem wenn ich an deine Geschichte denke. Du bist schließlich auch betrogen worden. Ich sollte besser nicht mit dir darüber sprechen.«

Sie muss sich sehr einsam fühlen.

»Jede Geschichte ist anders, Charlotte, man darf nicht über andere urteilen. Wir machen aus dem, was das Leben für uns bereithält, was wir können, und niemand kann behaupten, er würde es besser machen. Ich mache mir einfach Sorgen um euch, weil ich weiß, wenn ihr euch schuldig fühlt, könnt ihr nicht glücklich werden. Vielleicht wird euch das sogar am Ende auseinanderbringen.«

»Wenn du wüsstest, wie sehr ich mich schäme«, sagt sie traurig, »ich wollte nie eine untreue Frau werden. Aber wenn ich glaube, dass ich es nicht mehr aushalte, komme ich nach Hause, sehe meinen Mann, der noch depressiver rumhängt als sonst, und meine Kinder, die in ihrem Zimmer spielen, und dann frage ich mich: Darf das persönliche Glück Vorrang vor dem der anderen haben? Darf man so egoistisch sein?«

»Ich weiß nicht, ob es auf diese Frage eine richtige Antwort gibt, aber eins ist sicher: Ein unglücklicher Mensch kann anderen nichts geben. Eine glückliche Mutter ist immer eine bessere Mama, und eine verliebte Frau trägt zu einer guten Ehe bei, eine verzweifelte nicht.«

Charlotte nickt zögernd. Ich nehme sie in den Arm und drücke sie fest an mich, um ihr ein bisschen Wärme und Zuneigung zu geben.

»Du kannst dich nicht auf Dauer zweiteilen, Charlotte.«

»Ja, das weiß ich.«

»Tut mir leid, wenn ich eure weibliche Zweisamkeit störe, aber wir haben keine Schelme mehr«, sagt Marc-Antoine, während er die Küche betritt.

Ich seufze und strecke mein Kreuz durch.

»Ich habe dir doch gerade erst ein Blech gegeben!«

»Na ja, das Geschäft läuft eben gut«, erklärt mir mein Cousin.

»Am Ende bin ich noch schuld, wenn sie noch alle Diabetes bekommen.«

»Du brauchst ja nur zuckerfreie Rezepte zu erfinden, dafür gibt es doch heute auch einen Markt.«

»Apropos neues Rezept, wie weit seid ihr eigentlich mit eurer neuen geheimen Kreation, du und Luca?«, fragt Charlotte und wischt sich rasch über die Augen.

»Wir probieren noch an den Feinheiten herum, aber das Ergebnis dürfte sich sehen lassen. Am 23. Dezember wollen wir mit dem neuen Kuchen in den Verkauf gehen, wir haben also keine Zeit zu verlieren.«

»Wenn er so gut ist wie das Karussell, wird das ein voller Erfolg«, sagt Charlotte begeistert. »Sag uns doch schon mal, wie der neue Kuchen heißt, ihr seid doch schon seit Wochen damit beschäftigt.«

»Die Bank.«

»Was?«, fragt Charlotte erstaunt.

»So eine Art Parkbank?«, will Marc-Antoine wissen.

»Eher eine Bank auf einem Marktplatz«, sage ich und lächele vor mich hin.

Als wir mit unserer Skizze fertig waren, fanden wir beide, dass der Kuchen gar nicht anders heißen kann. Jedes neue Gebäck erzählt uns eine Geschichte, in unserer Zusammenarbeit kommen Momente unserer Zweisamkeit zum Ausdruck. Dieser Kuchen musste einfach so heißen, er ist der Ausdruck dessen, was wir als Paar sind. Das wird sonst niemand erfahren, aber alle Erfolge, die wir mit unseren gemeinsamen Kuchen haben werden, sollen uns daran erinnern, wie alles angefangen hat und von was für einem Zauber wir umgeben waren.

Ich mag solche kleinen Liebesbotschaften, die nur wir beide entziffern können.

»Genug geträumt, der Tag ist noch lange nicht zu Ende«, sagt Charlotte.

Da hat sie recht.

»Wer steht denn jetzt eigentlich hinter der Theke und bedient?«

»Elena und Diabolo.«

»Dann brauche ich mir ja keine Sorgen zu machen.«

»Ich gehe schon«, sagt Charlotte, »vergiss deine Post nicht, ich habe sie dir hingelegt. Rechnungen und die Zeitschrift, die du so gerne liest.«

Ich danke ihr und lasse beide wieder an die Arbeit gehen, wir sind ja mitten im Weihnachtsgeschäft. Eigentlich wollte ich noch jemanden einstellen, aber Elena hat darauf bestanden, dass sie das macht. Und ich muss sagen, sie macht es ziemlich gut. Ihr Ruf und ihr Geschick als Verkäuferin beeindrucken so manche Kunden, und viele kaufen aus Angst vor ihr mehr, als sie vorhatten.

Ich sehe rasch die Post durch und kann nicht umhin, das Magazin *Drei Sterne* durchzublättern, das ich abonniert habe. Die dortigen Artikel über bedeutende Restaurants und ihre nicht weniger bedeutsamen Köche erregen in der Szene viel Aufmerksamkeit. Es ist ein bisschen wie die *Vogue* der Gastronomie. Ich träume davon, irgendwann dort ein paar meiner eigenen Torten zu finden, auf einer Doppelseite mit der Überschrift: »Das Haus Palazzo überrascht uns einmal wieder mit seiner neuesten Kreation« oder so etwas in der Art, ich werde sehr nett zu der Chefredaktion sein.

Ich blättere weiter und denke immer noch, wie schön es wäre, dort meinen Namen oder eine Abbildung meiner Kuchen zu finden, vielleicht einen Schelm. Meiner Mutter hätte das sehr gefallen. Ich weiß noch, wie ...

Soll das ein Witz sein? Was ist DAS?!

Ich starre auf eine Doppelseite, auf der das Haus Castelli in höchsten Tönen gepriesen wird. Unter anderen Umständen hätte ich mich gefreut und wäre stolz auf Luca gewesen, aber was ich hier lese, versetzt mich in kalte Wut. In einem Interview spricht der berühmte Chocolatier Castelli über seine beiden ersten Kuchenproduktionen und feiert damit den Beginn seiner Aktivitäten auf dem Gebiet der Patisserie. Auf drei prachtvollen Farbfotos sehe ich das Karussell und sogar unsere Bank! Mir bleibt fast das Herz stehen, und ich merke, wie mir der Schweiß ausbricht. An keiner Stelle ist mein Name erwähnt, und von Zusammenarbeit ist schon gar nicht die Rede. Der Journalist äußert sich begeistert über die Originalität und Kühnheit der Kreationen und lobt die Genialität des Hauses Castelli, das immer neue Ideen auf den Markt bringt.

Und von wem stammt die Idee?

Mir ist, als würde mir der Boden unter den Füßen weggezogen.

Nicht schon wieder, nicht noch ein Verrat und schon gar nicht durch ihn! Das ist doch ungeheuerlich, er darf mir doch nicht meine Arbeit und meine Passion rauben, das ist doch alles, was ich habe! Es kann doch nicht sein, dass er die wunderbare Alchimie, die zwischen uns herrscht, seinem Ego und seinem beruflichen Prestige geopfert hat!

Das kann nicht sein, das ist ganz unmöglich ...

»Catalina, was ist los? Du bist ja ganz blass«, sagt Charlotte beunruhigt, als sie neue Backwaren holt. »Sag etwas, du machst mir Angst!«

Ich zittere am ganzen Körper, halte ihr die aufgeschlagene Zeitschrift hin und deute auf die Doppelseite.

»Sieh nur, das sind unsere Kuchen, er hat mir meine Idee gestohlen und sie für seine Zwecke missbraucht ...«

Ich verstumme, aber am liebsten würde ich laut schreien.

»Was? Ich verstehe nicht.«

Sie liest die Zeilen, auf die ich zu zeigen versuche, und nach einer Weile sieht sie sehr erschrocken aus.

»Nein, Cat, warte, dafür muss es eine Erklärung geben.«

»Die ist er mir auch schuldig! Da ist sie schon wieder, die Rivalität zwischen unseren Familien und die Frage, wer der Stärkere ist. Ich bringe ihn um!«

»Das kommt bestimmt nicht von ihm, ich bin sicher, da steckt seine Mutter dahinter!«

»Ach Unsinn, sie treibt sich zwar viel in der Manufaktur herum, aber sie hat keine Ahnung von den Zutaten. Sie könnte dazu gar nichts sagen, selbst wenn sie die Kuchen aufschneiden würde. Da kommen so viele Details vor, das kann nur von einem Konditor stammen. Wie oft werden sie mir noch ein Messer in den Rücken stoßen? Entschuldigung, ich gehe jetzt rüber, ich brauche Gewissheit.«

Ich lasse Charlotte in der Küche stehen, ohne eine Antwort abzuwarten. Ich sehe ihren erschrockenen Blick noch vor mir und die Ohnmacht, die daraus spricht. Sie ist wohl überzeugt, dass Blanche hinter der Sache steckt, aber ich weiß langsam nicht mehr, was ich glauben soll. Das alles wirft mich fast um ein Jahr zurück, als hätten die letzten Monate keinerlei Bedeutung mehr. Ich habe das Gefühl, dass meine ganze Arbeit umsonst war, und fühle mich genauso elend wie damals, als ich aus Saint-Malo abgereist bin, um ein neues Leben anzufangen.

Ich betrete die Chocolaterie und gehe gleich in den hinteren Raum des Schokoladengeschäfts.

Ruhig, ganz ruhig, lass dir nichts anmerken!

Die Mitarbeiter schwirren auch heute umher wie ein Bienenschwarm. Ich schiebe mich zwischen Händen, Platten und Mixern hindurch, und dann stehe ich in seinem Büro. Überrascht lächelt er mich an.

Lass ihn reden, es muss eine Erklärung geben.

»Kannst du mir erklären, was das ist?«, sage ich.

Guter Anfang.

Ich lege die aufgeschlagene Zeitschrift auf seinen Schreibtisch. Luca sieht mich verständnislos an.

»Das ist eine Zeitschrift.«

Den bringe ich um!

»Lies bitte mal diese Doppelseite.«

»Was ist denn los, Cat?«

»Lies den Artikel!«, befehle ich.

Nach ein paar endlos scheinenden Minuten hebt er den Kopf und sieht mich an. Doch er ist nicht verlegen, sondern wütend.

»Und du glaubst, ich habe das veranlasst?«

»Ich weiß nicht, wer es sonst sein sollte. Es gibt nicht so viele Leute, die unsere Bank fotografieren können und die Details des Rezepts kennen, wir haben die Kreation ja noch nicht mal auf den Markt gebracht. Du siehst doch, es wird genau erklärt, wie der Kuchen hergestellt wird, das muss doch jemand weitergegeben haben, und ich war es sicher nicht.«

»Und deswegen muss ich es zwangsläufig gewesen sein?«

»Das habe ich nicht gesagt, aber von irgendwem müssen diese Informationen ja kommen, und du müsstest verstehen, dass ich außer mir bin.«

»Ich sehe, du kommst hierher und hast mich schon verurteilt, und es gilt nicht mal die Devise ›im Zweifel für den Angeklagten‹. Wie soll ich darauf reagieren? Wenn es zwischen uns kein Vertrauen gibt, können wir auch kein Paar sein.«

Das klingt hart, aber er hat recht. Wie sollen wir eine gemeinsame Zukunft haben, wenn ich annehmen kann, er sei mein schlimmster Feind und in der Lage, mich zu verraten, sobald ich ihm den Rücken zukehre? Das Problem liegt bei mir. Meine Vergangenheit vergiftet meine Gegenwart immer noch und bedroht meine Zukunft. Ich bin das alles so furchtbar leid!

»Luca, es tut mir leid, dass ich so heftig reagiere, aber es geht um meine Arbeit und um das, was ich bin. Ich bin völlig aufgewühlt, du kannst mir nicht böse sein, dass mich solche Sachen fertigmachen, es ist, als wiederhole sich alles von früher. Ich habe gehofft, dass du es nicht warst, aber ich bin einigermaßen verwirrt. Abgesehen davon, dass ich in dem ganzen Artikel nicht mit einer Silbe erwähnt werde, stehen so viele Details über die Rezeptur darin, dass es eigentlich nur von jemandem kommen kann, der mit mir zusammenarbeitet. Der neue Kuchen war noch geheim. Wer hätte das sonst wissen können?«

»Chef, es ist …«

»Ursula, *jetzt nicht!*«, brüllt Luca, und das arme Geschöpf zieht sich hastig zurück.

Luca geht im Büro auf und ab, dann kommt er zu mir und legt mir fest die Hände auf die Schultern und sieht mir direkt in die Augen.

»Cat, ich bin nicht dein Ex, unsere Beziehung ist einzigartig, und für mich gibt es nichts Größeres als meine Gefühle für dich.«

Ich ergreife seine Arme und halte mich daran fest. Seine Worte dringen durch meinen Panzer. Mit einem Blick, ein paar Worten fegt er die Vergangenheit, in der ich so unglücklich war, hinweg. Es ist, als ob er mir eine letzte Last von der Seele nimmt.

»Luca, ich liebe dich so sehr …«

Es klingt aus meinem Mund wie eine Klage. Es liegt Schmerz in diesen Worten, der Schmerz, der mich hierher nach Sartène geführt hat und schließlich in seine Arme. Ich habe ihm alles gegeben. Kein Abstand mehr, keine Vergangenheit, nur wir zwei.

»Ich fange gleich an zu heulen«, sagt Ursula gerührt. »Ihr beide seid so süß.«

»Was? Sie sind immer noch da?«, ruft Luca empört.

»Die Zeitschrift!«, entgegnet sie mutig.

»Was ist mit der Zeitschrift?«

»Ich weiß, wer hinter dem Artikel steckt. Ich schwöre, ich wusste nicht, dass er es wirklich machen würde, ich dachte, es sei nur ein Scherz.«

»Ursula, bitte antworten Sie präzise und überlegen Sie gut, was Sie sagen. Wer hat mit dem Journalisten geredet?«

»Joshua.«

Darauf wäre ich nicht gekommen und Luca, so wie er aussieht, auch nicht.

»Wie bitte?«

»Geplant war eine Serie von drei Artikeln. Joshua sollte darin vorkommen – als der Mann, der bei Castelli die neuen Ideen hat. Er will hier aufhören und Direktor eines Luxushotels werden, aber sein Lebenslauf reicht dafür nicht aus. Er hat gedacht, wenn er als derjenige dasteht, der neue Ideen in Ihr Unternehmen bringt, kommt er ganz groß raus.«

»Woher wissen Sie das alles?«, fragt Luca erstaunt.

»Na ja. Also …«

»Jetzt erzählen Sie mir nicht, dass Sie mit ihm ins Bett gehen?«

»Na ja … Ab und zu.«

»Hatte ich nicht gesagt, keine Affären mit dem Personal?«

»Er ist ja nicht direkt mein Personal.«

»Spreche ich Chinesisch, oder was?«

»Tja, also …«

»Und die Rechnungen, die plötzlich an anderer Stelle abgelegt wurden, war das auch ein Teil des Plans?«, fragt Luca.

»Auf Basis dieser Abrechnungen hat er bei den Hotels verhandelt, er gab sich als der eigentliche Chef des Unternehmens aus, der im Hintergrund arbeitet und dem Maître Chocolatier freie Hand lässt. Damit er glaubwürdig war, musste er wissen, wovon er redet, und genaue Zahlen kennen.«

»Dieser kleine Arsch! Ich hätte es wissen müssen, er hat sich die ganze Zeit schon immer so aufgespielt, das war kein gutes Zeichen«, sagt Luca zornig.

Mein Zorn ist verraucht, ich habe meinen inneren Frieden wiedergefunden, aber ich bin plötzlich furchtbar müde. In einer vollkommenen Welt wäre ich jetzt in Lucas Armen geblieben, wir hätten uns hinter unsere Wand zurückgezogen, in unsere Welt aus Kuchen und Schokolade, und alles andere vergessen. Aber ich muss zurück in die Wirklichkeit! Ich bin eben einfach aus der Patisserie gestürzt, es gibt nicht mehr genug Kuchen, und meine Leute sind sicher sehr wütend auf mich.

»Mein Gott, Luca, der Laden … ich muss schnell wieder zurück.«

»Ich weiß, und hier wird es jetzt sehr hässlich werden, da ist es besser, wenn du gehst.«

Liebevoll küsst er mir die Stirn, die Schläfen, die Lippen, dann wird sein Blick düster und wild. Ich bin sehr gespannt, was er mit Joshua machen wird, aber ich bin sicher, dass die Karriereträume des jungen Mannes ausgeträumt sind.

Ich trete auf die Straße und gehe zurück zu meinem Laden, die Luft ist frisch und klar, die Leute sind warm eingepackt und tragen jede Menge bunter Päckchen bei sich. Es ist der 21. Dezember, und ich fühle mich wie befreit.

Endlich habe ich meinen Frieden.

KAPITEL 32

PATISSERIE PALAZZO

Es ist der 23. Dezember, 19 Uhr, und im Laden begreifen wir allmählich, was das Wort Apokalypse bedeutet.

Seit zwei Tagen liegt Charlotte mit einer schlimmen Gastritis im Bett, und wir müssen allein mit den Horden von Kunden fertigwerden, die fürchten, ihre Desserts und Torten für die Feiertage nicht mehr zu bekommen. Die Leute leiden unter dem vorweihnachtlichen Stress. Luca hat mir glücklicherweise einen Mitarbeiter zur Verfügung gestellt und sogar Ursula hilft uns, damit wir den Tag überstehen. Elena ist beeindruckend. Seit heute Morgen gibt sie Bestellungen weiter, ohne zu ermüden. Wir sind so überfordert und ich bin so gestresst, dass ich sogar die Katze zur Mitarbeit verdonnert hätte, wenn das möglich gewesen wäre. Doch das schwarze Tier hockt nur da wie eine Sphinx und beobachtet mich, während ich herumrenne wie ein kopfloses Huhn.

Ich hoffe, dass wir wenigstens in Ruhe Heiligabend feiern können. Marc-Antoines Zustand macht mir Sorgen. Die Kasse klingelt wie noch nie, aber er sieht aus wie ein zum Tod Verurteilter. Ich habe ihn schon ein paar Mal gefragt, was er hat, und ihm auch angeboten, ihn nach Hause zu bringen, was er Gott sei Dank abgelehnt hat, aber er hat sich hinter einer Mauer des Schweigens verschanzt, was die Atmosphäre nicht besser macht.

Hat er vielleicht Liebeskummer? In seinem Alter wäre das nicht verwunderlich.

Ursula ist fabelhaft, dieses Mädchen ist die beste Assistentin, die sich ein Chef nur wünschen kann. Ich bin sehr nett zu ihr, nicht nur weil sie uns in dieser schwierigen Lage beisteht, sondern auch, weil Luca sich gerne über sie lustig macht.

Als endlich der letzte Kunde geht, stößt Elena einen kleinen Freudenschrei aus. Wir haben es geschafft und den Ansturm des Tages überlebt. Wir räumen auf, wünschen uns eine gute Nacht und alles Gute für morgen, wie Generäle am Vorabend einer Schlacht. Dann gehe ich hinauf in meine Wohnung. Seit Beginn der Weihnachtsferien sehen Luca und ich wie zwei Zombies aus. Da wir nicht so genau wissen, wie Beziehungen zwischen Zombies aussehen, haben wir beschlossen, uns erst an Weihnachten wiederzutreffen.

Eine gute Entscheidung, wenn ich bedenke, dass ich fast wie eine Leiche aussehe und mich auch genauso fühle. Ich öffne den Kühlschrank, finde dort einen Rest der Pizza, die ich jeden Morgen vorbereite, um nicht auch noch einkaufen gehen zu müssen, und lasse mich auf mein Sofa fallen. Danach nichts mehr. Nur ein schwarzes Loch. Als es klingelt, tauche ich aus dem Nichts wieder auf. Ich habe noch ein Stück Pizza in der Hand und bin beim Essen eingeschlafen. Ich wanke zur Tür und werfe einen Blick auf die Wanduhr. Es ist nach Mitternacht.

Die Leute sind wirklich verrückt!

Dann steht Natalie vor mir, das kann nichts Gutes bedeuten.

»Mein Gott, was ist? Ist Luca etwas passiert?«

»Nein, ich ...«

»Deinen Kindern? Sind sie krank?«

»Nein.«

»Und du, wie geht es dir?«

»Nein, Cat, es ist wegen Charlotte.«

»Was?«

Ich habe schon geahnt, dass irgendwas passiert sein muss. Wenn Leute um diese Zeit bei einem klingeln, kann nur etwas Schlimmes vorgefallen sein.

»Ich glaube, ich habe etwas sehr Dummes gemacht«, sagt Natalie verzagt.

»Ich verstehe nur Bahnhof, komm rein, und erklär es mir.«

Sie bleibt im Flur stehen und zieht nicht mal ihren Mantel aus.

»Charlotte hat mich angerufen und mir erzählt, dass in der Zeitschrift *Drei Sterne* ein Artikel über meinen Bruder erschienen ist. Sie hat mir erklärt, dass du meinst, jemand habe deine Ideen gestohlen, vielleicht Luca.«

»Ja, aber wir haben alles aufgeklärt, wir wissen auch, wer es war. Luca hatte damit gar nichts zu tun.«

»Ach so«, sagt Natalie beunruhigt.

»Wegen der vielen Kundschaft im Laden und weil Charlotte krank geworden ist, hatte ich noch gar keine Zeit, es ihr zu erzählen. Aber wieso kommst du eigentlich darauf?«

»Weil Charlotte der Meinung ist, meine Mutter stecke dahinter, und der Gedanken, dieser Artikel könnte dich und Luca auseinanderbringen, hat sie sehr aufgebracht.«

»Nein, Joshua ist der Schuldige, Lucas rechte Hand, na ja jedenfalls war er das. Inzwischen ist er vermutlich tot.«

»Oje, oje! Was habe ich nur getan!«

»Natalie, du machst mir Angst, was ist denn nur los?«

Sie zieht die Mütze vom Kopf und massiert sich die Schläfen. Wenn sie mir nicht sofort erzählt, warum sie hier nach Mitternacht auftaucht, flippe ich aus.

»Charlotte wollte meiner Mutter eine Lektion erteilen«, sagt sie, »und da habe ich ihr gesagt, das Einzige, was meiner Mutter etwas ausmacht, sei, sie öffentlich bloßzustellen.«

Da hat sie sicher recht.

»Und da hat sie noch mal von dem Schuldschein angefangen.«

»Schon wieder!«

»Ja, Charlotte dachte, wenn sie den bekommt und allen zeigt, müsste Blanche Abbitte tun und endlich mit ihren Intrigen aufhören.«

»Und du, findest du das gut?«

»Na ja – ich wäre auch froh, wenn meine Mutter ein für alle Mal Ruhe gäbe.«

»Und dann?«

»Ich habe ihr gesagt, wenn es diesen Schuldschein überhaupt gibt, dann muss er im Haus unserer Familie sein, im Tresor meines Großvaters.«

Ich werde immer unruhiger.

»Und dann?«

»Ich habe ihr vorgeschlagen, meine Mutter abzulenken, damit sie inzwischen im Haus suchen kann. Ich habe eine Tür offen gelassen, die Alarmanlage ausgestellt und ihr die Zahlenkombination genannt.«

»Ich glaube, ich träume.«

»Sie ist jetzt gerade im Haus, zusammen mit Marc-Antoine.«
Ich fahre hoch.
»Was?! Sie hat Marc-Antoine da mit reingezogen?«
»Er wollte es unbedingt, dir zuliebe. Sie waren beide so aufgebracht wegen dieses Artikels!«
Jetzt verstehe ich, warum mein Cousin den ganzen Tag über so ein Gesicht gemacht hat. Ich gehe im Wohnzimmer auf und ab und kann kaum glauben, was ich höre. Sie können das Problem doch nicht lösen, indem sie in ein Haus einbrechen. Außerdem ist das Problem ja gelöst.
Plötzlich erstarre ich.
»Moment mal, wenn du deine Mutter ablenken musst, warum bist du dann hier?«
»Deshalb bin ich ja gekommen. Wir wollten in ein Weihnachtskonzert gehen, das bis zwei Uhr morgens dauert, aber dann bekam Maman eine heftige Migräne und wollte vorzeitig das Konzert verlassen, um sich bei Luca eine Tablette zu holen und dann nach Hause zu gehen.«
»Im Ernst?«
»Während sie aus dem Konzertsaal ging, bin ich zur Garderobe gestürzt und habe ihre Handtasche abgeholt, damit sie sie nicht findet, um sie aufzuhalten.«
Sie sind heute Abend wohl alle verrückt geworden, anders kann ich mir das alles nicht erklären.
Ich überlege keine Minute, dann nehme ich meine Autoschlüssel und meinen Mantel.
»Sag mir die Adresse!«
In was für ein Wespennest haben sie da gestochen!

KAPITEL 33

PATISSERIE PALAZZO

Wann genau ist alles so aus dem Ruder gelaufen? Wann war der Moment, in dem ich mich zwischen Pest und Cholera entscheiden musste?

Marc-Antoines Gesicht glänzt vom Schweiß, er schlenkert mit den Armen, hat Hängebacken wie eine Bulldogge und schaut mich an wie ein von Autoscheinwerfern geblendetes Kaninchen. Na ja – wenn man es genau nimmt, guckt er eigentlich immer so, offenbar besteht die Welt dieses Jungen, der gerade aus der Pubertät heraus ist, aus nichts anderem als Autoscheinwerfern. Aber in diesem Moment kann ich ihn verstehen. Was für ein Gesicht würde ich wohl machen, wenn man mich mitten in der Nacht dabei erwischte, wie ich einen ohnmächtigen Hund durch Mund-zu-Mund-Beatmung zu retten versuche in einem Haus, das nicht mir gehört?

»Was machst du denn hier?«, fragt er mich erschrocken.

»Du hast Nerven, mich das zu fragen, während du mit dem armen Tier merkwürdige Dinge anstellst. Was machst du überhaupt mit dem Hund?«

»Ich versuche, ihn zu reanimieren.«

Eine Zeitlang hatte ich ja wirklich geglaubt, mein Leben sei wieder ins Lot geraten. Aber das war vor dieser Nacht, bevor ich meinen Cousin in einer Situation angetroffen habe, die man beim besten Willen nicht als normal bezeichnen kann. Was soll ich davon halten? Am düsteren Himmel zucken Blitze, auf die Donnerschläge folgen. Alles Zeichen dafür, dass wir uns in einer Tragödie befinden.

»Hast du den Hund etwa auf dem Gewissen?«

Während ich es sage, wird mir das ganze Ausmaß der Katastrophe bewusst, mit der wir es zu tun haben.

»Nein«, wehrt mein Cousin ab, »na ja, vielleicht.«

»Was soll das heißen, vielleicht?«

»Der Hund lag auf dem Sofa. Als ich ins Wohnzimmer kam, sprang er erschrocken hoch und dann: Bumm. Ich glaube, Hunde mögen keine Überraschungen. Das ist genau wie mit dem Zucker.«

»Bumm?«

»Bumm! Und danach nichts mehr. Er wurde plötzlich ganz steif, und dann fiel er um. Ich habe aber mal eine Sendung gesehen, und da sagten sie, dass man das Herz wieder zum Schlagen bringen kann, wenn man jemandem in den Mund pustet und ihm die Brust massiert. So was wie eine Herzmassage.«

Das Sozialleben dieses Jungen ist gleich null. Er ist viel zu viel allein, hat viel zu viel Zeit zum Grübeln, seltsame Ideen treiben ihn um, und er glaubt, sie in die Tat umsetzen zu können. Viel zu viele verrückte Ideen.

»Meine Güte, Marc-Antoine!« An diesen Namen werde ich mich nie gewöhnen. »Dieser Hund ist mindestens hundertdreißig, und er ist mausetot, glaub mir. Also hör auf, Dr. Dolittle zu spielen, und lass das Tier in Frieden.«

Mein Cousin ist tief bedrückt, er gehorcht, die ganze Last der Welt auf den Schultern.

»Und jetzt sag mir, wo Charlotte ist.«

Vor Panik beginnt er zu zittern.

»Woher weißt du denn, dass ...«

»Woher ich weiß, dass ihr James Bond spielen wollt?«

»Ja.«

»Man hat es mir gesagt.«

Wenn ich nicht einen Teil DNA mit ihm gemeinsam hätte, würde ich ihn am liebsten aus dem Fenster werfen. Die Gesetze der Genetik sind manchmal wirklich sehr lasch.

»Das war doch ein Geheimnis«, sagt er vorwurfsvoll.

»Seid ihr noch bei Trost? Ein Einbruch? Habt ihr euch nicht einen Moment gefragt, ob man das darf? Ihr beide, du und Charlotte, habt offenbar keine Ahnung, in was für ein Wespennest ihr da gestochen habt!«

»Wir wollten dir doch nur helfen.«

»Indem ihr bei den Castelli einbrecht?«

»Wenn man es so ausdrückt, hört sich das nicht so gut an.«

»Als ob es darauf ankäme, wie man die Dinge nennt.«

»Oh mein Gott!«, schreit Charlotte auf, als sie jetzt auch ins Zimmer tritt.

Sie war nie besonders gläubig, aber im Moment bedauert sie das sicher.

»Wie kommst du hierher? Woher wusstest du ...?«, stammelt die Mutter von drei Kindern, und beinahe treten ihr die Augen aus dem Kopf.

»Ich habe meine Quellen.«

Die beiden Komplizen tauschen erstaunte, zweifelnde und vielleicht auch verzweifelte Blicke aus. Um diese Zeit kann ich nonverbale Kommunikation nicht so gut deuten. Keiner von beiden wagt es, ein Wort zu sagen. Ich habe sie völlig aus dem Konzept gebracht.

»Charlotte, war das deine Idee?«

Meine Freundin zieht den Kopf ein und blickt zu Boden. Ich seufze tief.

»Charlotte!«

»Diese ewige Geschichte muss ein Ende finden«, sagt sie zu ihrer Rechtfertigung. »Sie hat schon zu viel Unheil angerichtet.«

»Aber doch nicht so.«

»Wie denn sonst? Keiner tut etwas, alle schauen seelenruhig zu.«

»Du kannst doch nicht selbst eine Straftat begehen, weil anderen Schaden zugefügt wurde.«

»Im *Ius talionis* ist das aber so.«

»Danke, Marc-Antoine, das bringt uns wirklich weiter.«

»Entschuldigung.«

»Gut, dann gehen wir jetzt alle brav nach Hause und hoffen, dass niemand etwas von unserem nächtlichen Abenteuer bemerkt hat.«

»Keine Sorge, sie sind alle im Weihnachtskonzert«, sagt Charlotte im Ton einer Klassenbesten, die man am liebsten mit einem Lineal erschlagen würde.

»Eben nicht! Deshalb bin ich ja hier. Ich kann euch das jetzt nicht erklären, wir müssen uns beeilen, Blanche ist im

Anmarsch. Marc-Antoine, hör endlich auf, den Hund anzuglotzen, und verlass das Wohnzimmer!«

Ich schließe die Türen und achte darauf, dass ich nicht vergesse, überall das Licht auszumachen.

»Ihr könnt dem Schicksal dankbar sein. Wir sind gerade noch mal an der Katastrophe vorbeige...«

Plötzlich wird es im Flur hell, das Licht blendet uns. Die Hölle öffnet sich unter meinen Füßen, und ich spüre schon das Feuer unter mir. Es ist zu spät, um zu fliehen.

Wann genau ist alles so aus dem Ruder gelaufen? Wann war der Moment, in dem ich mich zwischen Pest und Cholera entscheiden musste?

Die letzten Monate ziehen an mir vorbei, und ich warte auf das Urteil dessen, der auf mich zukommt, ich ziehe die Bilanz des letzten Jahres und würde dem Schicksal am liebsten sagen, was ich von seinen großartigen Späßen halte.

KAPITEL 34

PATISSERIE & CHOCOLATERIE

»Luca!«, ruft Charlotte, als sie ihn im Eingangsflur sieht.
Himmel hilf!
Warum musste das Universum von allen möglichen Szenarien ausgerechnet dieses hier aussuchen?
Verfluchtes Universum!
»Es ist nicht, was du denkst«, stottert Charlotte.
»Wolltet ihr euch hier häuslich einrichten?«, fragt Luca und verschränkt die Arme über der Brust.
Ich lege meine Hand an die Stirn und stöhne auf.
»Da keiner von euch die Schlüssel für dieses Haus hat und meine Mutter nie vergisst, die Tür abzuschließen, nehme ich an, ihr habt einen Komplizen.«
»Natalie«, ruft Marc-Antoine freimütig.
»Ach ja? Ich hätte gewettet, dass es Dom ist. Wer von euch schläft mit meiner Schwester?«
Wäre die ganze Situation nicht so verfahren, würde ich jetzt laut lachen.
»Es tut mir wirklich so furchtbar leid!«, beteuert Charlotte in tiefster Verzweiflung. »Cat kann nichts dafür, sie wusste nichts davon, das schwöre ich.«

»Kann mir jemand vielleicht kurz sagen, was hier eigentlich läuft? Meine Mutter wird jeden Augenblick hier auftauchen.«

»Nein?«, schreit Marc-Antoine. »Sie kann hier unmöglich rein, ihr Hund ist tot!«

Diese Welt ist zu schlecht für den armen Jungen.

»Endlich mal eine gute Nachricht«, sagt Luca.

»Ich kann alles erklären«, beginnt Charlotte. »Als ich das von dem Artikel in der Zeitschrift gehört und gesehen habe, wie sehr das Cat verletzt hat, hatte ich Angst, ihr würdet euch deswegen trennen. Sie ist so glücklich mit dir, Luca. Dass es ihr fast das Herz brach, hat mich unglaublich wütend gemacht. Ich habe aber nie gedacht, dass du hinter der Sache steckst, sondern die einzige wirklich heimtückische Frau in der Familie Castelli, die es gern gesehen hätte, dass ihr euch zerstreitet, nämlich deine Mutter.«

Luca sieht mich scharf an.

»Hast du ihr denn nichts erzählt?«

»Ich dachte doch, sie läge mit einer Gastritis im Bett.«

»Was erzählt?«, fragt Charlotte beunruhigt.

»Blanche ist nicht schuld an dem Artikel, es war Joshua.«

»Wer?«

»Mein früherer Assistent«, sagt Luca. »Falscher Ehrgeiz und eine Art Größenwahn haben ihn dazu getrieben.«

Charlotte steht so fassungslos da, als bräche gerade ihre Welt zusammen.

»Ist das wirklich wahr? Oh, was hab ich nur getan!«, sagt sie zutiefst erschrocken. »Deine Mutter kann also gar nichts dafür?«

»So ist es«, sagt Luca trocken. »Trotzdem ist sie nicht gerade ein sympathischer Mensch. Bist du hergekommen, um sie umzubringen?«

»Nein, nein, ganz und gar nicht! Wir haben mit Natalie über die Sache gesprochen, und da habe ich gedacht, wenn ich den verdammten Schuldschein finde, dieses Dokument, mit dem all die Streitereien angefangen haben, müsste Blanche mit ihren Intrigen aufhören und einlenken. Ich wollte ihr eine Lektion erteilen.«

»Die Idee ist im Prinzip gar nicht schlecht«, räumt Luca ein, »aber dieses Papier ist nie gefunden worden. Wenn es das Dokument wirklich gab, hat jemand es vernichtet. Wahrscheinlich meine Mutter, die es nicht ertragen hätte, dass die Erinnerung an ihren Vater getrübt wird.«

»Luca, ich weiß nicht, was ich sagen soll«, stöhnt Charlotte. »Was für eine dumme Idee, sich als Rächerin aufzuspielen.«

»Und wie wenig erfolgreich ihr dabei wart, darüber wollen wir erst gar nicht reden«, sagt Luca und sieht Charlotte und Marc-Antoine mit hochgezogenen Augenbrauen an.

»Ich nehme die Schuld auf mich, die anderen haben damit nichts zu tun«, sagt Charlotte zerknirscht. »Ich war wohl etwas voreilig.«

»Ich glaube, du brauchst ein bisschen Urlaub, um ein paar wichtige Entscheidungen zu treffen«, sagt Luca milde.

Er wirft mir einen einvernehmlichen Blick zu. Ich glaube, er findet das alles ziemlich amüsant.

Ich würde das vielleicht genauso sehen, wenn ich nicht so erschrocken über das kopflose Handeln meiner Freundin wäre.

Da geht die Haustür auf und fällt ins Schloss.

»Luca, bist du schon da?«

Marc-Antoine stockt vor Schreck der Atem, ich habe Angst, dass er ohnmächtig wird. Luca öffnet die Tür zu einem Nebenzimmer und gibt Charlotte und meinem Cousin ein Zeichen, hineinzugehen. Ich will ihnen folgen, aber da steht Blanche schon hinter mir. Ich bleibe stehen wie in dem Spiel *Ochs am Berge, eins, zwei, drei*, und Luca schließt in großer Gelassenheit hinter mir die Tür.

»Mademoiselle Palazzo, was haben Sie denn hier verloren?«, fragt sie kühl und sichtlich irritiert.

Wenn ich das nur selbst wüsste!

Luca ergreift meine Hand und drückt sie beruhigend.

»Ich hatte dir doch gesagt, dass ich bei Catalina vorbeifahre, bevor ich die Schlüssel vom Boot abhole. Wir werden Weihnachten zusammen in Porto-Vecchio verbringen, weißt du das nicht mehr?«

Blanche scheint sich nicht zu erinnern, und das aus gutem Grund. Sie zögert und bleibt wie erstarrt stehen. Ich lächle wie ein Schaf.

»Ach richtig, ja, du hast ja beschlossen mit deiner momentanen Liaison vor dem Weihnachtsfest zu flüchten.«

»Ganz und gar nicht«, entgegnet Luca ruhig. »Ich flüchte mit der Frau meines Lebens vor meiner Familie.«

Ich sehe ihn eindringlich an, aber er hält trotzig dem zornigen Blick seiner Mutter stand.

»Wie du meinst«, seufzt sie. »Ich nehme an dieser Debatte nicht mehr teil.«

»Sehr gute Idee, es gibt ja auch gar keine.«

»Es ist schon spät, ich gehe jetzt schlafen«, verkündet sie, ohne mich eines Blickes zu würdigen.

Sie rauscht an uns vorbei und wendet sich der Treppe zu.

»Maman?«, ruft Luca ihr nach. »Du wirst mich künftig nicht mehr ohne Catalina sehen, es liegt also an dir, wie weit du an unserem Leben teilhaben möchtest.«

Blanche Castelli verzieht das Gesicht, und das ist das letzte Bild, das ich von ihr habe, bevor sie in ihren Gemächern verschwindet.

EPILOG

»Diese Klimaanlage ist eine Erfindung des Teufels!«

Während ich fluchend vor dem Höllengerät stehe, das mir nur Ärger macht, miaut Diabolo vor Freude und Begeisterung, und mir wird zum ersten Mal bewusst, dass dieses Gerät und die Katze zur selben Zeit Teil meines Lebens wurden. Ob das alles Zufall ist?

»Nein«, beruhigt Dom mich und nimmt den Kasten wieder von der Wand, »da ist nur ein Fehler bei der Montage passiert.«

»Mir langt's, ich kaufe mir jetzt eine neue Klimaanlage.«

»Cat, mitten im Juli wird nie ein Techniker kommen«, meint Charlotte. »Lass das Dom ruhig machen, und im September kaufst du dann was Neues.«

»Ich möchte dich nicht wieder damit nerven, wo ihr schon so viel mit eurem Umbau zu tun habt.«

»Das macht doch nichts«, meint Charlotte, »Dom und ich kampieren schon seit drei Wochen in dem Haus, wir haben es bald geschafft. Die Kinder freuen sich jedenfalls, dass sie an die Wände malen dürfen. Ich glaube, sie sind ein bisschen verrückt.«

Anfang Januar hat Charlotte nach dem x-ten Silvester voller Spannungen und Missverständnisse ihrem Mann von ihrer Beziehung zu Dom erzählt. Der Gedanke, ein neues Jahr mit lauter Lügen anzufangen, war ihr unerträglich. Es folgte eine schwierige Zeit, denn ihr Mann hat ihr viele Steine in den Weg gelegt. Doch nach Monaten emotionaler Erpressung und Drohungen konnten Charlotte und Dom ihrer Liebe endlich ein Zuhause geben – sie haben den idealen Ort gefunden, ein schönes altes Häuschen in Propriano.

Elena steckt den Kopf durch die Küchentür.

»Catalina, am Telefon war deine Vertretung, der Mann möchte wissen, ob er morgen vorbeikommen kann.«

»Bist du dir sicher, dass du die Patisserie nicht einfach für zwei Wochen schließen willst?«, fragt Charlotte.

»Ich glaube, das ist keine gute Idee. In den ersten beiden Augustwochen sind jede Menge Touristen hier. Das wäre schlecht fürs Geschäft.«

»Aber es ist doch deine Verlobung, das sind nicht einfach nur Ferien.«

»Ich bin aber entspannter, wenn ich weiß, dass der Laden trotzdem läuft. Der Konditor, den ich angestellt habe, hat sehr gute Referenzen. Ich bringe ihm noch ein paar Dinge bei, damit er die wichtigsten Kuchen backen kann.«

»Wie du meinst«, seufzt Charlotte. »Wir freuen uns jedenfalls schon alle auf eure Feier.«

»Und ich erst«, sage ich lächelnd.

An einem Freitagabend im Juli hat man wenig Zeit durchzuatmen. Aber dank der Geschicklichkeit von Dom ist die Klimaanlage bald wieder bereit, ihre Arbeit zu tun, und die Temperatur im Laden wird wieder erträglich.

Zehn Minuten vor Ladenschluss sagt mir Elena auf Wiedersehen. Ich war überrascht darüber, wie sehr sie sich freute, als

Luca ihr erzählte, dass wir Ende des Jahres heiraten wollen. Sie hat Wort gehalten, denn sie hatte mir ja versprochen, sie wollte mich kennenlernen und respektieren, so wie ich bin, und wir haben uns nie mehr über die Art und Weise, wie ich meinen Laden führe, gestritten. Ich nehme an, die Zusammenarbeit mit Luca, die mir einen großen Auftrag auf dem Filmfestival in Cannes eingebracht hat, war dabei sehr hilfreich. Vielleicht hat sie das Gefühl, dass ich doch irgendwie den Traum meines Großvaters erfülle, wo ihm Ruhm und Anerkennung doch so wichtig waren. Ich kann sie verstehen, denn auch ich erfülle mir meinen Traum, alle meine Träume.

Ich breite meine Arme aus bei dem Gedanken, dass der Tag vorüber ist und der Abend beginnt. Luca und ich verbringen viele Abende damit, im Internet nach einem geeigneten Haus in Sartène zu suchen.

Ich schaue im Laden nach, um zu sehen, ob noch Kunden da sind. Niemand da, schön, wir können zumachen.

»Charlotte, geh endlich zu deinem Dom! Marc-Antoine und ich machen den Laden schon klar.«

Charlotte bedankt sich und verschwindet im hinteren Raum, um sich umzuziehen.

»Marc, du kannst die Kasse abschließen, es ist keiner mehr da.«

»Doch, da ist noch jemand«, erwidert Marc-Antoine und wirft mir einen eigenartigen Blick zu.

Ich drehe mich zur Ladentür um und sehe zu meinem Erstaunen Blanche Castelli. Seit dem Abend des nur knapp verhinderten Einbruchs habe ich sie nicht mehr gesehen, und auch Luca hat sie nur ein paar Mal getroffen. Über ihre kurzen

Besuche hat er mir nur wenig erzählt, aber ich spüre, dass die Spannungen zwischen ihnen weiter bestehen. Um ihm nicht wehzutun, habe ich ihn nicht gefragt, ob Blanche zu unserer Verlobungsfeier und unserer Hochzeit kommen wird.

Marc-Antoine und ich stehen schweigend da. Die Atmosphäre ist angespannt. Blanche wirkt nicht aggressiv, eher etwas müde und irgendwie älter als beim letzten Mal. Ich ertrage die Spannung nicht länger und wage den Sprung ins kalte Wasser.

Ich lächele ihr zu wie einer ganz normalen Kundin und gebe mich so freundlich wie möglich.

»Guten Abend, Madame Castelli, was kann ich für Sie tun?«

Ihre Züge entspannen sich, sie kommt etwas näher und schenkt mir, zum ersten Mal, seit ich sie kenne, ein aufrichtiges Lächeln.

»Guten Abend, Catalina, eigentlich wollte ich eine Ihrer Spezialitäten probieren. Alle Leute sprechen von diesem Kuchen, er heißt Schelm, glaube ich. Ich hoffe, es ist nicht zu spät, und Sie haben noch einen da.«

»Nein, Blanche, es ist nie zu spät.«

Marc-Antoine steckt einen Schelm in die Tüte und lässt meine zukünftige Schwiegermutter bezahlen, obwohl ich ihr den Kuchen gerne schenken würde. Offenbar möchte sie aber gern dafür bezahlen. Dieser Kuchen steht ja für eine Annäherung, eine Verbindung von zwei vormals verfeindeten Welten. Die Castelli und die Palazzo. Der Kuchen und die Schokolade. Dabei passt beides so gut zusammen. Meine heitere Stimmung bringt mich dazu, in diesem Kauf mehr zu sehen, als er vielleicht ist. Aber ich weiß, dass ich recht habe. Mein Kuchen hat etwas Magisches. Ich wollte die Leute von Sartène damit bezaubern, und die Mission scheint gelungen.

Nach diesem nahezu feierlichen Akt des Kuchenkaufs verlässt Madame Castelli meinen Laden mit dem Versprechen, bald wieder mal vorbeizuschauen. Ich verabschiede mich von Marc-Antoine und ziehe das Gitter hinunter.

Dann gehe ich in die Küche, um meine Handtasche zu holen. Und erschrecke mich zu Tode, als ich Luca plötzlich im Türrahmen lehnen sehe.

»Wenn du mich vor der Verlobungsfeier noch umbringen willst, hast du es fast geschafft – wie kannst du mich nur so erschrecken!«

»Warum so schreckhaft, hast du etwa ein schlechtes Gewissen?«

»Ich schleiche mich jedenfalls nicht so heimlich in dein Büro rein.«

»Das solltest du aber. Sag mal ... Kann es sein, dass ich gerade meine Mutter aus deinem Laden habe kommen sehen?«

Ich gehe zu ihm, weil er auf mich die Wirkung eines Magnets hat und ich mich einfach nicht von ihm fernhalten kann. Er fasst mich um die Taille und dreht mich im Kreis. Dann drückt er meinen Rücken gegen die Wand und küsst mich, als hätten wir uns tagelang nicht gesehen. Als er wieder Luft holt, nutze ich die Gelegenheit und sage:

»Ja, es war deine Mutter. Sie hat einen Schelm gekauft.«

»Oh, das ist wirklich beunruhigend.«

»Mach dich nicht lustig, es war sicher nicht einfach für sie, einen Schritt auf die Palazzo zuzugehen.«

»Und ob ich mir Sorgen mache, die ersten Anzeichen von Senilität sollte man ernst nehmen.«

»Monsieur Castelli, Sie sind ein sarkastisches Monster, wissen Sie das eigentlich?!«

»Liebe zukünftige Madame Castelli, genau so lieben Sie mich doch.«

»Es wird keine zukünftige Madame Castelli geben.«

Er sieht mich beunruhigt an.

»Wie?«

»Habe ich es dir noch nicht gesagt?«

»Nein. Was denn?«

»Ich möchte meinen Namen behalten und deinen dranhängen. Catalina Palazzo-Castelli – na, wie klingt das?«

Er zieht sein Mobiltelefon aus der Tasche.

»Was machst du da?«

»Ich rufe den Hausarzt von Maman an. Wenn sie das erfährt, bekommt sie eine Herzattacke.«

Ich schüttele den Kopf und lache.

»Keine Sorge, das wird sie schon verkraften. Sie ist schließlich eine Castelli.«

Ich lehne mich einen Moment zurück und seufze glücklich.

Ich konnte Alex' Traum nicht verwirklichen, ich weiß nicht genau, wie der meines Großvaters Andria aussah, aber mit Luca an meiner Seite werde ich meine, werde ich unsere Träume in die Tat umsetzen. Und in meinem schönsten Traum werden die beiden einflussreichsten und am meisten verfeindeten Familien von Sartène endlich versöhnt sein.

NACHWORT

Jeder Roman ist etwas ganz Besonderes. Manche sind es aber mehr als andere. Dies ist auch bei dem vorliegenden Roman der Fall, denn es geht darin um die Geschichte mutiger, beharrlicher Frauen voller Hoffnung, die »In-vitro«-Frauen nämlich.

Ich teile mit der Figur der Catalina die schlimmen Zeiten, die alle diese Frauen durchmachen. Zehn Jahre, in denen ich mich allen möglichen Prozeduren künstlicher Befruchtung unterzogen habe – mit Freude, Kummer, falscher Hoffnung und Trauer –, haben aus mir die Frau gemacht, die ich heute bin. Alle Frauen, die diesen dornigen Weg gegangen sind, mussten sich, um ihre Enttäuschungen zu verkraften, neu erfinden und sich andere Ziele setzen. In einer Gesellschaft, in der das Modell eines Paars mit Kindern der Norm entspricht, ist man nur eine »halbe Frau«, wie mir gesagt wurde, wenn man diesen Erwartungen nicht gerecht werden kann. Wir müssen mit dem Urteil der anderen leben, dabei haben wir schon genug damit zu tun, unser Scheitern und auch die damit verbundenen Schuldgefühle zu verkraften.

Es war mir wichtig, etwas von dem Kampf – denn es ist ein Kampf gegen uns selbst und die anderen –, auf den wir uns in der Hoffnung, Leben zu schenken, einlassen, zu erzählen, auch von dem, was viele Frauen in einer ähnlichen Situation erlebt und erduldet haben.

Ich wünsche mir sehr, dass es mir gelungen ist, mit dieser Geschichte, die bewusst positiv ist und Hoffnung wecken soll, den Kummer und die Gefühle jener Frauen, die wie ich nie das Glück haben werden, eigene Kinder zu haben, zur Sprache zu bringen und das Verständnis ihrer Umgebung zu wecken.

Offen über etwas zu reden ist der erste Schritt zur Heilung.

Mein Appell an meine Leidensgenossinnen lautet also: Redet darüber, schreit, weint, erhebt Anspruch auf Verständnis, damit euer Leiden nicht mit einem Schweigen übergangen wird.

Ein Buch zu schreiben ist immer ein großes Abenteuer. Von ganzem Herzen danke ich Fleur Hana, Johanna Vogel, Lysel Katz, meiner Mutter und meinem Bruder, ohne die dieses Buch nicht entstanden wäre.

Lucie Castel

Manchmal lohnt es sich, wenn alles schiefgeht

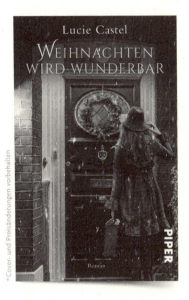

Weihnachten wird wunderbar

Roman

Aus dem Französischen
von Vera Blum
Piper Taschenbuch, 240 Seiten
€ 10,00 [D], € 10,30 [A]*
ISBN 978-3-492-31487-9

Als die Schwestern Scarlett und Mélanie an Weihnachten nach Hause in die Bretagne wollen, werden sie am Londoner Flughafen eingeschneit. William, ein perfekter englischer Gentleman, lädt sie daraufhin in sein Haus in Kensington ein. Plötzlich steht auch noch seine ganze Verwandtschaft vor der Tür – der Auftakt zu einem verrückten Weihnachtsfest.

Leseproben, E-Books und mehr unter www.piper.de